한 칸의 시선

시작비평선 0017 금은돌 평론집 한 칸의 시선

1판 1쇄 펴낸날 2018년 8월 13일
지은이 금은돌
펴낸이 이재무
책임편집 박은정
편집디자인 민성돈, 장덕진
펴낸곳 (주)천년의시작
등록번호 제301-2012-033호
등록일자 2006년 1월 10일
주소 03132 서울시 종로구 삼일대로32길 36 운현신화타워 502호
전화 02-723-8668
팩스 02-723-8630
홈페이지 www.poempoem.com
이메일 poemsijak@hanmail.net

ⓒ금은돌, 2018, printed in Seoul, Korea

ISBN 978-89-6021-383-8 04810
　　　 978-89-6021-122-3 04810(세트)

값 16,000원

한 칸의 시선

금은돌 평론집

천년의
시 작

1. 다른 차원으로

시를 읽는 일은 멈추어보는 일이다.
슬로비디오처럼, 천천히, 낱글자 하나하나를 음미한다.

매체가 발달할수록, 과거와 미래가 오버랩된다. 이곳에서 저곳으로 건너뛴다. 1000년 전의 시간을 1초로 축약하여 데이터로 저장한다. 눈동자로 읽는 일. 시를 음미하는 시간은 자유로운 도약을 허락한다. 그 1초 안에 1000년을 집어넣는다.

여러 겹으로 쌓여 있는 시간이 흐른다.
믿는 방식에 따라 달라지는 시간
존재하기도 하고 존재하지 않기도 하는 시간

몇 차원의 시간이, 몇 겹의 시간이 시인의 몸을 가로지른다.

사람마다 시간이 다르게 흘러간다. 그 무엇도 규정되지 않은 허공에 아슬아슬한 거미줄을 걸쳐본다. 그 줄 위에서 미래의 시간 몇 가닥을 잡아당긴다. 과거의 시간을 잡아당긴다. 한 사람이 시간의 실타래를 끌고 사다리에 올라탄다. 시간을 잡아당기고 몇 가닥은 끊어버린다. 때로는 미래를 선취하기도 한다. 다른 차원으로 흘러가 버릴 수 있었던 사건이 눈앞에 펼쳐진다. 평면(파장)이 다가온다. 사건이 담긴 시간 속으로 들어간다. 과거를 미래에 심어둔다. 걸을 때마다 지나간 씨앗이 흔들린다. 앞에 과거가 있다. 현재의 시간이, 실을 잣듯이, 과거와 미래로 동시에 뻗어나간다. 때로는 어망을 던지듯, 흩뿌린다. 지금 여기에 살면서도 과거에 살고, 다른 차원의 존재로 살아나간다. 시간 속의 시간을 만들어 지금의 존재와 다른 존재가 소통하고, 시간 속의 시간에서 또 다른 존재가 존재자들에게 영향을 미친다. 존재자의 존재는 사라지고 생성한다. '아이온'의 시간일까? 시인은 시간 속의 시간을 중첩시키고, 시간 속의 시간 속으로 탈출하고, 시간 속의 시간 속으로 사라진다. 시를 쓰는 순간, 시인은 죽고, 다시 태어난다.

밤이다. 모리스 블랑쇼가 말했던 또 다른 밤이다. 제2의 밤이다. 밤의 빛 속에서 이루어지는 경험이다. 깊은 휴식이 찾아온다. 침묵이 나타난다. 어둠 가운데 빛이 떠오른다. 아니 빛이 만들어진다,

어디에서 오는가, 빛.

2. 한 칸의 시선

시詩의 시간이 있다.

동사動詞의 시간이다. 가로지르는 시간이다.
순수의 시간이자 영원회귀의 시간이다.
발견의 시간이자 발명의 시간이다.

시인은 온몸으로 움직인다. 온몸으로 동사가 되어 작동한다. 그 자신이
구성하고 있는 단어들에게 주문을 건다. 에너지를 불어넣는다. 문장으로
새로운 장場을 만든다. 단어와 단어를 배열하며, 미묘한 시공간을 만든다.
단어들이 떠다닌다. 시인의 숨을 받은 시어가 파동을 일으킨다. 내면의 파
동이 물질을 건드린다. 그 기운이 사람의 마음을 움직이게 한다.

매혹적인 시는,

들림.

그곳의 시간은 느리고, 그곳의 시간은 빠르고, 그곳의 시간은 삐끗하고,
그곳의 시간은 환상적이고, 그곳의 시간은 채색된다. 시의 시간으로 들어
가기 위해 몸을 변화시키는 사람.

한 걸음 옆으로 걷는다.

한 걸음, 한 걸음.
그것이 한 칸의 힘이다.

한 칸의 시선.

3. 한 칸의 몸

끝까지 가본다.

적극적인 방식으로 망각
최대한 멍청해지는 일

멍, 해보는 것이다.

멍하다(spacing out): 공간에서 나가보는 일. 우주를 벗어나 보는 일이다.
멍하다(blank): 자신을 비워 보는 것이다.

작위作爲와 무위無爲의 세계
그 사이에서 춤을 춘다.

아무것도 아닌 춤
몸을 움직여야 들어갈 수 있는

겨우, 온 정성을 다해야 겨우, 한 칸 움직일 수 있는
겨우, 욕망 한 칸을 비울 수 있는

무위無爲의 춤

홀린 듯이, 자신이 무엇을 하고 있는지조차 잊어버린 춤
죽음의 강을 건너는지조차 모르고 위험에 발목을 담그는 춤

오르페우스의 리라가
나무와 바위까지 춤을 추게 했던 것처럼

고개를 돌리면 돌로 굳어버릴 수 있다는 경고를 망각하는,
그런 쓸모없는,
놀이.

텅 빈 곳에서 유령을 불러들이고
보이지 않는 것들을 보이게 하는 샤먼의 춤

그 세계가 아름답다.
그 세계는 고요하다.

한 칸을 움직이는 일.

예언자가 되어 그 무엇을 보는 일
들림을 허락하는 일.
밤에 등장하는 짐승 소리를 듣는 일

초초와 불안을 허락하는 일
비인칭적 죽음을 경험하는 일,

매일 이별을 이행하고 영원을 향해 질주하는 존재들

그러기에 시인은 존재하지 않으며 존재한다.
그러기에 시인은 죽으며 죽지 않는다.

4. 한 칸의 시

한 칸을 움직이면, 시선이 달라진다. 한 칸을 움직이면, 세상이 달라진다.
한 칸을 움직이면, 사람이 달라진다. 한 칸을 움직이면, 시가 달라진다.

눈이 말한다. 손이 말한다. 발이 말한다. 돌이 말한다.
받아 적는다. 위험 가득한 요구와 변신을.

열린 세계. 그것을 지향하는
죽음의 동반자들을

적는다. 견딘다.

지난한 시간을 지나온 시인들을 찾는다. 무위의 시공간에 머물러 있던
작품을 발견한다. 나를 넘어서는 작품, 그 자신의 일부이자 일부가 아닌,
비인칭적인 죽음을 통과한 작품을, 의식의 바깥에서 황홀함에 자신을 던
질 줄 아는 시인을.

그들의 시를 읽는 일은 이 세상을 제대로 보는 일이었다. "빛으로 괴로워
하고, 소리마다 흔들리는"(릴케) 시인들이 보낸 선물을 펼쳐본다.

차 례

서 문

제3부 손

제4부 발

제5부 그리고 돌

한 걸음의 시선

14

제1부

눈동자

둥글게 구부러진 꽃 같은 사람아
둥글게 구부러진 꽃 같은 사람아

너의 등이 구부러져 점점 구부러져
작고 투명한 흰 공이 될 때

피어라 피어라 꽃 피어라

—이제니, 「곱사등이의 둥근 뼈」 부분

눈동자라는 질문, 세상에 던지는 의문
—아홉 시인의 틈과 아홉 편의 반응[1]

    위험하다. 눈이 사라질 뻔한 순간, 눈은 다른 세상을 본다. 이때 우리는 눈을 감고 있는 것일까, 뜨고 있는 것일까. 알 수 없다. 눈을 감지도 뜨지도 못 하는 찰나, 시선은 다른 곳으로 향한다. 죽을 뻔한 적이 있다. 그것도 여러 번. 커다란 참사를 당한 것은 아니고, 교통사고를 몇 번 당한 게다. 어렸을 때는 몰랐다. 살고 죽는 것이 무엇인지. 내가 무엇을 바라보아야 하는지. 일정한 시스템 안에서 어른들이 가르쳐주는 대로 바라보고, 그들이 지시하는 대로 따라가면 될 줄 알았다.

    뒤에서 트럭 한 대가 들이받았다. 순간, 자동차의 유리들이 걸레처럼 너덜거리며 안으로 쏟아져 들어왔다. 뒷좌석에 있던 가방이 20m는 족히 날아간 것 같다. 시린 2월. 혈관을 찌르는 바늘 같은 바람이 새어 들어왔다. 아이와 가족의 몸을 먼저 둘러본 뒤, 몸을 추슬러 자동차 바깥, 도로로 걸어 나왔다. 거리에서 순간, "살아있다는 것은 바라보는 일이다"라는 문장이 스치고 지나갔다. 왜 이 문장이 스치고 지나갔을까? 살고 싶었나 보다. 바라보아야 살고, 보아야 먹고, 보아야 숨 쉴 수 있다고 생각했나 보다. 타

---

1 이 글은 9명의 시인에게 '눈동자'에 대한 시와 산문 한 편씩을 청탁하여 쓴 것이다.

자와 대의를 위해 숨기고 억눌렀던 욕망이 거세게 들끓어 올랐다. 당시 나는 바닥이었다. 시인도 아니고 비평가도 아니고, 아무것도 아니었다. 퇴원하자마자, 무작정 '눈동자'를 그리기 시작했다. 집중적인 키워드가 '눈동자'로 향하기 시작했다. 눈이 삐끗했다. 눈이 삐었다.

눈동자를 그리기 시작하니, 세상의 모든 것이 눈으로 여겨지기 시작했다. 저 우주의 떠도는 먼지조차 눈동자로 보였다. 나뭇잎 안에도 눈동자가 있었고, 옹이도 눈동자로 보였다. 여성의 성기도 눈동자로 보이고, 입술도 눈동자로 보였다. 세상에 눈동자 아닌 것이 없었다. 눈동자는 세포이고, 눈동자는 거울이었다. 거리를 걸을 때, 지하철을 탈 때, 사람을 만날 때, 눈부터 바라보는 습관이 생겼다. 모델이 필요 없기에, 온 천지에 모델이 널려 있기에, 그릴 것들이 쏟아졌다. 바라보기 시작하면서 힘이 생겼다. 바라보고 싶은 욕망을 인정하면서, 자학이 줄어들었다. 못난이라고 치부하지 않고 용기를 내어보았다. 보조용언 중에서 무엇 무엇을 해 '보다'라는 단어조차 새롭게 보였다. 보조용언이 보이고, 문장이 보이고, 보는 과정을 스스로 다시, 연습했다. 무작정 그려대면서 바라보는 재미를 만끽했다.

그림도 보고 싶어 하고, 저절로 보이고 싶어 하는 세계였다. 그 안에 빛이 있었다. 그 빛은 저절로 떠올라, 다음 색채가 무엇이 와야 하는지 알려주었다. 그림을 배우지 않고도 그리기에 신나서, 놀이처럼 그림을 그렸다. 붓을 사용하지 않고, 아이들이 흙장난하듯이, 물감을, 유화를, 파스텔을 손가락으로 장난치듯 그려댔다. 그림을 전공한 사람이 보면, 흉볼 게 뻔하지만, 마구마구 놀아보았다. 빛이 빛을 부르고, 색채가 색채를 부르면서, 저절로 형태를 잡아가는, 신비한 세계였다. 그리고 첫 번째 개인전을 가졌다. 2008년 4월 26일. 사고 난 지 두 달 만의 일이다. 글보다 먼저 그림이 다가왔다. 이후, 8년째 눈동자를 그리고 있다.

당연히 '눈동자'를 선택했다. 젊은 작가들은 어떤 방식으로 '눈동자'를 이해하는지 궁금했다. 그림이 먼저 말을 걸어오면서 글에서 힘이 빠지기 시작했다. 내면의 자유로움으로 스며들려 하기에, 눈동자는 날아다녔다. 그러나 내면의 분노가 키워놓은 활화산이 (너무도) 거칠었다. 글은 여전히 날카롭고 억압적이고, 이성적이며, 판단하려 들었다. 시적인 마음으로 풀어지지 않았다. 나의 눈동자는 부끄럽게도 갈등 중이다. 그렇기에, 부끄럽게 다른 시인들에게 청해 본다. 여러분들의 눈동자는 어떠한지, 눈빛은 어떠했는지, 이 세상을 어찌 바라보고, 버티며 살아왔는지, 물어본다.

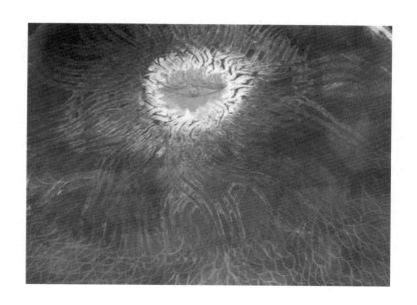

1. 빛을 품은 행성, 눈동자

눈을 뜨자 빛들이 태어났다

간밤에 그림자를 놓아두고 떠난 이가 창밖에 서렸다 얽혔던 꿈의 다발들을 잘 개어 포개놓으면 회오리치며 잦아드는 밤, 사람을 향해 출발했던 빛점들이 아직 먼 광년 속을 헤매이는지

도달할 행성에의 예감으로 눈빛은 진동한다 속눈썹을 타고 길게 날아
오르는 빛의 무리들이 가 앉을 정처를 찾을 때 풍경이 탄생한다고, 어
둠 속에서 문득

솟구치는 마음처럼

어둠을 품었던 방을 뒤집어 환한 구球를 얻으면 흔적으로만 도달할 수
있는 세계도 있겠지 잠든 눈가에 몰래 진창이 고이듯, 당겨진 눈시울
에 먼 빛이 와서 일렁이듯

사라져 더욱 선명해지는 빛들도 있겠지, 물기 어린 행성을 잘 씻어 볕
드는 창가에 놓아두면 감은 두 눈 위로 일렁이던 사람의 윤곽
—이혜미, 「도착하는 빛」 전문

이혜미 시의 첫 행, "눈을 뜨자 빛들이 태어났다"는 구절은 인간이 빛에
의해 수동적으로 눈을 뜬다는 설정을 뒤집는다. 빛이 있기에 눈이 있는 것
이 아니라, 눈이 있기에 빛이 태어난다. 빛은 존재의 원천이다. 인간은 태
양을 신처럼 숭배해 왔고, 신은 인간의 몸에 빛을 장착하였다. 중국의 반
고 신화만 보아도, 하늘과 땅이 달라붙을까 염려하여, 하늘을 떠받치고 있
던 반고가 지상에 쓰러졌을 때, 왼쪽 눈동자는 태양으로, 오른쪽 눈동자는
달이 되었다. 빛은 눈동자 안으로 스며든, 원초적으로 충만한 에너지이다.
눈동자는 스스로 빛낼 수 있는 반딧불이와 같다. 스스로 빛을 내는 램프이
고, 스스로 빛을 먹는 플랑크톤이다.

빛은 능동적으로, 위치한다. 거기에 행동이 가미된다. 주체의 의지가 담
긴 '뜨다'라는 행위를 통해 빛은 빛난다. 저 우주의 먼 행성에서 시작되었
을지 모르는 빛은, 파릇파릇 우리 안에 존재하기에, 눈을 뜨자 빛이 발아
하며 생동한다.

시인의 상상력은 인간이라는 존재 역시, 빛을 뿜어내는 행성이라는 가능

성을 품는다. 행성은 발사되고, 행성은 공전하고, 행성은 제 그림자를 뒤로하고 어느 곳에 당도한다. 바라본다는 것은 사실, 이미 알고 있음이다. 시인의 바라봄은 특히나, 예언적인 감지 능력을 지닌다. 도달할 지점이 어디인지, 그 파장과 촉감과 진동을 미리 알고, 눈빛이 떨린다. 시선을 어디에 두어야 할지 고민하다, 시선이 내려앉을 곳을 찾았을 때, 빛이 눈시울의 안정된 지점에 와서 머무른다. 이 과정은 누구나 일상적으로 겪는 시선의 자리이다.

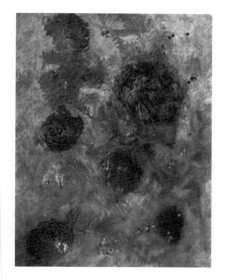

이혜미 시인의 눈동자는 행성이 된다. 사람의 몸 안에 누구나 각자의 행성을 품고 사는 것일 게다. 행성이 어느 곳을 공전하며 운동한다. 어느 지점에 안착하더라도, 행성은 빛을 모조리 소모하지 않는다. 사라진 빛마저 감지하고는, 느긋하게, 눈을 감을 줄 안다. "물기 어린 행성을 잘 씻어 볕 드는 창가에 놓아두면" 고단했던 눈동자가 잠시 그늘에서 쉰다. 존재가 감지된다. 떠난 뒤에, 그의 존재가 밝혀지고, 그의 흑심과 내심이 밝혀진다. 존재는 빛을 품고 있기에, 그 빛의 농도와 세기를 감지하는 일은, 곧 그 사람의 됨됨이와 성격, 기질을 감지하는 일이다. 영혼이 맑은 사람은 밝은 기운의 빛이 떠지는 것이기 때문이리라. [2]

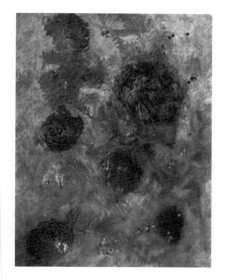

<figure>
눈동자라는 질문, 세상에 던지는 의문
</figure>

---

2 이혜미의 산문은 시적인 상상력을 한가득 안고 풍부한 머리카락을 풀어헤친다. "눈빛이 액체라면"이라는 설정 하에, 눈동자는 자유로운 행성이 되고, 중력을 갖지 않는 별이 된다. 그리하여 눈빛은 마리아의 실로 감싸 안을 수 있을 만한 빛의 타래를 뻗는다. 빛의 타래는 늘어나고, 뻗어 나가면서, 숲을 엮어나간다. 빛이 쌓여서 만들어낸 숲은 눈동자가 숨어 사는 비밀의 정원이다.

2. 눈꼬리에 매달린, 말꼬리

황혜경 시인은 0을 중심으로 기우뚱하게 작동한다. 0은 영원이자 균형이고, 양 미간의 중간 즈음에 위치해 있다. 그 양쪽엔 −0과 +0이 있다. 결핍과 잉여, 부족과 넘침, 0.7과 1.2가 있다. 난시 때문에 정확하지 않게 겹쳐 보이는 막막함이 있고, 세상을 정확하게 보려는 의지가 있다. 그 사이에 눈물이 흐른다. 눈물은 어떤 방식으로 위치하는가. 더불어 제로

"숲은 움직이고, 숲은 흔들린다. 숲. 이야기하는 숲. 흔들리며 빛나는 숲. 사이와 사이로만 이루어진 그런 숲. 그곳에서 우리는 노래하는 물고기. 나무로 오르는 물고기. 비늘을 털며 완성되는 물고기. 끈적이고 일렁이는 그늘들 사이를 헤엄치며. 다가서고 흡수되며. 사이가 무너지는 그런 순간. 눈빛이 눈빛을 찾아 헤엄칠 때, 두근거리는 혀. 솟아나는 돌기들. 흘러넘치고, 쏟아지는, 휘어진 눈꼬리를 오래 바라보면 그 검어진 자욱이 마음의 물골이었다는 것을 알게 되지. 감정이 흘러들고 나는 곳. 우리는 조심스럽게 눈을 감네. 눈 아래로 길게 누워 잠든 누에를 깨우지 않으려. 그 누에를 깨우는 순간, 덩어리져 굳어가던 둑이 터지고 마음이 흘러나올 것이니. 그래서 우리는 숲으로 가지. 어린 물고기처럼. 몸 전체가 하나의 잎사귀인 양. 그래서 하나의 눈꺼풀이 되어가는 것처럼. 서로가 서로를 감염시키는 눈빛이 되지. 눈을 뜰 때마다 새로운 빛이 태어나는 것. 눈빛은 서로에게로 출발하는 행성의 시간이니"(이혜미, 「눈빛이 액체라면」 부분).

숲은 관계의 표상이며, 눈짓과 눈짓이 이어지는 말 없는 공간이다. 눈짓이 손짓 대신 발화하는 은밀한 영역이다. 눈동자는 이미 '물고기'가 되어 흔들리는 '숲' 사이를 날아오른다. 눈빛이 눈빛을 찾아 헤매어 다닐 때, 숲 안의 빈 공간, 사이와 사이에서 새어나오는 빛을 감지한다. 눈은 타자의 '감정'을 확인할 수 있는 정확한 공간인지라 조심스럽게 숨기고, 때론 감아야 한다. 감정을 들키면 안 되기에, 들킨 감정은 상대를 감염시킨다. 더러운 감정은 상대를 오염시킨다. 누군가의 눈빛은 누군가에게 의미심장한 빛을 발사한다. 그대에게로 다가가는, 떠도는 대화의 실마리이다. 따라서 눈동자는 소리 없이 말하는 물고기이자 나뭇잎이자 행성이다.

섬은 가능한 일인가? 제로섬인 순간, 느닷없이 피카소는 숫자 7을 헤아리지 못하는 바보로 읽힌다. "그는 항상 그건 우리 삼촌 코를 거꾸로 놓은 거야."(영화 「지상의 별처럼」 대사 중에서) 난독증에 걸려 글자를 읽지 못하고, 세상을 다른 방식으로 이해하고 구성하는 일. 그곳엔 "약을 주고 사탕을 받아 오는 가게"가 하나 있다. 한쪽의 모퉁이를 들어서면, −0이 있다.

> 실마리를 풀어갈 선한 눈동자를 마주하고 싶었는데
> 시선의 끝에는 어떤 낚시 바늘이 걸려 있는 것일까
> 끌어당길 때 무슨 일이 생기는 걸까
> 정점인 줄 알았는데 사실을 넘는 허구의 눈빛
>
> ─황혜경, 「말단末端」 부분

각기 다른 시선에서 바라보는 남자와 여자는 다른 방식으로 낚싯줄을 던진다. 눈꼬리에 걸린 낚싯바늘은 각기 다른 방향으로 끌어당겨진다. 끌어당김엔 각자의 요구가 관철되기를 바라는 욕망이 자리한다. 계절이 바뀔 때 한 번씩, 얼굴 보고 살자, 그게 친구지, 그게 관계를 맺는 일이지, 라는 뭐 그렇고 그런 일상적으로 반복되는 상용구들이 딸려 온다. 이러한 상용구는 미끼를 걸어놓는다. 눈길은 미끼만 잡아채고 만남은 이루어지지 않는다. 그렇다면, 양쪽에서 낚싯줄을 잡아당기는 손목은 어떤 떨림을 가지고 있을까. "나는 맨 끝으로 가려는데" 남자는 오지 않는다. 끝으로 치달을수록, 보고 싶다는 발화는 가득하지만, 헛바퀴 도는 눈동자만 굴러간다. 타자는 늘 자기 방식대로 대타자가 움직여 주기를 바란다. 미끼만 걸어놓고, 몸은 움직이지 않는다. 행동하지 않는 말꼬리에 각각의 입장이 매달린다. 어떻게 해야 할 것인가? "각각의 입장에서 가감加減"하고 "항변抗辯"하고 주거니 뺏거니 해보지만, 사실은 '허구'의 빛 끄트머리만 남아 헛된 수식으로 맴돌 뿐이다. 실체가 없는 여백만 남아있을 뿐이다.

그리고 모퉁이에는

약을 주고 사탕을 받아 오는 가게가 하나 있다

—황혜경, 「말단末端」 부분

+0의 자리엔 파란波瀾이 있다. 제대로 된 만남이 이루어지지 못한 감정의 여운이 남아있다. 여운은 여지餘地를 남기고, 여지는 서운함을 드리운다. 그들은 과연 만난 것일까? 만났어도 만났다고 말할 수 있을 것인가? 무엇을 이루었다고 말하고, 또 다른 어떤 것을 이루지 못했다고 진단할 것인가? "아직" 아니고, 아직도 아니다. 여지를 두고 있기에, 거리가 성립하고, 잉여가 발생한다. 잉여는 강을 만들어, 흘러가고자 한다. 늘 그래왔듯이, "계절마다 한 번씩은 보고 살자는" 말이 "끝까지" 따라온다. 여전히 모퉁이엔 "약을 주고 사탕을 받아 오는 가게가 하나" 있다. 그 모퉁이 가게에서 남자와 여자는 "서로 보고 있다". 보고 보이고, 서로 지켜본다. "바라보는 것이다". 이 지점이 제로섬으로 향하는 길목인지 모른다. 모퉁이마다 약을 주어야 사탕을 받아 올 가능성에 놓인다. 그 모퉁이를 돌아 다시 찾아간 0은 미지의 공간이 된다.

해줄 수 있는 말이 없을 때 눈으로 듣고 귀로 말하는데

그리고 거기 있지 마 내가 가지 못하게
볼 수 없도록 감춰둔 게 깊어 보여서

보고 싶을까 봐 보지 않았던 것처럼, 이
가고 싶을까 봐 가지 않았던 곳, 을 수식하기를 멈추면
그쪽으로 걸어가 볼 수 있을까

—황혜경, 「말단末端」 부분

0의 세계는 행동하는 두 발을 가지고 있다. 이 지점은 묘하게 이중적이고, 당연하게 아이러니하다. 눈으로 듣고 귀로 말한다. 해줄 수 있는 말이 없을 때 다른 방식으로 말하고, "볼 수 없도록 감춰둔 게" 깊고 투명하게 보인다. 역설적으로 (너무) 보고 싶어서 강을 건너지 못한 채, 차마 보지 않았음을 인정하는 방식의 화법을 갖고 있다. 말하기 직전에 미리 알아채 주는 세계이다. "그쪽으로 걸어가 볼 수 있을까" 조심스럽게 용기를 가져보는 눈동자이다. 그렇기에 소리 소문 없이 주체는 "그 가게에 앉아있다". 이미, 벌써 그곳에 존재한다. 세상 사람들의 눈과 다른 시선과 발상을 인정해 주는 특별한 공간이기에, 0의 세계는 다른 이름 짓기가 가능하다. "저녁의 다른 이름을 '떠돌다 돌아오는 노을'이라 짓고" 그대의 이름을 떠올리며 눈을 감는다. 굳이 번거로운 말로 낱낱이 설명하지 않아도 되는, 염화미소의 공간이다. 제로섬 0. 그곳에서 당연히 숫자 7은 코를 거꾸로 세워놓은 거라 떠들어도 누가 뭐라 할 사람이 없다.

그러나 눈물이 흐른다. 감정 없는 눈물이. 이 세계가 꿈이기에, 이루어질 수 없기에, −0에 시달리며, 쫓겨 살았다. 속도와 변명과 결핍과 생계와 미련에 매달려 살아왔다. 시력이 약해지는 만큼 의지가 약해지고, 두려움이 엄습해 온다. 바깥으로 나가 +0의 잉여와 과잉, 갖가지 변명과 해석이 범람하는 곳에서 헛된 말만 반복해야 할지 모른다. 그렇기에 자꾸 '−(마이너스)'에 갇혀있었을지도 모를 일이다. 타자에게 자신의 눈빛을 읽히고 싶지 않기에, 내려놓고 지워내지 못했을 수 있다. 누구나 0과 −0 사이에서 머뭇거린다. 왼쪽 눈동자와 오른쪽 눈동자 사이에 제3의 눈이 있다면, 감정적인 균형과 조화를 이룰 수 있는, 굳이 만나려고 애쓰지 않아도 만나게 되는, 그런 가게가 있다면, 나도 당연히 그곳으로 향하리라. 눈물이 흐를지라도, 꿈인 듯 삶인 듯 헷갈리는 현장을 품어보리라. "개들이 신나게 집을 잃는 숲속"이 있다면 말이다.

3. 눈을 감은 자리에서, 쓰다

바라본다는 것은 살아간다는 것과 같은 의미이다. 살아있다는 것은 시선의 대상이 되는 일이자 빛 속에서 함께함을 뜻한다. 죽는다는 것은 볼 수 있는 능력을 상실함이다. 그리스인들은 삶이란 바라봄이고 죽음은 시력을 잃는 것으로 해석했다. 우리는 '마지막 숨'을 거두었다고 표현하지만, 그들은 '마지막 눈길'을 거두었다고 말한다.[3] 눈을 감은 곳에 시인이 있다. 안희연 시인은 죽음의 곁을 지켜내려 한다.

> 얼마 뒤 그는 걸음을 멈추었고 누군가와 이야기를 나누는 듯했다. 자못 심각한 얼굴로 이따금 손짓을 하며. 고개를 절레절레 흔들다 껄껄껄 웃기도 하며.
>
> 강이 갈라지고 있다고 소리쳤지만 그에겐 들리지 않는 듯했다.
>
> 그는 그를 따라가는 듯했다. 내가 뒤쫓으려 하자 강은 성난 짐승처럼 깨어났다. 나는 멀리서 발을 동동 굴렀다. 그는 서서히 작은 점이 되어 멀어져 갔다.
>
> 깜빡 잠이 들었던 모양이네. 참 별스러운 꿈도 있다고. 나는 고이 잠든 그의 얼굴을 내려다보았다. 그는 여느 때와 다름없이 평온해 보였다.
>
> 그러나 이윽고 그의 눈동자를 가만히 들여다보자 전에 없던 실금이 가득했다. 화들짝 놀라 그의 어깨를 흔들었지만
>
> 푸른빛이 빠르게 번지고 있었다. 더 세게 흔들어도 소용없었다.
>
> —안희연, 「이사」 부분

---

3 레지스 드브레, 『이미지의 삶과 죽음』, 정진국 옮김, 시각과 언어, 1994, 22쪽.

꿈에 등장하는 것으로 보이는 "그"는 실금으로 갈라진 겨울 강 위를 걷는다. 그 자체만으로 위험한 상황 속에 놓여 있다. 가지 말라고 소리쳐 봐도, 강이 갈라지는 임계점까지 다다른다. "그는 그를 따라가는 듯했다". 그가 따라가는 또 다른 '그'의 정체가 무엇인지 알지 못해도, 그는 죽음 한가운데로 자청해서 들어간다. 그는 무엇을 보았을까? 왜 그는 죽음을 향해 빠져들었을까. 죽음의 문을 때론 웃으며 통과했을까. 결과적으로 이 장면이 꿈이지만 꿈이 아닌 이유는, 그 이후 발견되는 눈동자 때문이다. 그의 눈동자엔 "전에 없던 실금이 가득했다". 꿈이라 여겼던 비현실적인 사건이 물질적인 현실로 나타난 게다. 그렇다면 그는 현실적으로 죽음을 맞이한 것인가. 이 모든 과정을 지켜본 주체는 해석해야 할 당위를 부여받는다. 꿈을 바라본 죄이다. 죄책감을 안은 시인은 따라서, 무엇을 해야 하나? 안희연의 시는 이러한 질문을 던진다.

시인은 이 모든 과정을 안타깝게, 혹은 담담하게 바라보는 사람이었다. 이 광경을 꿈속에서도 지켜보고, 현실에서도 확인한다. "푸른빛이 빠르게 번지고 있었다". 시인이 현실로 깨어났을 때 확인한 "푸른빛"은 시인에게 일종의 사명감을 부여한다. 써야 함을, 기록해야 함을. 누군가 죽어간 흔적이 증발하지 않도록 살아남아서 물기 마르기 전의, 실금이 녹아 없어지기 전, 그 생생한 과정을 굳은 마음으로 기록해야 한다. 이것이 시인의 사명이다. 눈동자는 "소리 없는 소용돌이를 가둔 창"(산문 「배웅」)이기에, 소리 내지 못했던 진실을 기록해야 한다. 글을 쓴다는 행위는 바로 눈을 감기는 행위이다.[4] 한 사람이 살아있음을 확인할 수 있는 증거이자 영혼의 집인 눈동자

---

4 안희연 시인은 그의 산문 「배웅」에서 이렇게 적는다. "한 편의 시를 쓴 뒤엔 하나의 작은 죽음을 경험한 기분이 든다. 그러나 그 죽음은 너무 얕아 진짜 죽음의 발끝에도 닿지 못한다. 그 사실은 나를 한없는 좌절 속으로 몰아넣지만, 나의 창은 아직 깨어지지 않았다. 내게 눈빛이 남아있는 한, 눈빛을 잃은 자의 곁을 묵묵히 지킬 것이다. 그 눈을 감기는 일에 평생을 쓸 것이다. 언젠가 내가 그를 떠날지라도 나의 시는 그 곁에 내내 머물렀으면 한다".

를 잘 담아두는 것이야말로, 잘 감기는 것이야말로, 글 쓰는 자가 할 일이다. 그렇기에 시인은 텍스트 위에서 수천수만 번 죽어야 한다. 백지 위에서 죽어야 한다. 그 자잘한 죽음을 견뎌내는 것이 또한 시인이기 때문이다.

4. 미필적 고의에 의한 당연한, 죽음

눈은 권력이다. 시선은 이 권력을 이용하여 감옥을 만들어낸다. 눈은 모든 것을 알고 있다는 위험한 착각에 빠진다. 알지 못한다는 사실을 배제하지 않을 때, 폭력을 행사한다. 눈은 자기 마음대로 세상을 움직여야 한다는 욕망을 품는다. 바라본다는 것은 두뇌 작용과 연결된다. 바라본다는 것은 인식하는 일이며, 인식한다는 사실은 전체 중에서 부분을 획득하는 과정이다. 절대 권력을 가진 사람이 이러한 착각에 빠질 때 눈동자는 탐욕을 동반한다. 대상을 통제하고, 대상을 소유하려 든다. 자기만의 시선 위에서 상대를 멈추게 하고, 동선을 가두고, 통제한다. 한 사람이 집단을 통제할 때는 푸코가 언급했듯이, 전체를 감시할 수 있도록 파놉티콘panopticon을 설치한다. 감시자는 전체를 보고, 피감시자는 최고의 감시자, 단 한 사람을 보지 못한다. 단 한 사람은 숨을 수 있다.

감시당하는 사람들, 보이는 사람들은 쉽게 공격당한다. CCTV에 노출되고, 경찰에 의해 딱지를 끊고, 벌금을 물어야 하고, 벌점을 쌓아두어야 한다. 감시자들이 설치해 놓은 검열 장치를 통해 자기 검열을 내면화한다. 스스로 통제하고, 질서를 지키는 순종적인 시민이 된다. 가장 약한 시민. 시민들은 무고하게 휘어지고, 무고하게 스러진다.

> 흰자에서 사냥을 합니다
> 우리가 마주 보면
> 거기에 비가 내리고
> 땅이 흔들립니다
>
> 모스크 제6병원에 누워있을 때
> 나는 알았습니다
> 오리가 되고 있다는 것을
> 긴 총을 겨누면
> 땀 흘리는 침대 위에서
> 오리가
> 뜨거운 오리가
> 되고 있다는 것을
>
> 긴 총이
> 따라오는 것처럼
> 살아야 한다는 것을
> 오염된 눈들이
> 너를 따라다닐 거야
>
> …(중략)…
>
> 자꾸만 길어지는 목을

저쪽에 가려고

저기를 보느라 길어지는 목을

만져보았습니다

숲에서 긴 총을 끌며

걸어 나오는 사냥꾼을 보았습니다

—손미, 「체르노빌 사냥꾼」 부분

　　권력을 지키려는 그들의 "흰자(눈동자)"는 총을 들고 견제한다. 누구든지 그들의 눈에 들지 않으면 공격한다. 지금 우리가 누리는 일상적인 평화는 일시적인 착각일 뿐이다. 지금도 광장에서 시민들을 향해 쏘아대는 캡사이신 공격과 물대포. 발밑 어디선가 총성이 울리고, 핵이 폭발하고, 잠수함이 바다 밑 어디선가 접선을 시도한다. 제3국가에서 대리전과 국지전이 펼쳐지고, 그 사실을 잠시 잊은 일개 국민은 자신들이 행복하다며 살아간다. 폭력적인 시선은 희생자를 원한다. 제물을 만들어낸다. 제물로 바쳐진 희생자들이 항거하면, 광장 안에 차 벽을 만들어, 그들을 죄인으로 만든다. 국가에 반항한 범죄자. 색깔론으로 몰아붙인다.

　　대한민국 국민은 "모스크 제6병원"에 누워있는 환자인지 모른다. 국민이 아니라 "(착한) 오리"가 되고 있다. 국가 기계가 일개 국민을 행해 총을 겨눌 때, 자신이 구워지고 있는 줄 모르는 "뜨거운 오리"로 변하고 있다. 뜨거워도 뜨겁다고 소리 지르지 못하는 오리이다. 양념을 앞둔 오리는 먹힐 예정이다. 자신의 죽음을 지켜보아야 하는 오리는 "오염된 눈"이 박혀 있다. '오염된 눈'을 가진 평범한 사람들은 예고 없이 죽어간다.[5] 오리는 오리

5　손미 시인은 산문 「5만 원」에서 이렇게 적고 있다. "뉴스 좀 봐봐. 세상 참 무섭지 않니? 뭐가 무서워. 너는 키가 커서 그런가 봐. 겁이 없는 게. 그녀는 나를 올려다보며 말했다. 난 있지, 참 무섭다. 이 세상이 정말 무서워. 당장 내일이라도 무슨 일이 일어날 것 같아. 그녀는 허공을 바라보며 중얼거렸다. 정말 무서워. 나는 정말 무서

의 죽음을 외면한다. 희생자들이 발생해도 따듯한 눈길 한 번 주지 않는다. 오염된 눈이 박혀 있는 줄 모르고 일상생활을 해나간다. 교통 체증이 발생하면, 반항자들을 탓한다.

우리는 체르노빌의 방사능에 오염된 기형아일지도 모른다. "물고기의 목을 달고 태어난 오리"일지도 모른다. 스펙을 쌓고 취업을 하며, 살아야겠노라고, 쳇바퀴 돌듯 살아내지만, 결국, 사냥꾼의 시선에 걸린, 먹잇감인지 모른다. 언제 그들의 총이 겨눠질지라도, 모르는 척한다. 이 방관이야말로 위험한 현실이 아닐 수 없다. 권력을 가진 자들의 '흰자위'가 총을 겨누고 있음을, 당하는 자가 바로 나 자신일 수 있음을, 시인은 경고한다. 냉혹한 서슬에서 깨어나야 할 이유이다.

5. 죽음을 지켜보는 마지막, 눈빛

응급실 간호사가 눈을 감추던 순간

천만 근 쇠메가 뒷덜미를 때렸습니다
달려가 아들이라고 말하기도 전에 의사는 표정만 보고
스테인리스 침대 앞으로 오라 했습니다

이분이 제 아버지 맞습니다
신이 지상에 내려온대도 갈라놓을 수 없는

워". 죽음을 앞둔 시인의 친구가 침대 위에서 남긴 말이다. 지금 이 시대는 언제 어디서 누가 바로 옆에서 죽어 나갈지 모르는 세상에 살고 있다. 그 위험을 다만, 외면하고 있을 뿐이다.

부정하지 못할 부자관계 맞습니다

···(중략)···

풍구가 열기를 부추기고
갈탄이 안면으로 불티를 날릴 때마다
혈관이 터져 눈자위를 휩쓸었습니다
반복보다는 거듭됐다는 어휘가 혈연의 온도입니다

선혈이 걸쳐진 아버지 눈동자는 가계의 문장紋章

붉어서 비린 구름 한 조각은
스테인리스 침대에 흥건했던 마지막 노을
눈동자를 잠식하던 참혹

—전영관, 「출혈」부분

죽음을 맞이하는 순간, 눈빛이 떨린다. 시선을 어디에 두어야 할지 곤란한 순간이다. 감정을 어떻게 쏟아부어야 할지, 참혹한 순간이 아닐 수 없다. 핏줄이 이어진 접촉면에서, 그 핏줄이 끊어짐을 확인하는 순간, 응급실 간호사가 먼저 눈빛을 감춘다. 죽음 앞에서 운명은 반복될 것인가, 단절될 것인가. 이 지점에서 시인은 단절과 반복을 동시에 택한다. 시인이 아들을 둔 아버지이자 아버지를 둔 아들이기 때문이다. 전영관 시인의 산문 「반복 혹은 유전」에서 시인은 "내 아들들은 나를 생각하는 애틋함이 지금의 내가 아버지를 생각하는 것보다 가볍기를 소망한다. 우리 아버지 고생만 하다 돌아가셨다는 후회를 남기고 싶지 않다. 이 버거움을 물려주기 싫은 것도 어쩌면 아버지께 배웠을 것이다. 당신께서 그리 고생하시면서도 자식들 교육에 매달린 까닭"이라 말한다.

시인은 아버지의 죽음 앞에서 "천만 근 쇠메가 뒷덜미를 때렸습니다"라고 고백한다. 아버지의 죽음 앞에서 그분의 온 삶의 무게가 시인에게 전가되었다. 한 사람의 죽음은, 다음 사람의 삶으로 이어진다. 단순히 육신의 죽음으로 그 삶이 다한 것이 아니기에, 죽어도 죽은 게 아니다. 천만 근의 무게를 언어맞은 것처럼 느낀 이유는 "아버지 눈동자는 가계의 문장紋章"으로 작용하기 때문이다.

전영관 시인은 '가계의 문장紋章'을 물려받는 유전인자이다. 아버지의 문장은 지워지지 않는 낙관이다. 이마 위에 찍힌 낙관을 유지 존속하기 위해, 시인은 아버지의 임종을 지켜야 하는 의무를 갖는다. 임종을 지키지 못했다는 "증언"이 "유전"될까 봐 두렵다. 예순아홉 노동자로서 살아온 삶의 무게는 다음 세대를 위한 절규였다. 나같이 살지 말라는, 호소였다. 교육을 위해 몸 바친 시간을 되갚아야 할 젊은이들은 다소 이상한 무게를 물려받는다. 세대들이 마음속에 짊어져야 할 짐이다. 부모님의 헌신을 받아 안은 자식들은 죄책감을 느끼지 않기 위해 죽음의 순간을 지켜드린다. 바라본다. 이것이 마지막 도리인 셈이다. 죽음을 지켜보는 일. 스테인리스 침대 위에서 쓰러져가는 마지막 노을을 지켜보는 일. 참혹함을 견뎌내는 게 자식들의 과업이다. 하지만 이 도리를 지키면서, 시인은 다음 세대를 염려한다. 여기서 단절을 감행하고자 한다. 가벼움을 떠올려보는 게다. 부모 세대의 "버거움"을 다음 세대에 물려주고 싶지 않은, 죄책감을 물려주고 싶지 않은, 천만 근 쇠메를 물려주고 싶지 않음이다. 심리적 유전을 단절할 수 있을까. 백지상태로, 후회를 물려주지 않을 수 있을까. 시대적 과오를 물려주지 않을 수 있을까. 과제이다. 근대성을 획득하기 위해 달려온 대한민국 역사가 감당해야 할 우리 모두의 몫이다.

6. 시선 너머 다른, 시선으로

다른 시간이 교차할 때 궁륭을 향해 솟아오른다.
두 개의 근육이, 두개의 마음이. 합.

매트 위로 굴러가는 근육. 펼쳐지는 근육. 쭉 뻗는 근육. 엇갈리는
근육.
남학생과 남학생 사이에서 폭발하는 네 개의 눈동자. 그 눈은 서로를
향한 것이 아니었고 향하는 것은 궁륭의 정중으로 모이는 하나의 시
선이었고, 합.

흩어지는 시선들 굴러다니는

검은 빛나는 남학생의 눈동자들. 그건 아무 뜻도 아니었고 아무런 우
주도 아니었지만
남학생은 굴러가는 눈동자를 찾아 장님 같은 손을 뻗고 하나의 근육은
머물렀던 시선 너머로 움직인다.

굴러가고 펼쳐지고 쭉 뻗고 솟아오르는 근육들이
메아리쳐 매트 위로 떨어지는 기합들처럼
                              —송승언, 「체육관의 남학생 둘」 부분

송승언 시인은 뒤집기를 좋아한다. 남들이 이것이라고 말하면 저것을 떠
올린다. 저것이라고 말하면, 이것도 저것도 아닌 제3의 지점을 떠올린다.
이 시는 바라보려고 하지 않는다. 본다는 것이 무엇인지 질문하기 위해, 차
단한다. 오히려 몸을 등장시킨다. 근육과 근육의 맞부딪힘, 근육과 근육이
빚어낸 기합의 "합"을. 움직임은 다만 시각에 의해서만 작동하는가? 문장

을 바꿔 말하면, 제대로 바라보지 못하는 사람들은 어떻게 바라보는가, 묻는다.[6] 바라본다는 사전적 질문의 이면을 생각하게 한다. 다른 방식의 바라봄은 없을까, 다른 화학 작용은? 따라서 보지 않으면 믿을 수 없나, 진실은 없나, 사실이 아닌가, 세상에서 수없이 벌어지는 사건과 발생과 퇴행과 마찰과 이루어짐은 어떻게 설명할 것인가, 어떻게 바라보고 있다고 믿는가, 줄줄이 사탕이다. 허위다. 거짓이다. 바라봄은 허세이자 착각이다. 뒤집음으로써 지평을 확장해 보자.

남학생과 남학생 둘이 체육관 안에서 온몸으로 부딪힌다. 본다는 것은 다만 시각에 의존하는 행위가 아니다. 빛이 있기에 바라볼 수 있지만, 빛을 보기 위해 눈이 있지만, 그럼에도 이 세상에 존재하는 허공, 공기, 먼지, 감각, 근육, 소리, 진동 등등 이러한 모든 것들로 느낄 수 있다. 느끼며 감지한다. 내면으로 받아들이는 '봄'이다. 감각적이고 촉각적인 '봄'이다.[7] 이러한 측면으로 바라봄의 영역을 확장하고 나면, 우리가 과연 무엇을 본다고 말할 수 있을까, 라는 근원적인 질문을 던지게 된다.

송승언 시인은 시선 너머까지 볼 수 있는 자가 되어야 한다고 말한다. 땅의 표면에서 흔들리는 나무만 볼 게 아니라 저 나무를 지탱해 주는 흙 알갱

---

6 송승언 시인은 산문 「빛을 보지 않는 시선들」에서 눈이 없는 자들에게 바라본다는 것은 무엇이냐는 질문을 던진다. 그들에게는 육체로 느낄 수 있는 분명한 감각이 오히려 바라봄이다. "높은 곳으로 솟아올랐다가 궁륭에 반사되어 다시 내게로 돌아오는 소리, 매트 위에서 풀풀 날리는 먼지 냄새, 그리고 손으로 만져지는 당신의 근육, 근육마다 양껏 담긴 체온 따위. 이런 것들도 다 보이는 것들이라고 할 수 있지 않을까".

7 시각보다 촉각이나 다른 감각을 우선시한 시인들이 있다. 그 예를 살펴보면 다음과 같다. "그(콜리지-필자)는 바깥 세계에 대한 인식을 가능하게 하는 최초의 감각이 시각이 아닌 촉각이라고 했는데, 이는 일면 정확한 지적이다. 감각은 촉각, 미각, 시각 등의 순서로 발달하기 때문이다. 콜리지는 "우리가 받는 최초의 교육, 어머니에게서 받는 최초의 교육은 촉각에 의한 것이다"라고 말하면서, 시각 그 자체는 오직 촉각의 끊임없는 상기로 얻어진다"고 주장했다. 사실 궁극적인 것은 촉각일지도 모른다. 사랑의 행위에서 시각이 중요하긴 하지만, 사랑의 최종적인 완성은 언제나 촉각을 통해서이기 때문이다"(임철규, 『눈의 역사 눈의 미학』, 한길사, 2009, 150쪽).

35

이와 뿌리와, 뿌리를 견디게 해주는 미생물과 미생물이 번식하게 해주는 햇빛과 그늘과 지구의 온도와 지각 아래 꿈틀거리는 지진파까지 감각해야 할 일이다. 이에 "귀를 기울이면/ 들리지 않는 곳이/ 보인다"라는 김구용 시인의 한 구절을 인용한다. 귀로 보고, 눈으로 듣고, 입술로 울고, 코로 우는 게다. 빈센트 반 고흐가 자신의 귀를 자르고, 자화상을 그려내면서, 사라진 귀의 흔적을 그리고자 했듯이. 들리지 않는 고통이 보이고, 보이지 않는 저 머나먼 곳이 또렷해지는 게다.

"하나의 근육은 머물렀던 시선 너머로 움직인다". 시선 너머에는 온몸과 온 시간과 온 체온과 온 마음이 있다. 그렇기에 시인은 견자見者가 된다. 이것은 단순한, 바라볼 견見이 아니다. 꿰뚫어야 할 관觀이고, 보이지 않는 것까지 볼 수 있는 마술적 투시이다. 시각적인 속임수에 넘어가서는 안 된다. "굴러가고 펼쳐지고 쭉 뻗고 솟아오르는 근육"의 생생함과 그 젊은 함성이 빚어내는 기합의 이면을 눈여겨 새겨야 할 일이다. 그것이 저 너머를 바라보는 일이다.

7. 눈동자와 눈썹 사이, 숨김

안 보일 텐데

멀리서 허공 하나가 자동차 밑에 드러눕는다

…(중략)…

검정색 때문에

아직도 나는 가끔 우주를 떠올리는데

날갯짓처럼

두 눈을 깜빡거린다

우리는 자꾸 어디로 날아가 버렸나

내가 웃어도 너는 나의 눈동자처럼 가만히

—한인준, 「도화지」 부분

　바라본다는 것은 보지 않음을 전제로 한다. 때로는 보고 싶지 않음과 숨김을 필요로 한다. 한인준 시인은 숨김과 여백을 동시에 갖고자 한다. 안 보이고 싶어 하기에, 숨기는 것에 예민하다. 들키고 싶지 않기에, 타자들이 감추고 싶어 하는 미세한 떨림을 감지하는 눈이 있다. 역설적으로, 타자의 눈꺼풀이 멀리서 아주아주 미세하게 떨리는 순간을 포착한다. 이 포착이 주는 여백과 여운이 깊고 풍성하기에, 시인은 행과 행의 공간을 벌린다. 아니 벌리고 또 벌어지게 만든다.

　"검정색"은 복잡하다. 온 색깔이 합쳐지는 색이기에, 그 색의 이면에 무엇이 혼재되어 있을지 아무도 모른다. 검정색은 겉으로 다만 검정색일 뿐이지만, 검정색으로 호명되기 이전에 빨주노초파남보의 다양한 색채들이 합성되어 있다. 검은콩 하나에 검정색 하나. 이 단순함이 두드러지는 이유는 "도화지" 위에 존재하기 때문이다. 하얀 도화지 위에서는 그 무엇도 가능해진다. "나무에 창문을 그리면 나무로 만든 집"이 떠오른다. 나무로 만든 집을 떠올리는 눈동자는 검은빛 우주와 같다. 우리 몸 안에 우주는 늘 깜박거린다. 눈꺼풀이 눈동자를 감싸 안으며 날갯짓한다. 저 검정빛이 가득한 우주 속으로 날아오르는 상상이 가능하다. 눈꺼풀이 한 번 깜박일 때마다 하얀 도화지 위에 은하수가 넘실거리고, 은하와 은하를 건너는 기차가 날아다니고, 멀리서 "허공 하나"가 일상의 공간으로 내려앉는다.

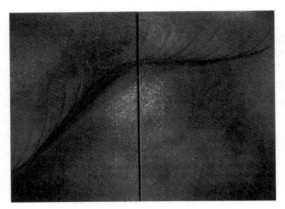

상상력이 가득한 눈이 내면 가득 빛난다.[8] 빛이 가능한 도화지 같은, 가능성의 공간이, 바로 눈동자가 아닐 수 없다. 그것이 가능하기 위해서는 때로 조심조심 들키지 않을 만큼 작은 소리로 "어쩌면 나는 나를 안 보이려고" 애를 쓴다. 안 보이듯 보이면서 해무를 뚫고 빛나는 등대처럼, 시인은 그렇게 빛나고 싶은 게다. 몽상하는 눈동자로, 고립되며 숨어본다. 중요하지 않은 듯 중요하게, 필요하지 않은 듯 필요하게, 정확하지 않은 듯 정확하게, 공간과 공간의 사이를 벌리고 벌려, 그 사이에서 당연한 것이 당연하지 않게 몸을 감춘다. 이 세상에 솔직한 게 있을까, 하고. 이 세상에 진짜라는 게 있을까, 하고. 몽상은 또 다른 몽상으로 흘러간다. 눈동자라고 말하기도 전에 다른 것이 떠오른다.[8] 공감이 충분히 이루어지기 전에 "앞바퀴가 구른다". 그렇게 흘러가며 잊으며, 눈빛은 사라진다. 벌써 다른 시공간으로 가버린 것일지도.

---

8 블레이크 역시 시각을 불신하면서, 육체의 눈이 아니라 '상상력의 눈'이 필요함을 강조한다. "나는 나의 위대한 과업으로부터 휴식하지 않노라. 그 과업이란 …(중략)… 내면으로 향하는 불멸의 눈을 열어 사유의 세계, 즉 영원을 꿰뚫어 보는 것이라고 했다. 이때 내면으로 향하는 '불멸의 눈'이 바로 '상상력'이라는 눈일 것이다"(임철규, 같은 책, 151쪽). 상상력의 눈이란 결국 이미지를 창조하는 능력이 있는 눈을 말하는 게다.

8. 불완전한 기능, 불완전한, 가능성

여기서 인상파 화가였던 클로드 모네 얘기를 짚고 넘어가야겠다. 많이 알려졌다시피, 모네는 말기 30년 동안 지베르니 정원에서 시간과 날씨에 따라 변화하는 순간의 덧없음, 물빛과 더불어 피고 지는 수련의 느낌을 화폭에 담아왔다. 지베르니 정원에서 직접 나무와 꽃을 가꾸며 그렸던 그림들은 무척이나 빼어나다. 특히 「수련」(1917~1919), 「아이리스」(1924~1925), 「등나무」(1919~1920)에서 보이는 강한 역동성과 생명력, 형체를 뛰어넘은 자유로운 붓질이 좋다. 그의 정열이 담겨 있는 그림에서 자유의 의지와 생사의 경계를 넘어선 초월적인 여유가 느껴진다. 필자는 개인적으로 모네의 후기작들을 좋아한다. 인상주의를 넘어서서 칸딘스키를 비롯한 추상주의 미술에 영향을 끼쳤던 그 지점을 말이다. 모네의 말기 그림들은 형태를 그리는 차원을 벗어나 있다. 「장미나무 길」(1920~1922)을 그리면서도 장미나무 자체만을 그리는 것이 아니라, 눈에 보이지 않는 세계와 장미의 생명 에너지가 빛으로 요동치는 느낌을 화폭에 담고 있다. 모네의 안과적인 질환이 오히려, 추상적인 표현을 과감하게 도왔던 것은 아닐까 한다. 불완전한 세계의 결핍이 또 다른 창조의 세계를 펼칠 수 있도록 이끌어낸 것이리라.

---

9 한인준 시인의 산문 「눈동자와 눈썹 사이」는 의식이 구름처럼 흐른다. 결국 한 가지 사물을 함께 바라보았음에도 불구하고, 같은 시간과 공간을 공감하는 것은 찰나이다(만약에 이런 것이 가능하다면, 타자와 한 장면만이라도 같은 느낌과 생각을 접착제로 붙일 수 있을까).
"눈동자에 대해 오래 생각했다. 눈동자를 생각하면 너는 뭐가 떠올라? 어떤 친구는 여름에 자전거 여행한 이야기를 나에게 했다. 나도 자전거 여행을 했는데 우리는 눈동자 이야기를 하기도 전에 자전거로 공감했다."
동시에 바라보지만, 각기 다른 생각을 떠올리며 미끄러진다.
"나는 무더위에 페달을 밟았다. 엉덩이에 물집이 잡혔다. 앞바퀴가 구른다. 풍경이 안 보이지. 그렇지. 거기까지 갔어? 응, 나도 거기까지 갔는데."
서로 다르게 말하고, 서로 다른 방식으로 떠올리지만, 같은 걸 말한다고 착각할 뿐이다. 바라봄은 이렇게 착각을 동반하는 일이기도 하다.

사상思想과 사상寫像은 흐릴수록 넓어

남은 실을 끊기 전까진 늘 내가 옳았던 세상

눈을 감긴다 어제에겐 색채가 없고

내일에겐 질감이 없는 가운데

시각이란 물컹한 광학현상의 그림자일 뿐

우리는 액상液狀으로만 만나자, 눈을 뜨면,

쓸데없는 밤이, 시력이 없는 눈이

사물의 무늬가 되어간다 볼 수 없다는 것은

유리琉璃에 가까워진다는 뜻이어서

나는 너에게 투명할 수 없었을까

눈꺼풀 뒤에 휴대한 진짜 밤을

본 적이 없어, 너를 몇 절씩 꿰매 본다

가짜 어둠을, 나를 쳐다보고 있는 것이

밤을 쉽게 본다고 한다 물컹한

저것이, 눈도 아닌 것이

—류성훈, 「초자체硝子體」 부분

초자체硝子體는 액체도 아니고 고체도 아닌, 수정체와 망막 사이를 채우고 있는 투명한 겔gel이다. 눈이라고 하는 시각 기관은 액체이기도 하고 고체이기도 하지만, 액체가 아니기도 하고 고체가 아니기도 하다. 따라서 인간은 불완전하게 바라본다. 바라보는 일은 착각을 동반한다. 불완전한 물질은 자유롭게 착각한다. 결핍은 원초적으로 부여된 인간의 물질이다. "사상思想과 사상寫像은 흐릴수록" 다채롭다. 한 사물을 같이 바라보아도, 다른 생각을 떠올린다. 공통분모를 가진 공통의 답이란 존재할 수 없다. 늘 내가 옳았던 세상"이 무너진다. 무너져야만 다른 세상을 창조할 수 있는 힘이 생긴다. 시인은 무너지는 존재여야 한다. 사물을 무너뜨리고, 대상을 무너뜨리고 나 자신을 무너뜨린다. 이러한 무너짐이 가능한 촉매제로 시각만큼 커다란 깨우침을 주는 강물이 없다.

"시각이란 물컹한 광학현상의 그림자일 뿐"이다. 불완전한 그림자와 그림자 강이 흐른다. 존재의 강물에 물결이 생기고, 여울이 울렁이고, 잔잔한 조약돌이 잠긴다. 그 그림자에 맺힌 결이 있다. 타자를 함부로 할 수 없는 결, 결과 결의 다름으로 인해 발생하는 갈등과 반목. 어쩌면 착각의 그림자가 빚는 결이 다르기에 옹이가 발생한다. 당연한 결과이다. 불완전한 시각 기계로 바라보면서 각자 완전하고 완벽하다고 고집을 내세운다. 뒤집어 착각을 인정하는 순간, 세상이 다시 조립될 가능성 위에 놓인다. 주체가 바라본 것을 그 자신이 능동적으로 회의할 때, 새로운 지평이 열릴 가능성이 있다.

류성훈 시인은 새로운 지평을 열고자 한다. 이 지점에서 사물의 '무늬'를 발견한다.[10] 바라본다는 것은 결과적으로 타자와 나 사이의 관계에서 빚어지는 무늬를 발견하고 공유하는 일일지도 모른다. 대상의 무늬를 발견하고, 그 무늬가 부르는 지점을 호명하는 것. 그 무늬들이 말하는 바를 말하도록 내버려 두는 일. 스스로 말하게끔 공간을 열어두는 일. 호명하며 지우는 과정이다. 물결이 출렁이도록 담담하게 바라보자, 물결은 다른 물결에 의해 지워진다. 눈을 뜨고 눈을 감는 행위 역시 존재했던 사물의 무늬를 기억하고(눈을 뜨기) 지워내는(눈을 감기) 과정을 반복하는 일이다. 화가 모네처럼 제대로 눈을 뜨고 감음이란, 바라보고 지우는 일이다. 열정적으로 지워야 할

---

10 류성훈 시인은 산문 「'나'를 보내는 길목(目)」에서 무늬에 집중한다.
　　"일본어로는 어떤 사물의 무늬를 '눈(目, め)'이라고 부른다. 돌의 무늬를 이시메(石目)라고 하고, 나무의 무늬를 모쿠메(木目)라고 한다. 무늬는 사물의 결이다. 결이란 그 대상의 속성이자 태어남의 증거이고, 그의 영혼의 배어 나오는 길이다. 눈으로 태어나는 너의 무늬. 무늬로 돌아가는 나의 눈 사이에서 수목들이 자라는 것을 본다."

것이다. 뜨겁게 추상해야 할 일이다.

"눈꺼풀 뒤에 휴대한 진짜 밤을/ 본 적이 없"기에 우리는 가짜일 수도, 있다. 가짜임을 인정할 수 있어야만, 세상이 진짜와 가짜가 섞여 있는 매트릭스에 불과함을 알아차린다. 관계의 불안정함을 인정할 수 있다. 용서하고, 안아줄 수 있다. 다르다는 것을 인식하는 행위. 시인은 '너'는 "너"라고 다시 호명해 줘야 하는 지점에 선다. 저 액체도 고체도 아닌 물컹한 저것이 '나'를 쳐다보고 있기에. 언제나 무의식 속에서도 검증하려 들기에. 호명하고 지우기를 무한 반복해야 한다. 이 과정에서 안과적인 질환을 가졌던 말년의 화가처럼, 초월적인 선線과 끓어오르는 색채로 매력적인 장미나무의 길을 만들겠지. 이것이 시인의 사명이다.

9. 어디론가 누군가의, 어시스턴트

'눈동자'에 관해 열 명에게 청탁했지만, 하나 부족한 아홉 명의 시편이 들어왔다. 마지막으로 김승일 시인의 시가 도착했다. 하나의 결핍이 숫자 9를 만들었다. '10'으로 완성하지 않고, 부족한 가운데, 풍성한 숫자 '9'를 만들어내었다. 시인은 애초에 산문을 먼저 싣고 시를 나중에 실어달라고 요구하는 메일까지 보내왔다. 제일 늦게 시를 보내면서, 가장 많은 요구를 한 셈이다. 이상한 과잉이 좋다. 시인이기에, 엉뚱하게 바라볼 권리를 가진 존재들이기에, 속 끓이는 요구들이 재미있다. 하지만 다른 아홉 명의 시인들이 시를 먼저 싣고 산문을 나중에 싣기에 이 편재를 따르기로 한다. 다만 이러한 요구가 있었음을 미리 밝혀 둠으로써 시인의 의도를 살펴보도록 한다.

시인은 「나는 계속 이렇게 할 수 있다」라는 산문을 보내왔다. '눈동자'라는 테마로 글을 쓰고 있다는 행위, 그 자체를 글로 쓰고 있다. 미끄러지는 형태의 산문이다. 애초 산문의 제목은 「유달리」였다. "「유달리」가 완성되면 이제 시를 써야지" 하다 다시 제목이 미끄러진다. 다음 제목은 「안광」이다. 하지만 이 제목으로 글을 쓰지 못하고 다시 「나는 이렇게 계속할 수 있다」라는 취지의 글을 이끌어나간다. 다음 제목은 「꿀과 요거트」라 주장할 것이라면서 「가정적이고, 아내와 함께 백마를 타고 돌아다니며, 꿀과 요거트를 좋아했던 한 남자」라는 제목을 떠올린다. 엉뚱하게 오사마의 눈동자를 떠올리면서, 자신의 총명한 눈동자를 떠올린다(스스로 총명하다고 말하다니!). 결국, 고등학교 시절 시 창작 선생님께 들었던 발화를 떠올린다. "너 요즘 이상한 것 같다. 어디 안 좋니? 왜 눈을 똑바로 못 바라보니? 옛날엔 안 그랬는데". 결과적으로 이 발화는 어떻게 바라볼 것인가, 라는 문제를 시인 스스로 질문하게 된다. "나는 누굴 만날 때마다 언제나 눈을 똑바로 마주치기 위해 노력"하고 있는데 숨이 잘 안 쉬어진다. "나는 너의 눈을 보고 있는데, 너는 내가 네 눈을 응시하고 있다는 것을" 알아채지 못한다.[11] 다시 엉뚱해진다. "헤겔은 그리스 조각상의 눈동자가 예술의 핵심이며 절대정신을 표상하려는 노력"이라 인용하면서 헤겔이 동영상이 없는 시대에 태어났기 때문에 절대정신 같은 얘기를 했다고 발화한다. 디지털 문명의 수혜를 입지 않았기 때문에, 동영상과 같은, 즉시즉시 변화하고, 기록하는, 이상한 매체가 없었기 때문에 '절대'라는 호명을 했을 것이라는 발상이다. 이런 방식으로 시인은 제법 "총명"하게 미끄러진다. 한 사물을 지우고, 한 대상을 지우고, 한 기억을 지우고, 한 관계를 지우고, 한 만남을 지우며, 괴이하게 호명한다. 정말로 시인은 이렇게 한도 끝도 없이 써나갈 수 있었으리라. 이 방식은 시에서도 이어진다. 산문을 쓰고 난 결과이다.

눈동자라는 질문, 세상에 던지는 의문

---

11 이 글을 쓰는 도중에 이십 년째 암 수술 후유증을 앓다가 작년, 요양원 중환자실에 입원하신 시어머니를 뵙고 왔다. 치매에 욕창과 합병증까지 겹쳐, 가족들이 방문해도 알아보지 못하신다. 그런데 가정의 날을 맞아 찾아간 병실, 그녀는 문득, 나를 알아보고, 여기에 어떻게 왔냐고 묻는다. 고생 많다고. 나는 당신의 눈을 보는데, 당신은 우리를 보지 못하셨는데, 느닷없이 바라보았을 때, 놀랍고 경이로웠다. 병상에서 마주친 깊고 어린 눈동자였다. 김승일 시인의 방식으로 한 문장을 덧대고 싶다. 동영상이 존재하기에 절대정신이 존재할 수 없듯이, 침상 위에서 그 누구도 절대정신을 지켜내지 못할 게다.

1

눈에 대한 산문 앞에 앉으면 어떻게 눈에 대한 산문을 쓸 것인지에 대
한 산문이 되었다 눈 앞에 앉으면

너는 다른 사람 눈을 똑바로 보지 못하는구나
(누군가가 내게 했던 말이다)

라는 문장이 생기는데 문장이 생기는데라는 문장 앞에 앉으면 문장
이 생긴다는 문장 대신 그때부터다 내가 다른 사람의 눈을 똑바로 보
지 못하게 된 것이라는 문장이 생긴다고 써야 한다라는 문장이 생긴
다 이것이 1이다 내가 눈동자에 대한 산문을 어떻게 쓸 것인지에 대해
쓴 산문에서 언급한

이렇게다

—김승일, 「어시스턴트」(1부, 1~10행)

한 문장은 다음 문장을 끌어내고, 다음 문장은 그다음 문장을 불러온다.
계속해서 앞 문장에 대해 질문을 던지기 때문에 발생하는 자연발생적인 흐
름이다. 질문을 멈추지 않고, 이것은 왜 이래야만 하나? 저것은 왜 저렇게
호명되어야만 하나? 이 질문 자체가 앞 문장을 밀어내고 지워내는 힘을 갖
는다. 이런 힘이야말로, 시인 자신이 텍스트 위에서 '글을 쓰는 자'라는 강
한 자의식이 발동한 셈이다. 눈동자라는 산문을 쓰기 시작하면서, 바라본
다는 행위와 사건, 무엇을 보고, 무엇을 써나가야 할지, 그 대상을 본격적
으로 탐구해 나간다. 이 탐구의 과정엔 답이 없다. 일정한 속도를 가진 질
문이 일정한 흐름으로 미끄러지며, 다음 질문을 생산해 낸다.

2

…(중략)…

선생님께 여쭈어보겠습니다 저 대신 다른 사람의 눈을
똑바로 보고 다니시다가 제가 건드리면 보고하세요

똑바로 봤다고 하세요

7인의 조수들아 너희들은 저 선생보다 더 자세히 보고해라 돈도 더 줄
게 7인의 조수들은 세상에서 가장 아름다운 풍경 앞으로 파견될 것이
다 7인의 조수들은 장님 대부호에게 엽서를 보낼 것이다

묘사일 것이다

조수들이 보낸 엽서를 선생님 낭독하면
대부호가 심사를 한다

　　　　　　　　　　　　　　　—김승일, 「어시스턴트」(2부, 11~26행)

　　질문과 질문의 연속은 권위에 대한 도전으로 이어진다. 선생의 발화에 대
한 의문이다. 1부가 원인이라면, 2부는 그에 대한 반격이다. "선생님에게
도 여쭈어보겠습니다" 이런 질문을 던진 바로 그 자신도 똑바로 보고 계시
는지요? 그것을 확인하기 위해 어시스턴트가 필요하다. 이 상황은 가정법
하에 진행된다. "내가 대부호가 되면 조수" 7명을 고용하겠다는 뜻이다. 7
인의 조수는 선생의 권위를 넘어서는 강력한 보조자이다. 선생의 권위와 교
육의 권위, 상징계의 허상과 잣대와 가르침을 넘어서기 위해 철저하게 "묘
사"가 필요하다. 선생은 과연 제대로 바라볼 수 있을 것인가? 기성세대들은
지금까지 똑바로 바라보았기 때문에, 한국 현대사회의 질곡과 모순을 제대
로 해결해 왔던가. 겉으로만 잘해라, 가만히 있으라, 어른들 앞에서 조용

히 해라, 오지선다형 답을 맞혀라, 질서를 지켜라. 숱한 권고 사항대로 살아온 아이들은 기존 어른의 답습을 고스란히 베끼듯 제2의 유전인자가 되지 않았던가. 따라서 시인은 반항아처럼 대들고, 프로답게 묘사하려 한다.

> 대부호는 넣기로 한다 눈에 대한 묘사다
> 그것이 3이다 3에는 묘사가 있다
>
> —김승일, 「어시스턴트」(31~32행)

마지막 연에서 시인은 가정법을 철회한다. 시적 주체가 이미 "대부호"가 된 상태이다. 여기에 눈에 대한 정확한 묘사를 넣기로 결정한다. 그것이 적확했는지 아닌지 알 수 없다. 사실 7인의 조수 역시 각기 바라보았을 게다. 단 한 사람이 바라본 것보다 공통분모를 추출할 만한 증거와 상황 포착은 넘쳐흘렀겠지만, 그 장면이 진실인지 알지 못한다. 그럼에도 정확하고자 하는 의지가 담겨 있다. 눈에 대한 묘사는 숫자 3으로 귀결된다. 7인의 조수가 만들어낸 숫자 3은 결과적으로 제로섬이 될 듯하다. 숫자 '0'으로. 한쪽은 손해를 보고 다른 한쪽은 이익을 내고, 그 다른 한쪽이 또 다른 한쪽에서 이기고 지는, 아무리 대부호일지라도 제로섬이 될 것이다.

정면으로 바라보는 일은 숨이 차다. 똑바로 바라보는 일은 윤리적이고 도덕적인 결심과 행위를 동반한 실천적 지침이기도 하다. 선생의 이 조언에 시적 주체는 굴하지 않고, 도전한다. 어른과 아이, 교사와 학생, 기성세대와 차세대 관계에서 젊은 세대들은 더 당차게 질문하면서 기존 체제의 사소한 틈을 벌려야 할 일이다. 지금까지 살펴본 아홉 명의 시인들의 다양한 의식과 이미지, 사유와 현실적인 부딪힘, 죽음과 오인, 착각과 지움, 새로운 호명과 지평을 확인해 온 바로도 알 수 있을 게다. 시인들이 질문하고 있음을. 틈을 벌리고 있음을. 당연한 것을 다르게 보고 있음을. 더 다르게 보기 위해 의미를 지워나가고 있음을.

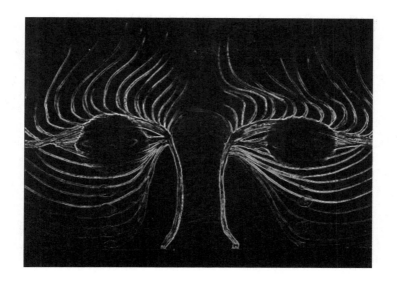

시인들이여, 당차게 "선생님에게도 여쭈어보겠습니다"라고 발화해 보자. 시스템을 흔들어 틈이 벌어지도록, 다시 보도록, 새롭게 보이고, 기쁘게 바라보도록. 설레게 질문하고, 빛을 품은 눈빛으로 숨을 내쉬도록 말이다. 천천히, 숨을 들이마시며, 정면을, 힘겹게, 바라보아야 하지 않을까. 누가 뭐라 해도, 사회 모순과 자기모순을 남 탓으로 돌리지 말고, 자신의 눈을, 타자의 눈을 꿰뚫어야 하지 않을까. 서로서로 스스로 도약해야 하지 않을까. 시인의 눈동자는 끊임없이 묻고 있었다. 질문을 미끼에 걸어, 세상에 던지라고. 제대로 보자고, 해보자고.

통변通變하라, 변화와 진통 속에서

1. 『문심조룡』으로 물꼬를 트며

여기서, 멈추어본다. 지금이 좋을 성싶다. 문예지를 읽으면 크게 두 가지 흐름이 힘겨루기를 하는 것이 보인다. '시적인 것'을 찾아, 시의 경계를 넘어서려는 시도들 즉, 새로움을 향해 도전하는 시편들과 전통적인 '서정시'라는 테두리 안에서 고전적인 방식을 고수하는 시편들이 그것이다(쉽게 경계를 나누기는 어렵겠지만, 우리 문단은 그 영향의 불안 안에 있었음이 분명하다).

'시적인 것'을 찾아 시를 넘어서려는 시도들은 '언어의 과잉' 현상을 보인다. 언어적인 것을 넘어서서, 시적인 것의 경계와 산문적인 것의 경계를 넘어서서, 다른 방향으로 길을 뚫고 있는 듯하다. 그런데 일각에서는 말한다. 시 읽기의 어려움이다. 그동안 새로움이라는 기치 아래 내걸었던 일련의 모험들에 대해 회의적인 반응이 나오는 것이다.

2000년대 들어서 빼놓을 수 없는 일은 언어 과잉 현상이다. 짧은 시행만으로는 현대사회의 복잡성을 재현할 수 없기에, 파편화되고 불안한 정서를 극단적으로 밀고 나간다. 아예 재현을 염두에 두지 않고 관념적인 공간에서 시공간을 재창조하기도 한다. 현실에서 환상이 과속방지턱 없이 뒤섞이고 한편으로는 하위문화 코드를 과감하게 끌어들여, 낯선 세계로 이끌기도 했다. 그로테스크하거나 엽기적인 발상들이 날것으로 불거져 나오기도 했다.¹ 2000년 들어 새롭게 등장하는 시인들은 일정 정도의 난해성과 모호성을 그들의 무기로 삼았는지도 모른다. 그러나 시적 성취를 이끌어낸 시인은 불과 몇몇이다. 많은 시편이 가독성이 떨어지고 감동이 떨어진 것을 부정하지 못하리라. 생각해 보아야 할 지점은 언어의 과잉 현상이 '시적 주체의 우월성'과 맥을 같이 한다는 사실이다(모든 경우가 다 그렇다는 것은 아니지만 젊은 시인들의 시편에서는 시적 주체의 우월성이 상대적으로 높은 편이다). '시적 주체의 우월성'은 대상을 압도해 버린다. 그러다 보면, 타자의 소리를 듣지 않게 된다. 자폐 공간에서 거울을 보고 혼잣말을 하는 것과 같다. 자연스럽게 시인은 자아의 분열을 일으키고, 과잉된 자아가 무한 반복적으로 재생산된다. 이런 기류들이 젊은 시인들 사이에서 집단적인 심리 증후군처럼 퍼져나가고 있다. 이를 긍정적으로 바라보는 선배 문인들도 있겠지만 우려의 목소리가 지속적으로 들려온다.² 그렇다면 독자를 염두에 두지 않고 혼잣말을 내뱉고 있는 시들, 그런 시들이 새로운 것인가?

문학사는 작용과 반작용의 연속이다. 전통을 지키려는 자들과 새로움을 기치로 등장하는 유파들이 서로 긴장하며 영향의 불안 관계를 형성한다. 이것은 비단 한국문학사에서만 나타나는 현상은 아니다. 어느 한쪽이 과하면, 그것에 대한 반대 작용이 나타나고, 새로운 세력은 끊임없이 권력을 재

---

1 이형권, 「기이한 네 얼굴−현대시와 醜의 미학」『애지』, 2010년 가을호. 이형권은 2000년을 전후로 하여 등장한 젊은 시인들이 醜를 정면으로 응시하고 적나라하게 드러내는 현상에 주목한다. 그 범주를 혼성, 환상, 엽기, 복고라는 네 가지로 나눠서 설명하면서 시의 진정성과 자의식 부재를 지적한다.

2 오윤호, 「시에 대한 불편한 진실과 새로운 독자」『시와 사람』, 2010년 가을호. 오윤호는 중견 시인들의 시 읽기의 어려움을 비교적 솔직히 토로하면서 출판 시장에서 시 독자를 잃어가는 현상을 지적한다. 그리고 젊은 시인들이 언어 실험과 기존 시 문법 파괴가 언어적 울림과 인생에 대한 철학 부재를 상쇄하기 위한 것으로 해석한다.

분배받기 위해 도전한다. 결국 새로움도 안정적인 고지를 점령하면, 보수화된다. 이런 작용과 반작용, 도전과 응전의 변화가 문학사이다.

이 지점에서 필자는 중국 문학사로 눈을 돌려보고자 한다. 특히 육조시대 문예 미학을 집대성했던 유협[3]의 『문심조룡文心雕龍』[4]을 주목해 본다.

선진 한대에는 작가가 작품을 표현하기 위해서는 윤리 도덕적 규범과 합치되어야 했다. 결과적으로 문학의 공공성을 강조한 문학 이념이 작가의 개인적인 정감을 속박하는 결과를 낳았다. 한대 문예 사상이 철학 윤리와 긴밀하게 연관을 맺고 있었기 때문이다. 유협이 활동했던 시기는 제나라와 양나라 시대이다. 전 시대 문예 풍조에 대한 반작용으로 대두한 것이다. 당대는 표현형식의 참신함과 화려함을 추구하는 문예 풍조가 보편화하기 시작하였다. 개인의 정감이 미적인 감성으로 독립성을 인정받기 시작한 것이다(불교와 도교의 영향이 컸던 시대였다).

표현이 화려해지고 수식이 남용되면서 기이한 염정이나 색정이 과해진다는 비판을 받는다. 진실한 내용이 결여되고 공허한 문예 풍조를 낳았던 것이다. 그 반작용으로 유가 사상이 다시 고개를 들면서 당대 문예 이념에 대한 반성을 촉구하는 논쟁이 일어난다.

이것이 신구 논쟁이다. 옛것을 숭상하는 '법고法古' 파와 새로운 변화를 주장하는 '경금競今' 파의 논쟁이다. 법고파는 형식 면에서 질박함(質)을 강조하

3 유협(465?~520?)은 제나라와 양나라 시기를 거쳐 생존하였다. 자는 언화彦和이다. 나이 32~37세 전후하여 『문심조룡』을 쓰기 시작하였다고 한다.
4 『문심조룡』은 중국 선진(先秦: B.C.12~13세기)에서 육조(六朝: 6세기)시대까지 중국 고대의 문학 현상을 시대순으로 관찰하고 연구하여 이론으로 집대성한 중국 고대의 문학 이론서이다. 문文에 비중을 두고 심心의 활동을 논의한 『문심조룡』은 유가의 내용을 골격으로 하고 있다. 그러나 전체적인 서술체계 면에서 불가의 인명학因明學과 도가의 본말本末사상의 영향을 받고 있다. 노신魯迅은 일찍이 서양에는 아리스토텔레스의 『시학』이 있다면, 동양에는 『문심조룡』이 있다고 말한 적이 있다(김민나, 『동양문예학의 집대성, 문심조룡』, 살림, 2005년, 16~43쪽).

였고, 경금파는 화려함(文)과 새로움을 강조하였다. 법고파는 유가의 문학 공용관을 요구하였고, 경금파는 '아침에 이미 피었던 꽃은(이전 사람들이 이미 사용했던 언어 표현) 시들어버리니 아직 피지 않은 저녁 봉오리(이전 사람들이 사용 하지 않았던 언어 표현)를 피어나게 해야 한다(謝朝花於已披, 啓夕秀於未振)[5]고 말한 다. 이 논쟁에서 법고파는 당시 공허하고 형식에만 치중하는 경금파의 문제 점을 개정하려 하였다. 경금파는 문학을 교화의 도구로 여기는 이념을 비판 하며 문학이 시대에 맞게 늘 새롭게 변화해야 함을 주장하였다.[6]

유협은 어떤 입장을 취했을까? 유협은 절충折衷의 방법을 선택한다. 법고 와 경금, 전통과 새로움 사이에서 이 두 가지 입장을 창의적으로 융합시킨 다. 이름하여 통변론通變論이다.

> 만일 작가들이 푸른색을 보다 세련되게 하고 붉은색을 보다 순화시키 기를 원한다면 그는 마땅히 그 근원이 되는 감초와 꼭두서니 풀의 빛 깔로 되돌아가야만 하고 또한 거기에서부터 다시 시작해야 한다. 마찬 가지로, 기괴한 것과 지나친 천박함을 바로잡기를 원한다면, 작가는 고전들로 되돌아가야만 하고 역시 거기에서부터 출발해야 한다. 따라 서 우리는, 본질과 형식에 대한 요구의 한가운데를 꿰뚫을 수 있고 또 한 우아한 표현과 저속한 표현 사이의 선택에 직면해서는 올바른 원리 를 따를 수 있을 때만, 비로소 전통과 새로움이라는 문제에 대해 함께 논의할 수 있는 것이다(故練青濯絳, 必歸藍蒨, 矯訛翻淺, 還宗經誥. 斯斟酌 乎質文之間, 而櫽括乎雅俗之際, 可與言通變矣).[7]

---

5 육기, 「문부」편. 육기는 육조시대에 새로운 문풍을 열고자 했던 문예 이론가이다. 육조 시대 문사들은 형식미를 중시하고 새로운 문예 미학을 추구하였다.
6 김민나, 「육조문예미학총론－『문심조룡』의 탄생배경」, 『중국어문학 제28호』, 1996년 12월, 110-113쪽.
7 유협, 「통변通變」, 『문심조룡』, 최동호 역편, 민음사, 1994년, 362쪽.

유협은 당시 문단 상황에서 고금파에도 손을 들어주고, 경금파에도 손을 들어주었다. 그는 문학이 새로움을 향해 나아가야 함을 강조한다. 동시에 법고파가 제기한 반성적 사유를 끌어안는다. 새로운 변화를 추구하되, 전통 장르 규범에 의거하여 이루어질 것을 요구한 것이다. 유협은 경금파와 법고파의 입장을 능동적으로 융합시켜 제3의 위치에 자리한다. 형식미만을 추구하는 당대 문예 풍조를 비판하면서 새로움의 당위성을 버리지는 않았다. 새롭기 위해서는 고전으로 돌아가야 한다. 이 얼마나 어렵고도 미묘한 지점인가? "전통과 새로움이라는 문제"를 논의할 수 있으려면, 작가는 "고전"으로 되돌아가고, 다시 "고전"으로부터 시작해야 한다('기괴한 것과 지나친 천박함을 바로잡기를 원한다면'이라는 단서가 들어있다는 사실을 잊지 말자).

그렇다면 문제는 어떻게 새로워질 것인가? 유협의 입장에서 보면, 새로움은 "전통에 능숙해야만 비로소 모자라지 않게(通則不乏)" 된다. 전통의 뿌리를 끊고, 공중누각을 짓지 말라는 얘기이다. 전통에 바탕을 둔 상태에서, 그것을 참조해 가면서 새로워져야 한다. 이 뿌리에 바탕을 두고서 "시대에 적응하는 과단성(趨時必果)"이 필요하다. 왜냐하면 "문장의 체재體裁는 일정한 것이나, 문장의 변화는 무궁한 것(夫設文之體有常, 變文之數無方)"이기 때문이다.

원점으로 돌아와 보자. 어찌 보면 미래파 논쟁도 신구 논쟁과 같은 성격을 띠고 있었던 것은 아닐까(애초 출발이 어찌 되었건 간에, 그 여파와 후유증은 상당히 오래 지속되고 있다. 논쟁을 불러일으켰던 논자들의 의도와 상관없이 파장을 일으키며 내재적으로 반복 재생산되는 듯하다. 마치 물결 속 여울과 같이 끊임없이 되새김질 된다고 할까? 표면적으로 두드러지게 나타나지는 않지만, 물밑 여울이 가시지 않는다)? 미래파의 후유증은 표면적으로 언어의 과다 출혈을 유도한 것이 사실이다. 리듬을 저버린 산문시, 독해 불가능하고, 숨이 막히는 산문시, 독자와 소통을 거부하는 산문시를 양산했다(선배 시인들도 그 영향권 아래 있으면서 시작에 일정 정도 영향을 받았을 것이다). 이후, 문단에는 미래파 논쟁의 반사작용으로 '신서정'을 추구하는 시인들이 등장한다. 하지만 그 정체가 아직 불분명하다. 그들이 추구하는 바가 얼마나, 어떻게 새로운지, 아직 검증되지 않고 있다.

필자는 생각해 본다. 지금 우리의 문단도 유협이 고민했던 문제의식이 필요하지 않을까? 통변通變의 정신이 요구되는 것은 아닐까? 그런 의미에서 「통변通變」편의 찬贊을 음미해 본다.

> 문학 창작의 규범은 이리저리 움직이는 것이어서 고정된 것이 아니니
> 나날이 새롭게 시도해야 그것을 성취할 수 있다네.
> 변화에 능숙해야만 비로소 오랫동안 지탱할 수 있고
> 전통에 능숙해야만 비로소 모자라지 않게 되네.
> 시대에 적응하려면 반드시 과단성이 요구되니
> 기회를 이용할 때에는 결코 두려워할 필요가 없다네.
> 당대를 바라보는 눈을 지님으로 새로운 것을 창조하고
> 고대의 모범을 참조함으로 창작의 방법을 정립하네.
>
> (文律運周, 日新其業. 變則其久, 通則不乏, 趨時必果, 乘機無怯. 望今制奇, 參古定法)[8]

2. 허정虛靜, 시詩가 떠오르는 샘

소멸하는 약력은 나도 부러웠다 풀 죽은 슬픔이 여는 길을 알고 있다
그 길을 따라 올라가면 아무도 울지 않는 밤도 있었다 그 저녁의 시
야視野가 그랬다 출발은 하겠는데 계속 돌아왔다 아무리 기다려도 삶
은 익혀지지 않았지만 강변에서는, 공중에서 죽은 새들을 볼 수 있다

---

8 유협 지음, 「통변通變」 『문심조룡』, 최동호 역편, 민음사, 1994년, 365쪽.

땅으로 떨어지지도 않은 새의 영혼들은 해를 등지고 다음 생애의 이
름을 점쳐 본다
당신의 슬픈 얼굴을 어디에 둘지 몰라 눈빛이 주저앉은 길 위에는 물
도 하릴없이 괴어들고, 소리 없이 죽을 수는 있어도 소리 없이 살 수는
없다는 생각을 하다가 나는 또 내가 궁금해져서 입에 손을 가져다 쉬
고 있는 숨의 냄새를 맡아보았다

—박준, 「금강」 전문(『시와 사람』 2010년 가을호)

박준의 시를 본다. 박준은 2008년 『실천문학』을 통해 등단했고, 시집 『당
신의 이름을 지어다 며칠은 먹었다』(문학동네, 2012)를 출간했다. 그는 유행을
따르지 않고 자기 목소리를 내고 있는 시인 중의 한 명이다. 그의 진술은 제
법 묵직하게 시작된다. "소멸하는 약력은 나도 부러웠다". 시적 주체는 죽
음을 대면하고, 그 죽음 앞에서 생존의 이유를 되묻는다. 언젠가 맞대면해
야 할 죽음을 초연하게 받아들일 자세다. 그 가운데서 시인은 사유하기 시
작한다. 왜 살아야 하는가? 존재 이유에 대한 질문을 던진다. 대답을 얻고
싶다. 그 대답이 있어야 이 땅에서 버텨나갈 힘을 되찾을 수 있기 때문이다.
그러나 시적 주체가 서 있는 공간적 배경은 암울하다. "저녁의 시야視野"라
는 시어가 고독한 심경을 압축적으로 보여 준다.

공간은 무겁게 가라앉는데, "새"는 공중에서 죽는다. 그 어떤 것도 이루
지 못하고, 완성하지 못하고, 허망하게 사라진다. 그 책임을 둘러댈 핑계
도 없다. 다만 "다음 생애"를 점쳐 볼 뿐이다. 시인은 넋두리 없이 잔잔하고
담담하게 진술한다. 무거움이 더욱 가중되어 다가온다.

죽음 앞에서 주위 모든 사물이 사라지고, 시인은 단독자로 남는다. 그때
시인의 몸에는 생성과 죽음의 기운이 교차한다. 사위가 고요한 가운데, 들
숨과 날숨이 문득, 크게 다가온다. 그 가운데, 깨닫는다. 고요 가운데서.
"소리 없이 죽을 수는 있어도 소리 없이 살 수는 없다는 생각"이다.

「금강」은 시의 경로를 보여 준다. '고요하고 빈 마음의 상태', 유협이 말

했던 허정虛靜[9]의 상태이다. 시인은 자신도 모르는 사이에, 허정虛靜의 상태에 이른다. 주위의 사물이 사라지고, 오로지 홀로 있는 고요한 상태, 잔물결도 일어나지 않는 호수의 수면. 그 상태에서 "숨의 냄새"를 맡는다. 이 순간 마음이 생겨난다. 왜 이런 마음이 다가왔는가를 되새김질하며 언어를 찾는다. 유협이 「원도原道」 편에서 이렇게 말한다. "마음이 생겨나면서 언어가 확립되고, 언어가 확립되면서 문장이 분명해진다(心生而言立, 言立而文明)".[10]

박준은 가장 고요한 상태에서 생겨난 마음을 담담하게 시로 진술한다. 허정虛靜은 미적 관조를 이루기 위해 만들어지는 가장 이상적인 상태를 찾아내어, 그 과정을 시로 옮긴 것이다. 유협은 창작의 전 과정에서 지속적으로 견지해야 할 심적인 상태로[11] 허정虛靜을 강조하였다. 시인은 이 상태에서 스스로 던진 질문에 답변을 찾는다. "입에 손을 가져다 쉬고 있는 숨의 냄새를 맡"는다. 자연스럽게 문답이 오가는 과정에서 아마도 생의 의미를 되찾아갈 것이다.

---

9 상상력의 미묘함을 통하여 정신은 외부의 사물들과 접촉할 수 있게 된다. 정신은 마음속에 거주하는데, 그것의 활동 작용을 다스리는 것은 사람의 의지와 성격이다. 사물은 우리들의 눈과 귀를 통해 마음에 다다르는데, 그것을 주관하는 표현 도구가 언어이다. 그러한 표현 도구가 부드럽게 작동되면, 사물의 형상과 모습에 대한 묘사가 가능해진다. 그러나 그 작동이 방해를 받게 되면, 정신은 집중을 잃고 뿔뿔이 흩어지게 된다. 그렇기 때문에 문학적 사색을 잉태하게 하는 것은 허심虛心과 고요함이다. 허심과 고요함의 성취는 마음속을 깨끗이 하는 것과 정신을 맑게 하는 일을 필요로 한다(故思理爲妙, 神與物遊. 神居胸臆, 而志氣統其關鍵; 物沿耳目, 而辭令管其樞機. 樞其方通, 則物無隱貌; 關鍵將塞, 則神有遯心. 是以陶鈞文思, 貴在虛靜). 유협, 앞의 책, 「신사」, 329-330쪽.
10 유협, 앞의 책, 「원도」, 31쪽.
11 김민나, 『동양문예학의 집대성, 문심조룡』, 살림, 2005년, 112쪽.

3. 풍風, 감동과 여운의 출발

늙은 어머니가

마루에 서서

밥 먹자, 하신다

오늘은 그 말씀의 넓고 평평한 잎사귀를 푸른 벌레처럼 다 기어가고

싶다

막 푼 뜨거운 밥에서 피어오르는 긴 김 같은 말씀

원뢰遠雷 같은 부름

나는 기도를 올렸다,

모든 부름을 잃고 잊어도

이 하나는 저녁에 남겨 달라고

옛 성 같은 어머니가

내딛는 소리로

밥 먹자, 하신다

　　　　　　—문태준, 「어떤 부름」 전문(『미네르바』 2010년 가을호)

　문태준의 시는 시집을 덮고 나서, 별거 아니라는 듯, 무시하다가도, 뒤늦게까지 떠오르며, 파장을 일으킨다. 소가 여물 씹듯, 되새김질하게 된다. 그 여운이 길다. 정말, 좋은 시를 읽을 때는 멈추게 되는데, 그의 시가 그러하다. 한동안 정지 상태에서 책장이 넘어가지 않는다. 음미해야 하므로. 시인이 느꼈을 감흥이 일어나는 순간을 파노라마처럼 떠올려봐야 한다. 이 순간 여운의 미가 지속된다. '자미(滋味: 여운의 미)'의 상태이다.

　문태준이 마음을 움직이게 한 것은 "밥 먹자"라는 말씀이다. 시인은 이 말씀에 생명력을 불어넣는다. "막 푼 뜨거운 밥에서 피어오르는 긴 김 같은 말씀"은 다름 아닌 어머니가 일상에서 내뱉는 평범한 말이었다. 어머니의 목소리는 시인을 과거의 기억 속으로 빠져들게 한다. 시인은 목소리의 결

을 따라 과거로 돌아가면서, 젊은 어머니를 회상한다. 목소리는 차원 이동의 통로가 되어준다. 시인은 그 통로를 통해 과거를 회상하고는 현재로 돌아와 늙은 어머니와 마주한다. 여전히 "어머니"가 "마루에 서서" "밥, 먹자" 하시지만, 그 옛날 목소리가 아니다. 문태준은 어머니의 젊음을 되돌려드리고 싶다. 예전 같으면 힘 있는 목소리였을 터인데, 그렇지 못한 것이 안타깝다. "원뢰遠雷"에 애틋함과 그리움이 녹아든다.

시인은 "그 말씀의 넓고 평평한 잎사귀를 푸른 벌레처럼 다 기어가고 싶다". 영원불변한 생명력을 얻고 싶다. "원뢰遠雷" 같은 목소리마저 사라지지 않도록 "옛 성"의 영역에 남기어 붙잡으려 한다.

문태준은 허정虛靜의 상태에서 감흥을 느끼는 지점을 잡아채는 솜씨가 남다르다. 바로 풍風이 시작하는 지점이다. "마음이 생겨나는 순간" 감정의 순수성을 끌어올릴 줄 안다. 다른 말로 말하면 특수한 순간을 보편적인 감정으로 자연스럽게 치환시킨다. 동시에 시적 대상을 살포시 들어 올렸다가 아름답게 놓아준다. 그렇게 들어 올리는 순간, 시인은 곁눈질하며 독자와 대화할 공간을 남겨놓는다. 마음의 공간에 감동(風)이 전해진다.

유협은 감동이 전해지는 방식을 풍風이라고 보았다. 『문심조룡』 「풍골」 편을 근거로 설명하자면, 풍風은 사람을 감화시키는 본원적인 힘이며, 작가의 사상과 감정 및 기질에 대한 구체적인 표현이다. 절실하게 감정을 표현하기 위해서는 '풍風'에서 시작해야 한다. 이것은 사람의 형체 안에 있는 기운(생명력)이 있어야 함과 같다. 작가 개인의 감정과 생명력이 작품에 녹아들어 정취를 이룰 때 감동이 발생한다. 풍風을 잘 이해하는 작가는 감정을 분명하고 적절하게 표현할 수 있다. 작가의 사상과 감정과 기질이 예리하고 명쾌하면 작품의 풍風도 뚜렷하다. 하지만 작품에 나타난 사고가 원활하지 못하고 기운(생명력)이 결여되어 있으면 그 작품에는 풍風이 없다. 작품의 기세나 감동은 모두 풍風과 밀접하게 관련되어 있다.[12]

---

12 김민나, 앞의 책, 151-153쪽.

흙을 주문한다. 한 상자. 밀봉된 흙덩이가
상자에 담겨 트럭에 실린다.
다리를 건넌다. 비 내리는 거리를 달린다.

창가에 항아리가 갈라지며 웃는다.
웃으면서, 뭐라고, 뭐라고, 이야기한다.
웃는 병에 걸린 이야기.
이야기 병에 걸린 웃음.

갈라진 항아리가 웃는 동안, 한 상자.
웃는 병에 걸린 이야기를 웃음소리로 이야기하는 동안, 한 상자.
주문한 흙이, 새들이 훑고 간 웃음 사이로 온다.

한 상자. 흙이 온다. 무릎을 꿇고
두 팔로 몸을 짚은, 가슴이 두 쪽으로 갈라진 내가
이렇게, 너를 바라보는 동안 흙이 온다.
너에게 뿌릴 한 상자의 흙이 온다.
이제 너를 덮을 흙이 내게로 온다.
손가락이 아프다. 왼쪽 끝.
손가락 끝이 아프다. 한쪽 끝.

—박상순, 「흙」 전문(『현대문학』 2010년 9월호)

박상순의 시는 모호한 언어 놀이를 즐기는 유쾌함이 있다. 무거운 것을
무겁지 않게, 진지한 것을 진지하게 않게 언어로 튕겨내어, 새로운 도화지
위에 처음으로 선을 그리는 듯하다. 발상의 신선함과 언어적인 경쾌함이 있
다. 박상순의 시는 초현실주의 화가 호안 미로Joan Miro의 그림을 연상시킨
다. 밝고 가벼운 색채로 소박하며 단순한 형식(혹은 기호)으로 이루어진 그림

들이다. 천진난만한 어린아이가 세상을 낯설고 신기하게 재구성해 가는 독특한 선의 미학이 그의 시에서는 도드라진다.

박상순은 의미를 집결하지 않고, 의미의 공간을 벌려놓는다. 가벼운 붓 터치로 꿈과 현실을 왕복하면서, 빠른 속도로 드로잉하는 방식이다. 그렇기에 그의 시에는 음악적인 리듬이 있다. 그림을 그리면서 입가에서 흥얼거렸을 묘한 멜로디까지 따라붙는다. 그래서 그런지 박상순은 무거운 것을 가벼운 것으로 치환시키는 힘을 지니고 있다. 소리 내어 읽었을 때, 분명히 알 수 있는데, 오선지 위에 한 가닥씩 시어를 올려놓는다.

시적 상황을 보자. 시인에게 밀봉된 흙이 도착한다. 처음부터 무엇에 쓸 흙인지 분명히 밝히지 않는다. 밀봉된 흙은 사연이 있음이 분명하다. 시인은 가볍게 터치하듯, 무심히 설명한다. "창가에 항아리가 갈라지며 웃는다/웃으면서, 뭐라고, 뭐라고, 이야기한다". 아무런 부담감 없이, 흔들리는 트럭 안에서 흙이 흔들리고, 항아리가 흔들리고, 내가 흔들린다.

항아리가 웃으며 갈라지고, "내"가 두 쪽으로 갈라진다. 두 팔을 벌려 "너"를 받아안기 위한 행동이다. 시인은 허탈하게 웃으며 갈라진다. 그 이유는 죽음 때문이다. "너에게 뿌릴 한 상자의 흙"이기 때문에 시적 주체는 흙을 받는 내내 "손가락"이 아프다. 어떤 사연인지 드러내지 않지만, "내"가 죽은 이를 위해 해줄 수 있는 유일한 행동이다. 그렇기에 씁쓸하다.

박상순 시인은 언표가 행하지 않은 이면의 타자를 생각하고 있었다. "너를 바라보는 동안" 타자에 대해 고민하며, 고인의 삶을 반추해 본다. 그 과정에서 시인은 주변부적인 것을 건드리며, 허망하게 웃는다. 항아리와 웃고, 그 항아리의 이야기를 들어주며 웃고, 트럭은 흔들리고, 새들은 그 사이를 스쳐 지나간다. 자조 섞인 웃음이 갈라지면서 시인은 아프다. 죽음을 인정해야 한다는 사실이 힘들다. 그 사이로 감동(風)이 전해진다. 흙을 받아 안아야 했던 두 손에서.

박상순의 시는 마지막 시행에서 첫 행으로 되돌아가게 하는 힘을 지녔다. 그의 시에는 되돌이표가 붙어 다닌다. 끝인가 하면, 첫 출발점을 궁금하게 만들고, 부분에서부터 전체 상황을 뒤늦게 유추하게 만든다. 이런 묘미가 그의 시에는 있다. 처음으로 되돌리는 힘, 처음과 끝이 맞닿게 하는 힘. 그것이 순환하는 고리처럼, 연결되며 다시 흙의 의미를 되새겨보게 하는 힘. 언표와 언표 사이, 스타카토처럼 쓸쓸한 감정이 배어나도록 하는 힘이 있다. 모호한 경계에서 소통의 길을 열어놓는다. 그 가운데 감동(風)을 전하는 솜씨가 남다르다.

> 오전 10시 3분 서울역을 출발한 순천행 1271 무궁화호는 늘 가던 서대전, 익산, 전주 노선을 버리고 갑자기 방향을 바꿔 대전, 동대구, 삼량진, 마산, 내서, 가야, 진주, 하동, 진상, 옥곡을 거쳐 해가 설핏 기울 무렵인 저녁 6시 13분 머리를 들어 슬픈 기적을 울리며 조랑말들이 낮은 발굽을 치며 우는 구 순천역사에 도착하다.
> ―이시영, 「옛날 열차」 전문(『실천문학』 2010년 가을호)

시인 이시영은 서울발 순천행 1271 무궁화호를 탄다. 그런데 이 기차는 서울에서 순천까지 도착하는 데 무려 8시간이나 소요된다. KTX 열차를 타면 2시간이면 도착하는 시대에 8시간 10분이라니! 기차는 일반적인 경로를 벗어나 에돌아간다. 시간을 줄일 수 있음에도 멀리멀리 돌아간다. 아예 속도와 속력, 발전과 첨단 기계를 거부하듯, 자본주의를 뒤로하듯, 거꾸로 달린다. 그리고 꼿꼿하게 순천역사에 도착한다. 그런데 여기서 왜 이시영은 기차에 올라탄 것일까?

기차는 근대화의 상징이자 남성성의 상징이었다. 1930년대 시인 김기림과 정지용은 기차에 대한 시를 쓴 바 있다. 정지용에게 기차는 「슬픈 기차」였고 김기림에게는 근대화 첨병인 "붉은 정열의 가마"(「기차」)였다. 80년대 시인 김정환에게는 "인간이 밥과 미래를 열망했던" 노동자의 "검붉은 눈동자"(「기차에 대하여」)였다. 기차는 시인들에게 각기 다른 의미를 부여받으며 시대성을 부여받는 상징적 기호가 되어왔다. 그렇다면 이시영의 기차는 어떠한가?

기차가 가 닿는 곳은 비현실적인 환상 세계이다. "오전 10시 3분 서울역"에서 출발하여 "저녁 6시 13분"에 도착했지만, 그곳은 다른 차원의 공간이다. 시간 여행을 한 것이다. 시간이 흘렀지만, 시공간이 달라졌다. 낡고 남루한 기차는 시대를 거슬러 올라가고, 속도를 거부하며, 마술적인 환상 공간으로 시인을 안내한다.

시인은 그러나 들뜨지 않는다. 이시영의 기차는 담담하게 '변화'를 열망한다. 그리고 역사성을 담고 있다. 시공간 여행을 하면서 시대를 거슬러 올라간다. '서울역'에서 출발하여 '순천역사'에 도착하기까지의 '과정'에서 개인적인 삶의 이력과 한국 문단의 이력, 대한민국의 파란만장하고 역동적인 역사가 한꺼번에 떠올랐을 법하다.

"순천행 1271 무궁화호"는 첨단 문명을 상징하는 기호가 아니었다. 노회해져서 이제는 문명을 거스르는 낡은 유물이 된 것이다. 이시영은 뿌리를 더듬어본다. 김수영의 '거대한 뿌리'일까, 아니면 이육사의 '광야'일까? "매화 향기" 아득한 곳에서 "노래의 씨"를 뿌리고자 했던 태초의 노래를 그리워한 것일까? 시인의 상상은 "조랑말들이 낮은 발굽을 치며 우는" 환상적인 공간에 가 닿는다. 그곳에서 생명력을 다시 충전하고 싶은 것이다. 그러나 현실적으로 불가능하기에 "슬픈 기적"이 들려온다.

이시영은 과거의 공간에서 분명 무엇인가를 회복하고 싶었다. 전통 속에서 앞으로 시를 써야 할 방향을 찾고 싶었다. 시를 넘어서는 시, 문학사를 넘어서는 시, 자신이 넘어서고 싶은 시의 극점, 그 어디쯤을 보고 싶었다. 그 열망이 차원을 이동시켰음이 틀림없다. 하지만 시인은 그즈음에서 멈춘다. 단지 환상적인 세계로 빠지려고 한 것은 아니기 때문이다. 경계에서 음미할 뿐이다. 시공간을 뛰어넘는 환상적인 기차. 이시영의 기차는 현실과 환상, 과거와 현재를 이어주는 특별한 통로이자 생명력을 주는 원천이다. 아마도 그때, 기차는 다시 출발했을 것이다. 순천발 서울행으로. 환상에서

현실로 되돌아올 것이다. 다시 "오전 10시 3분 서울역"이라는 현실로! 우로
보로스가 제 꼬리를 물어 영원성을 획득하듯이, 그는 지금 과거(뿌리)에서
현재로, 현재에서 전통으로 오가고 있다.

4. 골骨, 시를 유지하는 힘

예감에 대해 묻는다면 대답 대신 기침을 하겠다

기다려도 오지 않고 오고 나면 지나칠 수 없는,

기침은 내가 따르지 못하는 몸의 질서

앞뒤를 감당할 수 없는 문장처럼

나와 무관했지만 내게서 시작되는

짧은 휴식이거나 오래된 피로 같은 것

모든 방향이 저물고 빛이 서쪽으로 기울 때

저녁이 무고한 잡념들을 인용하면

나는 견고해지는 어둠 속에서 기침을 기다린다

아니, 예감을 준비하며

나에 대한 예정을 배우고 있는지도 모르겠다

그러므로 기침은 끝이 아닌 계속의 형식

죽어가는 이의 기침에선 후생이 태어나고

기침이 지나간 자리에는 희미한 파문이 남을 수도 있다

가령 아버지의 유언은 기침이었지만

나는 그것을 기록하지 못했다

어떤 생략과 반복을 느꼈을 뿐

그것이 윤회나 이생에 대한 믿음이었다면

나 역시 기침으로 대답하는 수밖에

침착함과는 거리가 먼

결론은 없으나 결단을 해야 하는

기침이 나오는 순간, 그 짧은 외도에

—정영효, 「기침」 전문(『시작』 2010년 가을호)

정영효는 2009년 『서울신문』 신춘문예를 통해 등단한 신인이다. 그 역시 앞에서 거론했던 박준 시인처럼, 유행에 따라가지 않고, 자신만의 세계를 구축해 나간다. 정영효는 기침에 대해 새로운 발견을 한다. "기침은 내가 따르지 못하는 몸의 질서"이기에 "짧은 외도"와 같고, "짧은 휴식이거나 오래된 피로"와 같다.

기침은 예정된 시나리오가 없다. 부지불식간에 튀어나오는 생리현상이기에, 순간적으로 휴지나 손으로 틀어막아야 한다. 아니면 입막음할 틈도 없이, 지뢰처럼 예측 불가능한 순간 터져 나온다. 시인은 오랫동안 기침의 속성에 대해 반응하고 사유해 왔다. 다양한 진술로 표현되는데, 기침은 "내가 따르지 못하는 몸의 질서"이자 "계속의 형식"이라는 색다른 의미로 거듭 태어난다.

그 사유의 깊이에서 우러나온 언어들이 시의 골격을 획득한다. 이 시는 '골骨'의 형식을 잘 보여 주고 있다. 유협은 『문심조룡』「풍골風骨」[13] 편에서 다음과 같이 말한다. "신중히 언어 문자를 활용하여 배치하기 위해서는 무엇보다 '골骨'을 중시해야 한다. 작품의 '골骨'을 이루는 데 숙달된 작가는 언어의 선택을 적절하고 허술함이 없이 할 수 있다. 작품의 언어 문자 표현에 '골骨'이 있어야 하는 것은 사람의 형체에 그것을 지탱하는 뼈대가 있어

---

13 꿩이 화려한 깃털로 치장하고 있지만 한 번에 백 걸음 정도의 거리밖에 날지 못하는 것은, 살은 쪘으나 힘이 부족하기 때문이다. 매가 아름다운 깃털을 지니지 못했어도 하늘 높이 날아오르는 것은 골력骨力이 강건하고 그 기세가 맹렬하기 때문이다. 문장의 재능과 역량 역시 그러한 사정과 매우 유사하다(夫翬翟備色而翾翥百步, 肌豐而力沈也. 鷹隼乏采而翰飛戾天, 骨勁而氣猛也; 文章才力, 有似于此). 최동호, 앞의 책, 353쪽.

야 함과 같다. 작품의 언어 문자 표현에 짜임새가 이루어지고 계통이 서면 작품의 '골骨'이 완성된다. 작품의 내용이 빈약하고 수식이 과도하여 번잡하고 체계가 없다면 이는 작품에 '골骨'이 결여되어 있다는 증거이다".[14]

정영효는 기침을 다양하게 변주시키면서 아버지의 유언이 기침이었음을 떠올린다. 그렇다. 태어날 때의 언어는 울음이지만, 죽음의 언어는 기침이다. 기침은 언어를 넘어서는 인간의 본능이자, 언어 이전의 언어다. 감정과 감정, 마디와 마디 사이에 어색함을 회피할 때도 기침으로 에돌려 분위기를 바꾸었던 것이다. 기침은 살아있다는 신호이자, 생명의 문턱이다. 우리는 언어 이전의 언어를 받아 적을 수 없다. 살아있음을 알리는 신호탄, 기침. 그것이 "윤회나 이생"에 대해 말할 수 없는 삶의 질문에 대한 본능적인 답변이었다. "결론은 없으나 결단을 해야 하는" 속성을 가진 것이라는 것을. 존재의 증표였다는 사실을. 정영효 시인은 사유의 깊이를 가진 시어들로 골격을 짜듯이, 언어의 골격을 갖추고 있다.

5. 채采, 문장의 아름다움

홍옥이 있었지
우연히 만난 농부가 건네준

강물에는 구름이 천리강산도千里江山圖를 펼치고 있어
그림의 귀퉁이를 접는 돌 하나
빗방울들을 태운 채 정박해 있지

---

14 김민나, 앞의 책, 154쪽.

거위가 우점준雨點皴으로 삼박삼박 걸어오고 있어
저 걸음걸이를 필사한 예술가들을 이끌고
구석구석 참견을 하지

모든 것들이 춤을 추고 있어
음악은 없지
바람은 있지

있는 것들이 오랜 동안 그렇게 있을 때
우리가 기다리던 모든 것이 되지

연둣빛 메뚜기들이 풀밭에서
팝콘처럼 팡팡 튀어 오르고 있어
나는 천천히 퍼져 나가는
등고선이 되지

빗소리가 배낭에 닿지
어디선가 군불 냄새가 다가왔고
나는 배고픈 사람이 되지

배낭 속엔 홍옥이 있지
우연히 만난 사람에게 건네야지

빨갛고 동그란 우주를 손에 들고
어리둥절해진 한 사람은
늠름한 사과나무가 되었으면

　　　　　　—김소연, 「있고 되고」 전문(『문학사상』 2010년 10월호)

김소연은 『문학사상』 '시작 메모'에서 이렇게 쓴다. "내가 서 있던 장소에 있던 것들만 그대로 썼다. 있는 것들을 온전하게 있는 것들이 되게 하려고. 어떤 것이 된다는 건 그런 거라고" 시작 메모대로 제목이 고스란히 「있고 되고」다.

존재하는 사물은 변화하려는 속성을 갖는다. 무엇인가가 되고 싶어 하는 지향성이다. 화化이다. 농부에게 건네받은 "홍옥"은 변화를 기다린다. 현재 홍옥은 배낭 안에 있다. 그리고 그것을 꺼내어 또 다른 누구에게 전해 주려 한다. 홍옥이 전해지는 경로는 "우연"이다. 우연과 우연히 만나는 지점에서 한 시간과 공간에서 벌어지는 사건들은 그 이상을 포함한다. "음악은 없지/ 바람은 있지". 이 평범한 상황에서 홍옥은 사건을 일으키기 위한 잠재태가 된다. 김소연 시인은 주관적인 상태에 머물면서 시간과 공간 안에서 발생한 우연들을 묘사한다. 우연은 사물과 사물이 맺어지는 찰나에 작은 기적을 일으킨다. 그 관계 속에서 사물은 서로 의존하며 스스로 존재하고 영향을 끼친다.

이 지점에서 시인의 언어가 미끄러진다. "있는 것들이 오랜 동안 그렇게 있을 때/ 우리가 기다리던 모든 것이 되지". 사물은 사건을 포함하고, 대상을 변화시키고, 그 사물로 인해 다른 지점이 촉발되고, 다른 사건에 기인한다. 고요해 보이지만, 가만히 있는 것이 아니다. 그 안에서 시공간의 파동과 진동이 동시적으로 운동한다.

우연의 공간에서 시인은 시적인 언어로 한 폭의 그림을 펼쳐낸다. 구름은 "천리강산도千里江山圖"를 그리고 있고, 거위는 "우점준雨點皴"을 찍으며 걸어 나온다. 시인은 이 순간 화가의 필법으로 대상을 그려나간다. 시인의 화폭에 등장하는 뭇 생명은 "구석구석" 참견을 하며 "춤을" 춘다. 시적 대상들이 자연스럽게 생동한다. 사물이 생명력을 안고서 자발적으로 변화한다. 그리고 이미 그 자발성이 타자를 감염시킬 준비를 하고 있다. 그렇기에 변화를 바라보는 시적 주체도 "천천히 퍼져나가는 등고선이" 된다. 한 폭의 그림에 스며들어, 비로소 물아일체物我一體가 된다.

김소연의 자연스러운 묘사에 '채采'가 발견된다. 유협이 '풍골風骨'과 더불어 매우 중요시했던 미적 언어 표현이다. 즉 작품의 형식미인 외적인 수식을 가리키는 말이다. 유협이 살았던 당대에는 미美라는 단어를 거의 사용하지 않았다. 오히려 문文이나 채采가 이를 대신하고 있었다. 유협은 시각과 청각으로 파악할 수 있는 감각적인 아름다움이 필요함을 역설하였다.[15] "만일 풍風과 골骨은 있되 문채文采가 없다면 그러한 문장은 문학의 영역에서의 맹금猛禽과 같을 것이고 문채는 있되 풍과 골이 없다면 그러한 문장은 문학의 숲속에서 이리저리 도망쳐 다니는 꿩과도 같을 것이다(若風骨乏采, 則鷙集翰林, 采乏風骨, 則雉竄文囿)".[16]

김소연의 언어적 수식은 지극히 자연스러워, 그것이 덧대어졌는지 모르게 물 흐르듯이 넘어간다. 사물의 변화 지점도 그것이 변화되었는지 모르는 사이에, 다음 단계로 넘어간다. 우점준은 '빗소리'가 되고, '빗소리'는 '배낭'에 닿는다. 그러면 '나는 배고픈 사람'이 되고, 타자의 배고픔을 떠올리게 되고, '배낭' 속에 '홍옥'이 있다. 그 '홍옥'은 우연히 만난 사람에게 건네질 터이고, 생명력을 부여받은 홍옥은 기적을 일으킬 준비를 할 것이다. 이때 '홍옥'은 변화 가능한 극점에 다다른 에너지 덩어리가 된다. 거기에 시인의 소망이 담긴다. "빨갛고 동그란 우주"를 손에 든 이가 "사과나무" 한 그루가 된다.

이 시 전편에 흐르는 긍정적인 기운은 시인의 시선이 가닿는 곳 어디든지, 우연을 필연으로 탈바꿈시킨다. 그 변화가 완곡하고 자연스럽다. 김소연의 언어를 거치면, 아무것도 아닌 것들이 스스로 그러한 빛깔을 내는 독특한 그림이 된다. 자연스러운 채采, 그녀의 숨결이 닿은 그러함이다.

---

15 김민나, 앞의 책, 68쪽, 155쪽.
16 유협, 앞의 책, 353쪽.

6. 양기養氣, 개성의 발견과 수양

직선의 한끝은 코너다
직선의 다른 한끝은 삶이며
양 끝이 맞닿은 그 직선은 원으로 복귀한다

발자국과 발자국을 잇는 직선 하나하나가 인생을 그려나간다. 고유
한, 비슷비슷한 발자국 위로 다른 발자국이 포개지는 동안 아장아장
세워졌던 최초의 직선들은 꼬부라지거나 시들거나 온갖 곡률을 경험
하며 멀리멀리 돌아나간다.

뻗어나감에 있어 코너의 섭렵이란 얼마나 값진 수업이었던가. 그러
나 직선은 그 무엇도 다시 체험할 수 없는 코너가 자신의 한끝에 존재
한다는 걸 모른 채 뒤로 발자국을 내버리며 한 발 앞의 구름판에 눈길
을 모을 뿐이다.

코너에는 보이는 코너와 보이지 않는 코너가 있다. 그중 보이지 않는
코너란 시간과 공간이 반대로 지나가는 교차점에 위치하며 직선의 처
음과 끝이 거기 몰려버리려는 임계점을 의미한다. 직선의 생존곡선을
'기류'라 해도 좋을까.

떠오르던 비명이 끊어졌다
누군가 낀 것이다
양 끝이 맞닿은 직선 하나가 원으로 복귀한다
　　　　　　　—정숙자, 「죽음의 곡선」 전문(『시작』 2010년 가을호)

시인 정숙자에게 직선은 인생으로 비유된다. 직선은 첨예한 인식의 날

한 권의 시선 제1부

이자, 체험의 저장고이다. 시인은 "직선"이라는 외줄 위에서 두 발을 내딛는다. 그 이유는 직선 위에 "구름"이 있기 때문이다. 시인의 꿈이자, 시인이 이루고자 하는 경지가 될 것이다. "구름"을 좇아가는 길에 "최초의 직선들"은 "꼬부라지거나 시들거나 온갖 곡률을 경험"한다. 직선은 시인의 마음에 들어와 칼날 같은 상처를 주었지만, 시인을 그것을 딛고 일어선다. 당연히 시행착오가 발생한다. 실수는 시행착오를 낳고, 잘못은 자책을 낳고, 후회는 절망을 낳는다. 직선은 수시로 시인을 벼랑 끝으로 몰아세워 왔다. 그러나 시인은 말한다. "뻗어나감에 있어 코너의 섭렵이란 얼마나 값진 수업이었던가".

정숙자는 삶의 고비를 넘기는 일을 "섭렵"한다고 말한다. 섭렵한다는 것은 농축된 경험과 깨달음을 자신만의 영양분으로 소화시키는 일이다. 섭렵한다는 것은 무엇이 되기 위한 과정에서 자신만의 한계를 넘어서며 생의 밑거름을 쌓는 일이다. 과거는 버려지지만 인생의 경륜은 넓어지고, 지혜는 축적된다. 그 진리를 아는 시인은 "구름"을 향해 집중하며 걸어나간다.

그곳에서 "기류"가 발생한다. 직선 위에도 바람이 불고, 비가 내린다. 직선 위에도 유행이 있고 흐름이 있다. 그런데 문제는 "누군가" 끼었을 때 발생한다. 침입이다. 외부 침입자가 발생하면 사회적 가면을 써야 한다. 그렇기에 "곡선"을 "죽음"이라 명명한다.

원은 정체성을 숨기게 만든다. 창작에 집중하는 순간을 방해받는다. 표면적으로 갈등을 일으키지 않으려고 둥글둥글해 보일 뿐, 사실은 모면하고 싶은 회피이다. 오히려 허정虛靜의 상태를 놓치게 한다. 한계를 딛고 넘어서야 하는데, 사선 너머에 "구름"이 있는데 곡선 안에서는 "구름"이 사라지고 정체성이 사라진다.

그렇기에 시인은 "복귀"를 거부한다. 복귀는 자신을 둥글게 하는 일이고 타협하는 일이고, 방관하는 일이다. 시인에게 직선은 앞으로 뻗어갈 힘을 주기에, 시인은 직선을 통해 세상과 소통한다. 시인은 "직선"으로, 새장의 문을 연다. 전통이라는 새장에 갇혀있지 않고 타협하지 않는다. "직선"은

닫혀 있지 않기에, 도약할 수 있다.

　서정주 시인의 마지막 제자로 알려진 시인 정숙자. 그녀에게 직선은 시를 쓰기 위한 수련이다. 낡은 서정에 머물지 않고, 세상과 소통하는 새로움을 향한 자신만의 채찍질이다. 그녀는 뼈의 정신으로 시를 써왔다(필자는 정숙자 시인의 시 정신을 이렇게 명명하고 싶다). 작품 하나를 발아시키기 위해 백여 매의 퇴고 용지가 필요하고, "막대기가 셋"만 모여도 시를 쓰고 "막대기 둘만" 있어도 나머지 한 개 부러뜨려 시를 쓸 정도였다(『무료한 날의 몽상—無爲集 2』). 담금질을 막 마친 단단한 시어들이 바로 그녀의 "직선"들이다. 그녀에게 시는 절실함이자 자기 수양의 결과물이라 하겠다.

　유협은 '허정虛靜'의 상태를 유지하면서, 자신만의 개성적 기질을 잘 다스려 키우는 양기養氣를 중요하게 생각하였다. 창작은 일반적인 사유 방식과 달라서, 지나치게 고심한다고 해서 작품이 써지는 것은 아니다. 글은 마음을 쏟아내지 않으면 안 될 무엇이 맺혀 있어야 한다. 그렇기에 조급증을 버리고 감정의 흐름을 느긋하고 편안하게 따라가야 한다. 유협은 수양이 필요하다고 보았다. 마음 가득 차오르는 진실한 감정들을 자연스럽고 적절하게 토로하는 데 집중해야 하기 때문이다. 이 자연스러운 과정을 펼쳐내기 위해 유협은 개성적인 기질을 다스려 키워야 함을 강조하였다.[17]

　　　담을 헐기 시작했다 담들이 낮아지고 있다
　　　내 것임을 완고하게 주장해 왔던 담
　　　온몸에 철조망을 두르고
　　　정수리에 유리 조각까지 박았던 담장
　　　물고 물린 땅 때문에
　　　먼 핏줄보다 낫던 이웃과 담을 쌓고 살았던 담벼락

---

17 김민나, 앞의 책, 115~117쪽.

도시의 담을 없애자 간격들이 허물어지자
사방이 팔방이다

이참에 나도 담을 헐었다
담을 넘어오는 침입자에게 나를 위협할 그 무엇에게
쓴맛을 보여 줄 요량으로 담아두었던 쓰디쓴 주머니
제 속 버리는 일인 줄 모르고 남의 허물 덮을 줄 모르고
그냥 눈감아 주지 못하더니
제 잣대로만 따지다가
내 배에 구멍을 내어
담을 헐고 쓴맛을 본 날이 있었다

담이 사라져 문턱이 낮아져
와신상담 할 일 없고
쓸데없는 담력 보일 일도 없고
끝내, 서로의 담을 허물지 못한
네가 떠났고
담도 사라져
쓴맛 볼까 곁눈질할 일도 없겠다
　　　　　　—조영심, 「담을 헐다」 전문(『애지』 2010년 가을호)

　조영심은 2007년 『애지』로 데뷔한 뒤, 『담을 헐다』(애지), 『소리의 정원』(시산맥사)을 출간한 시인이다. 여기서 「담을 헐다」라는 시를 보자. 시인은 과감하게 담을 허물고 있다. 하나는 바깥에 있는 담장이고, 다른 하나는 안에 있는 쓸개이다. 이 두 가지 담은 안과 밖에서 동시에 경계를 허문다. 담은 소통을 막는 장벽이자 타자를 시야에서 사라지게 하는 배제의 형식이었다. 경계를 나누고, 소유권을 주장하기 위한 이기적인 공간의 상징이었다.

그것이 허물어지면서 내면 공간에 변화가 일어난다. 우선 바깥 담장이 허물어지기 시작한다. "내 것임을 완고하게 주장해 왔던 담"이 허물어지고, "정수리에 유리 조각까지 박았던 담장"이 사라진다.

내 안의 담을 허무는 일이 발생한다. 거기에는 고통이 뒤따른다. 육체적인 아픔이 동반되면서, 내면적인 반성이 필요하다. 시인은 담膽을 허물면서 고백한다. "남의 허물 덮을 줄 모르고" "제 잣대로만 따지"던 허물들이라고. 그 허물을 덜어내면서 시인은 "쓴맛"을 본다. 담을 허무는 것이 내면의 경계를 허무는 것처럼 아픔을 동반한 일이었음을. 이런 깨달음 이후에 시인은 변화한다. 사통팔달이다.

바깥의 담이 사라지니 안의 담도 사라지고, 경계와 구분이 사라지니 편견과 시기심, 왜곡과 질투, 눈치와 고집이 사라진다. 담이 사라지니, 시야가 트인다. 물질적인 시야가 트이는 것뿐만 아니라, 정신세계도 넓어진다. "쓸데없는 담력 보일 일" 없기에 오히려 속이 시원하다. "쓴맛 볼까 곁눈질할 일도 없겠다". 경계를 허무니 두려움이 사라진 것이다.

이 진술을 역으로 해석하면, 정체성이 분명해졌다는 말이다. 누가 뭐라 해도, 시류에 흔들리지 않을 만큼, 단단해진 것이다. 자신만의 색채를 분명히 할 수 있는 내면의 토대가 단단해진다. 눈치 볼 일도 없으니, 사통팔달의 활달함과 탁 터진 기개로 정진할 일만 남았다. 시단의 유행에 흔들리지 말고, 마음껏 날아오르면 될 일이다.

유협은 통변通變 편에서 이렇게 말한다. "창작 방법에 있어 사통팔달의 대로를 개척하고 그 관건을 장악해야 한다. 이러한 성취가 이루어지게 되면 비로소 그는 기다란 말고삐를 움켜잡고 말을 몰아 먼 길을 달리면서도 그 태도를 침착하게 가질 수 있고 절도에 맞추어 앞으로 나아갈 수 있게 된다(然後拓衢路, 置關鍵, 長轡遠馭, 從容按節)"[18]고.

---

18 최동호, 앞의 책, 363-364쪽.

7. 통변通變, 풍風·골骨·채采의 조화

나무의 피를 가진 사람아
나무의 피를 가진 사람아

물음을 울음으로 발음하는 밤이 있었다. 내 몸에서 둥글고 딱딱한 것
이 자라나는 것을 느꼈지. 나는 구부렸어. 점점 더 구부렸어. 이러다
둥글고 흰 공이 되겠구나. 나는 벌을 받고 있는 거구나. 그럴 만도 하
지. 나는 나 자신을 짐짝처럼 끌고 다녔으니까.

몇 개의 트렁크
몇 개의 회피
몇 개의 거짓말

내가 끌고 온 긴 얼룩들이 어쩌지 못하는 사물의 눈빛으로 나를 바라
보고 있었다. 구부리다 나아가고 구부리다 나아가는 벌레들처럼. 마
른 나뭇가지가 자라나는 몸. 가지 끝이 갈라지는 걸 보고 있었어. 그
것은 녹색. 녹색이라고 부를 수밖에 없는 것이었지. 내가 잡은 난간
은 매번 녹슬어 있었으니까. 나의 것이 아니길 바랐던 녹슨 뼈들이.

녹물이 묻은 손을 가진 사람아
녹물이 묻은 손을 가진 사람아

오물이 되고자 하기에는 너무 늦었다. 나는 이미 오물인 것을.

물음을 울음이라고 발음하는 사람아
물음을 울음이라고 발음하는 사람아

나의 머리는 점점 더 내 심장 쪽으로 기울어진다. 심장 소리를 더 잘 들을 수 있는 위치로. 우리는 너무 가까워졌다. 죽이고 싶을 만큼 가까워졌어. 반성해야 할 것이 있다면 반성할 것이 남아있다고 생각하는 바로 그것.

벌레 같은 사람아
벌레 같은 사람아

숨기고 싶은 것은 드러내고, 드러내고 싶은 것은 부끄러움 없이. 이제는 너의 노래를 들어보아라. 네 몸속에 새겨진 숫자의 색깔을 읽어보아라. 이미 춤추는 소리를 만들어내는 심장을 가지고 있으면서도. 너는 왜. 너는 왜 무엇 때문에.

둥글고 흰 공은 울었습니다
둥글고 흰 공은 참았던 울음을 내뱉었습니다

얼굴을 파묻고 우는 나뭇가지야
부러지고 다시 돋는 나뭇가지야

너의 영혼은 찌르고, 너의 영혼은 한없이 너를 찌르고. 마른 나뭇가지가 돋아나고 있었다. 나는 그것을 보고 있었다. 너도 그것을 보고 있었다. 시들기 직전의 음들이 너의 둥근 **뼈**를 두드리고 있었다. 죽은 나뭇가지 위에 작고 둥근 하나가 갈래갈래 열리고 있었다.

둥글게 구부러진 꽃 같은 사람아
둥글게 구부러진 꽃 같은 사람아

너의 등이 구부러져 점점 구부러져
작고 투명한 흰 공이 될 때

피어라 피어라 꽃 피어라
나무의 피는 조금 울고
어쩐지 자라나던 그것이 문득 작아진 것 같았습니다.
　　　—이제니, 「곱사등이의 둥근 뼈」 전문(『문예중앙』 2010년 가을호)

다소 긴 시이다. 그러나 길지 않게 느껴진다. 그것은 시를 이끌어가는 호흡에 힘이 있고 울림이 크기 때문이다. 우선 이제니는 2008년 《경향신문》 신춘문예에 당선하였고, 등단한 지 2년 만에 시집 『아마도 아프리카』(창비, 2010)를 내고 곧이어 두 번째 시집 『왜냐하면 우리는 우리를 모르고』(문학과지성사, 2014)를 낸 시인이다.

이제니는 호명으로부터 시적 상황을 시작한다. 호명에는 호소력이 있고 가슴을 울리는 파장이 퍼진다. 이 파장은 어디에서 오는가? "곱사등이"를 "나무의 피를 가진 사람"이라고 새롭게 부르는 순간, 전율이 일기 때문이다. 곱사등이를 새롭게 호명함으로써 곱사등이는 나무로 변화될 준비를 마친, 새로운 가능성을 가진 존재로 거듭난다. 그러면서 존재의 범위가 커지고, 외연이 확장된다.

이제니는 말놀이를 즐기면서 변주를 가한다. "물음을 울음으로 발음하는 밤"을 발음해 보라. 'ㄹ'과 'ㅁ'이 연속적으로 세 번이나 교차하면서 리듬감을 형성한다. 이것은 동시에 곱사등이의 어눌함과 어둠을 표현하는 이중적인 효과를 거둔다. 시인은 계속해서 말놀이를 하며 언어를 비튼다. "반성해야 할 것이 있다면 반성할 것이 남아있다고 생각하는 바로 그것". 이러한 방식은 이제니가 시를 이끌어가는 중요한 사유 방법이자, 시적 기교이다.

또다시 호명을 시작한다. 첫 연과는 다른 호명이다. "벌레 같은 사람아/ 벌레 같은 사람아" 그 곱사등이를 가장 낮추어 부르다가 "이제는 너의 노래를 들어보아라"라고 말한다. 시인은 곱사등이가 자신만의 노래를 부르기를 바라는 마음에서 시적 대상을 가장 낮추어 부른다. 회한과 울음, 슬픔과 고통이 엇갈리게 균열하면서 "춤추는 소리를 만들어내는 심장"을 가지고 있음을 일깨운다. 그러면서 점차 상승한다. "둥글고 흰 공"이 나뭇가지에 얼굴을 파묻고 울다가 "시들기 직전의 음들이" 곱사등이를 일으켜 세우고, "죽은 나뭇가지"에서 "갈래갈래" 뭔가가 열리기 시작한다.

시인은 마법을 거는 주술사처럼, 연금술사처럼, 기적을 일으키는 발화방식을 사용하면서 시적 대상을 일으켜 세운다. 이제 곱사등이는 다른 차원으로 거듭난다. "둥글게 구부러진 꽃 같은 사람"이 된 것이다.

이제니는 줄탁동시啐啄同時를 행하고 있다. 시인은 바깥에서 경계를 허무는 어미의 부리처럼, 알을 감싸 안다가도 부리로 쪼며 껍데기가 깨지기를 기다리고, 새끼는 여린 힘으로 안에서 껍데기를 깨는 방식이다. 안과 밖이 조응하는 과정을 통해 동시에 껍질이 벗겨진다. 내면에 잠재해 있던 자아의식이 깨어난다. 드디어 곱사등이는 "둥글게 구부러진 꽃"으로 피어난다. 곱사등이는 시인이 발화하는 지점에 따라 몸을 바꾸며, 아름답게 변화하고 있었다. 마지막에 시인은 결정적인 주문을 외운다. "피어라 피어라 꽃피어라". 대상이 변화하지 않으면, 기적을 일으키지 않으면 안 되는 강력한 진술이다.

주술성이 강하게 담긴 이 시는 생명력이 넘친다. 풍風과 골骨과 채采를 동시에 획득하며 날아오른다. 시적 대상을 일으켜 세운 것이다. 풍風과 골骨은 새의 날개와 같아서 작품에 신선한 활력을 불어넣어 주는 요건인데, 이제니는 이 요건을 갖추면서 독자에게 감동을 준다.

유협은 아름다운 문채를 지니고 있으면서도 강렬한 기세와 감동력을 지닌 작품을 이상적으로 여겼다. 또한 풍風·골骨·채采 모두 품격에 맞게 구비하면서 형식과 내용이 조화를 이루길 바랐다. 이럴 때 "아마도 빛나는 문채를 갖추고 있으면서 하늘 높이 날아오를 수도 있다면 그러한 문장은 문학의 영역에서 봉황이리라(唯藻耀而翔高, 固文章之鳴鳳也)"고 말한다. 과찬일까? 가장 추한 것을 가장 아름답고 고결하게 그려놓았고, 가장 비천한 것을 비상하도록 하였기 때문이다. 곱사등이는 '너'이자 '나'이기 때문이다.

시인은 "너"를 말하고 있었지만, 그 곱사등이는 "나"의 투사 대상이 되기도 한다. 이미 "나의 머리는 점점 더 내 심장 쪽으로 기울어"지고, 나는 내 안의 가능성을 믿고 따르며, 펼쳐 보이려고 한다. 시적 대상에 생기를 불어넣으며, 언어적인 주술로 날아오른다.

필자는 이 작품을 누군가의 성장 일기로 읽고 싶다. 한 사람의 고통이 나무와 같은 온몸에 박히는 일, 그 고통을 통과하며 울음 우는 일. 울음 끝에 열매 맺는 나무가 사람의 곡曲으로 들린다. 더불어 한 시인이 제대로 된 자기만의 울림통을 갖기까지, 한 작품이 탄생하기까지 고난과 좌절과 방황을 통렬하게 쏟아낸 시로 읽고 싶다. 전통적인 서정성을 참조하면서, 새로움을 행해 날아오르는 도전과 실패의 일기인 것이다.

새로움은 어디에서 오는가? 유협이 말하는 「통변」편의 핵심을 보자. "문예의 규율은 끊임없이 유동하여 날로 성과를 새롭게 한다". 이 통변의 이치는 문학사에 나타나는 필연적인 현상이다. 문학은 변화를 통해 새로움을 추구함으로써 문학 활동이 끊임없이 이어진다. 또는 한편으로는 대를 이어 전해지는 문예의 규율에 익숙해야 전통과의 단절로 인한 결핍을 면할 수 있다.[19] 새로운 변화를 추구하기 위해서도 풍風.골骨.채采의 조화가 전제되어야 한다. 이것을 바탕으로 "당대를 바라보는 눈을 지님으로 새로운 것을 창조하고 고대의 모범을 참조함으로 창작의 방법을 정립"해야 한다.

새로움을 추구하는 시 문법들은 시의 진정성이 부족하고, 시의 철학이 부족하다는 지적을 받아왔다. 시 문법의 파괴와 실험 속에서도 기운(생명력)이 동시에 있어야 한다. 진정성 없는 말놀이는 시로 세워지기도 전에 소멸

---

19 김민나, 앞의 책, 79쪽.

하고 만다. 숨이 꽉꽉 막히는 산문시들과 시적 주체의 우월성이 가득한 시편들을 읽다보면, 언어적 재미를 느낄 수는 있지만, 시집을 덮고 나면 허망하다. 자미滋味(여운의 미)가 남지 않는다.

그럼에도 말하고 싶다. 용감하게 나아가라고. 과단성 있게 정진하라고. 언어의 끝까지 밀어붙여 보라고. 실험해 보라고. 그 끝을 보아야, 다시 돌아올 수 있다. 전통을 참조할 여유도 생기고, 전위적인 시를 펼칠 길도 보인다. 시류에 휩쓸리지 않고, 자신만의 길을 개척할 수 있다. 우리의 시는 도전해야 할 영역이 많다. 틀에 갇히기 시작하면, 새장 속에 갇힌 새가 되고 만다. 젊은이들의 새로운 시도가 끊이지 않아야, 선배 시인들도 영향을 받으며, 흔들릴 수 있다. 흔들려야 새롭게 나아갈 수 있다. 우리 모두는 영향의 불안 속에 위태롭게 서 있는 단독자이다. 그런 의미에서, 더 흔들리기 위해 시집 다비식을 열자. 그 속에서 "산돼지가 산 채로" 뛰어나오는 새로움이 우리를 덮칠 것이다.

> 불길 솟는 참나무 장작더미로
> 시집을 내던지니까 산돼지가 산 채로 뛰어나오더라
> ─조정권, 「시집 다비식」 전문(『문학과사회』 2010년 가을호)

너는 세기말이라고, 했다

나의 입술이 네 볼 언저리를 지나갔다
나는 세기 초라고, 했다

—허수경 「입술」 부분

입술의 화석을 만지다
—허수경의 「입술」을 중심으로

허수경의 『빌어먹을, 차가운 심장』(문학동네) 시집을 보자마자, 「입술」이라는 시에 오랫동안 눈길이 머물렀다. 지루하지 않고 설명적이지 않다. 두 행과 한 행이 교차하는 가운데, 이 시에서는 다른 시편들에서 볼 수 없는 시적 긴장감이 감돈다.

시작과 끝을 본다, 입술에서. 대상 그 자체를 순수한 눈으로 보려고 하는 시인의 눈이 보인다.

너의 입술이 나에게로 왔다

입술은 말을 터뜨리는 문(門)이다. 입술은 말문을 여닫는 장치로써 몸의 차원으로만 머물지 않는다. 입술은 침묵 위에 서 있다. 그렇기에 입술은 사건을 터뜨린다. 입술은 우주의 소리를 발성학적인 차원에서 소리로 변주하는 기관이다. 언어는 입술을 통과해 던져지고, 입술은 무엇을 말하는지 자각하지 못한 채 혼자서 중얼거린다. 감탄사나 허사와 같은 헛소리들로 가장 깊은 내면의 소리를 느닷없이 표출되기도 한다. 입술은 하루 종일(잠을 자면서도) 쉬지 않는다.

그 입술에 누군가 다가온다. 허수경은 입술을 통해 타자와 만난다. 여기에 등장하는 '나'와 '너'는 남성과 여성의 대표 존재로서 명명된다. 아담과 이브와 같은 대표성을 갖는다. 그 어떤 구체적 정보가 제공되지 않는다.

허수경의 이번 시집은 타임머신을 타고 인류 문명이 어떻게 형성되었는지, 고생대 지구의 모습은 어떠했는지 등등, 근원적인 시간으로 되돌아가고자 한다. 시인의 언어는 기원을 찾아 더듬으며 거슬러 올라간다. 허수경이 기원을 찾아 헤매며 시어를 건져 올릴 때, 시인은 고고인류학자와 같은 시선을 갖는다.[1] 시적 주체는 전 인류 역사를 관통하고 있는 위치를 선점하고 있는 듯이 보인다. 보르헤스의 소설 「죽지 않는 사람들」에서 말하는 죽지만 '죽지 않는 자'[2]의 시선과 같다. 매 순간 죽지만 다시 태어나 죽지 않는

---

1 허수경은 진화론적인 시각에서 모든 사물과 인간의 정체성, 그림자, 얼굴 기억의 연원을 찾아간다. 어떻게 기억이 만들어지고, 어떻게 기억이 재생되는가? "기억에게 물어보자, 기억아, 기억아, / 너는 난생이니, 태생이니?/ 너는 식물성이니, 동물성이니, 그도 아니라면 미네랄이니?"(「내 마음속 도저한 수압에서 당신은 살아간다. 내 기억이여, 표면으로 올라오지 마라」)라고 묻는다. 허수경은 "구멍을 뚫어야 지속되는" 것이 "문명"임을 자각하고, 그 문명이 어떻게 진화해 왔는지에 대한 고찰을 이 시집을 통해, 시인만의 방식으로 전개해 나간다.

2 "끝부분이 가까워지면서 그의 기억의 영상들은 거의 남아 있지 않다. 남아 있는 것은 단지 〈말들〉뿐이다. 나는 시간이, 한때는 나 자신을 의미했던 〈말들〉을 그 많은 세기 동안 나를 동반하고 다녔던 어떤 운명을 상징했던 〈말들〉과 혼동되게 하였을 거라는 게 전혀 이상하지 않다. 나는 호머였다. 간단히 말해 나는 마치 율리시스처럼 〈아무것도 아닌 자〉가 될 것이다. 간단히 말해 나는 모든 사람이 될 것이다. 즉 나는 죽을 것이다"(호르헤 루이스 보르헤스, 「죽지 않는 사람들」『알렙』보르헤스 전집 3」, 황병하 옮김, 민음사, 1996, 35-36쪽).
보르헤스가 말했던 '호머'는 임마누엘 레비나스가 말하는 존재자 이전에 온 공간에 떠다니는 존재. 부재의 현존과 같은 '호머'가 아닐까 생각해 본다. 좀 더 자세하게 논증해야겠지만, 이 글에서는 우선 단순한 추측으로 과감하게 논리적 비약을 해보고자 한다.

자. 기억하고 망각하다가 다시 기억하는 자. 말을 전하는 '호머'인 존재와
같은 위치랄까? 이런 시선에서 이 시를 다시 읽어보자.

너는 세기말이라고, 했다

나의 입술이 네 볼 언저리를 지나갔다
나는 세기 초라고, 했다

단지 입술은 언어를 던졌을 뿐이다. 그것은 극명하게 갈라진다. 나는
"세기 초"라 말하고 너는 "세기말"이라고 말한다. 그 어긋남은 충돌을 일
으킨다. "세기말"과 "세기 초"의 부딪힘은 커다란 간극을 지니고 있다. 세
계관의 충돌이자 사유 방식의 어긋남이다. 남성과 여성이라는 젠더적 차이
뿐만 아니라, 소통 불가능성에 대한 시적 언술이다. 그렇기에 "나"와 "너"가
"우리"가 되지 못한다. "우리의 입김"은 다만 "우리를 흐렸다".[3]

흐림은 소통 불가능을 이미지화시킨 상태이다. 서로의 관계가 불명확하
고 모호하게 변한 것이다. 소통을 시도하려고 왔으나, 대화는 이루어지지
않고, 서로 다른 공간에서 부딪힌다. "너의 입술이 내 눈썹을 지나가자/ 하
얀 당나귀 한 마리가 설원을 걷고" "나의 입술이 너의 귀 언저리를 지나가
자/ 검은 당나귀 한 마리가 석유밭을 걷"는다.

충동은 충돌로 멈추지 않는다. 뫼비우스 띠와 같이 어긋나면서 만난다.
하나의 위상에 존재한다. 겉이면서 안이고 안이면서 겉이다. "하얀 당나
귀"와 "검은 당나귀"는 서로 다른 공간에 있지만, 당나귀라는 본질에서는

---

3 바벨탑의 공간에서 신의 권위에 도전했다가, 서로 말이 통하지 않아 죽고 죽이는 과정
을 떠올리게 할 정도이다.

상통한다. 그들의 존재는 같지만, 그것을 표현하는 방법이 달랐던 것이다. "나"와 "너"는 존재로서 이 세상에 떠도는 생명체이고, 지구라는 범위를 벗어나지 않고 살아가고 있는 존재이다. 한쪽 공간은 "설원"이고 다른 쪽 공간은 "석유밭"이지만, 동떨어진 공간은 위상학적으로 만나기 마련이다.

너의 입술이 내 가슴에서 멈추었다
나의 입술이 네 심장에서 멈추었다

왜 멈추었을까? 여기에 시적 긴장감이 감돈다. 사건이 터지기 직전의 아슬아슬한, 숨이 막힐 듯한 순간이다. 상극이었던 "너"와 "나"의 입술이 "내 가슴"에서 멈추고 "네 심장"에서 멈춘다. 여기서 자연스럽게 호흡이 멈추고, 긴장감이 돈다. 입술이 에로틱한 요소로 떠오른다.

입술은 의사소통의 도구이자 에로스적인 관문이다. 입술은 뒤집어진 살갗이다. 붉고 붉은 꽃잎 같고, 얇고 깊게 주름져 있다. 그 주름진 입술에 립스틱을 발라 도드라지게 만들어 타자를 유혹한다(사랑이 독이 될 때는 타나토스적으로 독설을 내뿜는다).

시의 이 지점에서 어떤 일이 일어났을지 구체적으로 알 수 없다. 시인이 간결하게 표현한 시구만이 고요하게 자리할 뿐이다. 시인은 다만 상상의 공간을 열어놓는다. 그리고 이렇게 말한다.

너의 입술이 내 여성을 지나갔다
나의 입술이 네 남성을 지나갔다

긴장감이 가장 고조되는 부분이 아닐 수 없다. 이 형상은 모든 것을 빨아들인다. 공기를 마시고 바람을 먹고, 사과를 갉아 먹고, 그대를 핥는다. 입술이 "여성"과 "남성"을 어떻게 지나갔는지, 정확히 알 수 없기에, 상상력의 지평은 한없이 나아간다. 어떻게 그곳을 지나갔는지, 설명이 없기에 독자들은 침묵의 영역에 극대화된 상상의 나래를 펼친다. 그리고 나머지 상상의 공간을 잘게 씹어 먹는다.

여기에 입술이 가진 원초적인 본능이 드러난다. 입술은 음문陰門과 닮아있다. 왜 그럴까? 입술은 생명의 원형적인 모양인 세포를 닮아있기 때문이다. 세포는 분열하기 위해 존재한다. 원래 하나인 것은 없다. 하나였던 것은 둘로 갈라지게 마련이다. 분열은 증식하기 위한 본능적인 갈라짐이다. 입술은 둘로 분열하기 직전에, 아슬아슬하게 멈추어 있다. 아랫입술과 윗입술 양쪽 끝 가장자리가 붙어있다. 그래서 입술은 오물거린다. 입술은 세포가 분열하기 직전, 양 끝의 염색체가 이어져 있는 형상이다. 이 형상은 바닷속 전복 모양과도 닮아있고, 나뭇둥걸에 패인 옹이와도 닮아있다. 또한 입술의 형상은 눈동자를 닮아있다. 입술은 먹는다. 그리고 본다.

그때 우리의 성은 얼어붙었다

다시 원점으로 돌아온다. 얼어붙은 것은 '멈춤'보다 강력하다. 원점은, 이전의 멈춤보다 강력한 어떤 지점에 서 있다. 위상학적으로 차원을 달리한 어느 지점이랄까? 고통과 상처를 통과한 이후, 다시 나에게로 돌아온 상태랄까? 타나토스적인 요소가 더욱 강력했을지 모를 어느 지점에서, "나"

와 "너"는 얼음이 된 것이다.

"나"와 "너"는 서로 바라보는 존재였다. 서로가 서로를 듣는 존재였다. 바라보는 자이자, 바라보이는 자였다. 남과 여는 에로스와 타나토스를 결렬하게 겪으며, 다르게 말하고, 다르게 생각하고, 다르게 행동하는 줄 알았는데, 그 다름이, 다름이 아니었던 것이었을 게다. 그들은 서로가 서로를 비춰주는 거울과 같았을 게다. "거리의 모든 쓰레기를 몰고 가는 바람"이 그 둘 사이에 흐르고, 순간적인 마주 봄은 사뭇, 어색해진다.

말하지 않았다
입술만 있었다

어긋남과 충돌을 거친 뒤 고요해진 상태, 그 지점에서 침묵이 존재한다. 사위가 가라앉은 가운데, 고요히 "입술"만 존재한다.

본질적인 사물 그 자체만 자리한 것이다.

그것을 어떻게 해석하느냐에 따라, 달라졌던, 그 천차만별의, 혹은 상극의 파란만장한 대립점이 사라진 상태에서 고요히. 가치 평가를 하지 않은 원래 순수한 상태로 "입술"이 새롭고도 낯설게 보인다.

원시적 생명의 형상을 띤 입술, 현미경으로 보았을 때 보이는 세포 원래의 모습인 입술, 생명이 번식을 위해 분열해야만 했던 입술. 입술이 만들어내는 철학적이고 이성적인 성과와 업적("석유밭")은 쓰레기와 같은, 곧 버려질 것들이다. 인간은, 우리는 그것들을 붙잡고 싸우며 씨름하고 있었다. 이성적인 언어와 과학적인 언어들이 이룩한 문명이 쓰나미 같은 바람에 무너지고 버려지는 것이 한순간임을. 지금 이 시대가 세기말인지 세기 초인지 논쟁을 해보았자, 별 볼 일 없는 것이었음을.

　우리는 이미 직감적으로 알고 있을지도 모를 일이다. 그렇기에 더 말할
필요가 없다. 이 세상에 대해 분노할 필요도 없고, 왜 이렇게밖에 못 하냐
고 따질 필요도 없다고. 다만 제대로 바라보는 일이 중요하다고. 가치판단
에서 거리를 두고, 보다 분명하고 맑게 대상을 바라보아야 함을. 입술이 눈
이 되어 대신 말해 주고 있다.

　그리고 존재한다.
　다만 입술만 있었다고. 다만 말씀만 있을 따름이라고.

　시의 원문은 다음과 같다.

　　너의 입술이 나에게로 왔다
　　너는 세기말이라고, 했다

　　나의 입술이 네 볼 언저리를 지나갔다
　　나는 세기초라고, 했다

　　그때 우리의 입김이 우리를 흐렸다

　　너의 입술이 내 눈썹을 지나가자
　　하얀 당나귀 한 마리가 설원을 걷고 있었다

　　나의 입술이 너의 귀 언저리를 지나가자
　　검은 당나귀 한 마리가 석유밭을 걷고 있었다

바람이 불었다
거리의 모든 쓰레기를 몰고 가는 바람

너의 입술이 내 가슴에서 멈추었다
나의 입술이 네 심장에서 멈추었다

너의 입술이 내 여성을 지나갔다
나의 입술이 네 남성을 지나갔다

그때 우리의 성은 얼어붙었다

말하지 않았다
입술만 있었다

—「입술」 전문

연蓮의 귀에서 피어나는 혼잣말

—길상호의 시

귀를 열어본다. 잔잔한 호숫가에 앉아 물결이 부딪치는 소리를 듣는다. 시집『눈의 심장을 받았네』(실천문학)를 무릎 앞에 두고 오디오를 끄고, 찰랑거리는 수면 가까이에 귀를 대본다.

길상호의 시는 주체를 나로 가득 채우지 않고, 그 공간을 성글게 열어놓는다. 시적 주체가 자아의 과잉된 의식으로 힘줄을 드러내 보이며 톤을 높이지 않는다. 주체는 시적 대상과 감응하는 순간에 내면의 공간을 열어 그 물컹물컹한 것들을 스쳐 지나가게 한다. 그런데 그것들을 다만, 스쳐 지나가게 두고 있을까? 시인은 대상을 눈깔사탕처럼 빨아 먹어 본다든지, "눈의 심장"을 찾아 손으로 쥐어본다. 순간, 시인의 행동은 속도를 동반한 강렬한 운동성을 띠지 않는다. 대신 그 물컹물컹한 것들이 내면의 공간에 스며들 때를 위해 시인은 예열된 상태가 된다. 그 대상을 맞이하기 위해 준비되어 있었던 것처럼, 차분하고 성실하게 대기한다. 미리 예열된 시인은 조금씩 따스해지며 시적 대상을 녹여 버린다. 그 사이에 나와 내 속의 나, 내 속의 나의 나와 또 다른 나의 나 사이에 공간을 만들어, 대상이 스며들었다가 빠져나간다.

연蓮들이 여린 귀를 내놓는다

그 푸른 귀들을 보고

고요한 수면에

송사리 떼처럼 소리가 몰려온다

물속에 가부좌를 틀고

연蓮들은 부처님같이 귀를 넓히며

한 사발 맛있는 설법을

준비 중이다

수면처럼 평평한 귀를 달아야

나도 그 밥 한 사발

얻어먹을 수 있을 것이다

—「연蓮의 귀」 전문

시집 『눈의 심장을 받았네』의 첫 시편인 「연蓮의 귀」는 일종의 서시序詩처럼 자리한다. 그리고 시집 전반을 관통하는 시인의 자세를 설명한다. 이 시는 시인이 어떻게 시적 대상을 향해 다가가는지, 그 경로를 보여 준다. '귀로 보는' 방식이다. 길상호는 "고요한 수면" 위에서 귀를 기울인다. 시적 대상을 향해 "여린 귀"를 내놓고 "부처님"처럼 귀를 넓히며 사물의 심장을 본다. 본다는 것은 시각적인 형태만은 아닐 것이다. 눈으로 듣고, 귀로 보고, 코로 말할 수 있는 일이다. 시인은 귀로 보기 위해서 주의력을 가지고 사물에 다가간다. 동시에 내면적 성찰을 동반한다. 여기서 시적 대상을 향해 존중의 자세를 취해야 함을 잊지 않는다. 그리하여 시인은 "딱딱한 입처럼 아무 소리도 없는 말"을 물끄러미 듣고, "보아도 아무것도 볼 수 없는 말"('물끄러미」)을 본다.

이것이 "연蓮의 귀" 자세이다.

길상호는 천천히, 나지막하고, 쓸쓸하고, 조금 낮은 자세의 눈높이에서 껍질을 뚫고 내부를 바라본다. 그리고 서서히 다가간다. "수면처럼 평평한 귀"는 듣는 차원을 지나 바라봄의 차원으로 스며든다. 나아가 바라봄에 만족하지 않고 시적 대상을 어루만진다. 진실하고도 완곡하게, 대상의 심장을 만지려 한다. "여린" 귀를 내밀며 사물의 심장 박동 소리를 듣는다. 시적 대상에 "귀"가 닿았을 때, 시인은 물질세계에서 정신세계로 건너간다. 물질세계 너머의 생각하는 시선 속으로 빠져든다. 시인은 사유 속에서 사물을 잡아당기며, 내면 풍경 속에 사물을 재위치시킨다. 보는 귀를 가졌기에, 생각하는 시선을 가졌기에. 길상호는 "밥 한 사발" 얻어먹고, 심장의 박동을 듣는다. 그것들을 사랑하다가 놓아준다.

> 눈발을 피해 들어가 보니
> 거기 손님은 하나도 없고
> 혼잣말들만 옹기종기 모여있었네
> …(중략)…
> 나도 혼잣말이 되고 말았네
> 눈빛으로 계산을 하고 나왔는데

언제 날이 환하게 갰는지

모든 말발들은 사르르 녹아

천천히 하수구로 흘러들었네

—「혼잣말 가게」 부분

시인은 장면들을 서서히 흐르도록 배치하면서 "가게"라는 공간 속에서 침묵을 발견한다. "실어증"을 앓고 있는 가게 주인이라는 설정은 독특하고 이질적이다. 그 이질감은 기이하게 공존한다. 그 공간 속에서 시인은 "여린 귀"를 내려놓고 사물들이 내는 소리를 발견한다. 다름 아닌, 혼잣말이다.

시인은 "의자"와 "난로 위의 주전자"와 "선반 위의 TV"의 혼잣말을 들어준다. 실어증을 앓고 있는 가게 주인 역시 "눈빛"으로 계산을 한다. 그의 귀는 오히려 시끄럽고 복잡한 소음을 내는 소리에는 무관심하다. 대신에 소멸하거나 아예 소리를 내지 못하는 것들에 관심을 기울인다. 그 공간 속에서, 자신도 "혼잣말"이었다는 사실을 발견한다(아마도 시인 스스로도 혼잣말을 즐겨 하는 버릇이 있을 것만 같다. 문득, 자신의 혼잣말 버릇을 발견했을 때, 그것이 타자들에게도 발견되는, 어떤 동일한 지점을 발견했을 성싶다).

혼잣말하는 사람들의 이상하고 야릇한 동질감이랄까?

"웅얼웅얼" "중얼중얼"거리며 입안에서 웅성거리며 나오다가도 타자가 나타나면, 곧 사라지고 마는 단어들. 연극 무대에서 펼쳐지는 방백이나 독백처럼 분명하게 전달되는 대사 아닌 머뭇거림들. 이질적인 눈 맞춤이 오가는 가게 안에서, 기이하게도 "눈빛"만으로도 소통이 가능한 공간. 이 공간에서 혼잣말은 눈처럼 녹아내린다. 소멸되고, 거품처럼 잊힌다. "하수구"로 스며들어 가 정처 없이 떠돌다 사라진다.

혼잣말은 약자의 언어이다.

자신의 의견을 끝까지 피력하지 못하고 뒤돌아서며, 중얼거리는, 후회와 아쉬움이 교차하는 언어이기 때문이다. 혼잣말에는 권력이 부여되지 않는다. 길상호 시인은 혼잣말의 본질에 주목한다. 혼잣말은 "그림자를 짜서 피워내는 말"이고 "그림자의 잉크를 다 써야만 나올 수"(「혼잣말」) 있는 말이다. 혼잣말하는 사람들은 "검은 봉지에서" "뚝, 뚝, 뚝 시커먼 말"들을 떨어뜨린다. 응어리가 맺힌 말이기에, 맘 놓고 하소연할 수 없는 말이기에, 교통사고를 당하는 순간에 날아오는 외마디 비명이기에, 그 말들은 어느 곳에도 주워 담을 수 없다. 혼잣말에는 그늘과 외로움, 상처와 가난, 소외와 무시, 소멸과 안타까움이 자리한다.

길상호는 혼잣말의 방식으로 소멸하는 것들을 불러낸 것이다. 「스프링 노트」에서는 반신불수 사내의 얼마 남지 않는 삶을, 「눈깔사탕」에서는 난개발에 사라지는 재개발 지역의 골목 풍경을, 「비의 손가락」에서는 사랑하는 이에게 연락하고 싶지만 연락이 되지 않는 안타까움을, 「헐렁한 팬티」에서는 실연당하고 버려진 남자의 쓸쓸함 등을 말이다. 여기에서 시인은 혼잣말을 하면서도 그 대상을 붙잡지 않는다.

소유하려 들지 않는다.
중얼거리듯,

그 대상들을 그렇게 흘러가도록 내버려 둔다. 잡으려고 애를 쓰거나 집착하고 떼를 쓰지 않는다. 시인은 아마도 그것들이 어떻게 통과하고 스쳐 지나갔는지에 관심을 기울인다. 대상이 사라진 뒤, 드러나는 공백보다는 소멸의 방식을 보여 주고 싶어 한 것이리라.

시인은 다만 "온기를 기억하는" 마음으로 대상의 "심장"을 만지고 싶어 했으리라. 웅얼웅얼하는 혼잣말의 화법으로, 생성과 소멸을, 의미가 사라지는 순간의 추억을, 무겁게 다가오다가 가볍게 사라지는 안타까움을, 사물의 중심에서 뜨거운 심장을 만났다가 놓아주어야 하는 아련함을, 나긋나긋한 어법으로, 흘러가도록 놓아둔 것이다. 녹아 흐르고, 사라지고, 떠돌더라도, 시인은 시적 대상들이 흘러가도록 옆으로 비켜서 준다.

언어의 속삭임을 고스란히 존중해 주면서, 사물의 언어를 들을 수 있음을 감사하며, 연잎처럼 촉촉하게 부처님 귀처럼 들어준다. 이 과정에서 사라지는 기록들이 시로 남았다. 사라질 것만 같던 혼잣말의 기록이 바로 이 시집이다.

치명적인 도약의 두 가지 방식

—김행숙과 백은선의 시

1. 성城을 허무는 방식

　김행숙의 시 「존재의 집」(『문학과 사회』 2013년 겨울호)은 입술과 입술 사이를 크로키를 한다. 그림의 선은 섬세한 샤프로 이루어진다. 입술과 입술 사이 여러 존재자가 앉아있든지 서 있다. 김행숙이 그리는 그림은 인물에게 초점을 두고 있지 않다. 손목에 힘을 빼고 드로잉하고, 손가락에 힘을 빼고 얼굴을 그린다. 얼굴 가운데서도 입에 주목한다. 입술의 위치와 각도뿐 아니라 존재가 말을 하고 있는지 아닌지, 말을 하기 직전인지 아닌지, 말과 말 사이인지 아닌지, 그 긴장된 상태를 묘사한다. 시인의 그림 속 주인공은 '입 모양'이다.

　그녀가 '입 모양'을 통해서 말하고 싶은 것은 떠도는 존재이다. 언어는 이미 공기 중에 살아있고, 침묵 속에 떠돌고, 소리 가운데 존재한다. 입 모양은 언어를 담아내는 발성 도구이자 타자에게 무엇인가 요구하는 명령 도구이다. 입 모양은 침묵과 소리 사이, 침묵과 언어 사이, 침묵과 침묵 사이에 존재한다. 침묵 역시 언어이다. "언어의 존재성은 어느 순간에 형성된 것이 아니라, 항상 거기 있었던 것에 가깝다. 언어는 너무도 강렬하게 현존하므로, 설사 파괴된다 해도 스스로 자신을 생성할 수 있을 정도다. 말은 단지 인간에게만 내재하는 것이 아니다. 말은 공기 중에도 묻혀 있어서, 파멸 다음에 발생할 침묵 속에서도 다시 소리로 되살아날 것이다".[1] 김행숙은 경계, 사이사이를 배회한다.

> 그런 입 모양은 아직은 침묵하지 않은 침묵을
> 침묵으로 들어가는 입구를
> 입구에서 조금만 더,
> 조금만 더 기다려보자고 기다리고, 끊어질 것 같은 마음으로 기다리
> 는 사람을 뜻한다

시적 주체는 '입 모양'의 형태를 통해 타자의 의중을 파악한다. '존재'는 입 모양으로 확인된다. 말을 떼기 전의 상태, 소리가 뱉어지지 않은 상태의 입 모양은 '침묵하지 않은 침묵'으로 표현된다. '침묵하지 않은 침묵'은 말하기 직전의 상태. 이미 소리를 품고 있는 상태. 바깥으로 내뱉기 직전이지만 기표와 기의를 포괄하는 상태이다.

존재는 벽장 안에도 있고, 의자 위에도 있고, 하루를 시작하는 아침 커피 한 잔 속에도 있고, 갓 구워진 토스트 빵 한 조각에도 있다. 인간만이 간직한 유일한 언어가 아니다. 존재는 '존재자'의 형식 안으로 안착하기 전에 공간 안에 휘어지고 흘러 다닌다. 유영하던 존재들은 존재자의 물질적 형식 안에 갇혀있기도 하지만, 형식 바깥으로 빠져나오기도 한다. 존재는 바깥에서 떠돌다가 '존재자'의 물질 안에 스며든다. 스며들었던 '존재'는 다시 바깥으로 빠져나간다. 구심력을 안고 스며들었다가 원심력을 갖고 빠져나간다. 그러므로 존재자는 고정된 적이 없다. 형태와 형식이 담긴 그날그날의

---

1 막스 피카르트, 『인간과 말』, 배수아 옮김, 봄날의 책, 2013, 75쪽.

그릇에 따라 다를 뿐, 존재자는 다른 성질과 기질을 표출한다.

입은 원초적 순간, 튀어나와 상황을 만든다.

입은 침묵을 깨뜨리며, 무엇인가 재창조한다. 관계와 관계 사이에 싸움을 걸기도 하고, 화해를 조성하기도 한다. 이런 의미에서 입은 공간이 가진 밀도를 벌어지게 하는 유인책이다. 어떤 사건을 발생시키는 계략이고, 깨지기 쉬운 유리 조각이 된다. 입은 재구성해야 하는 퍼즐이고, 주워 담을 수 없는 오디오 기기이다. 입은 '침묵으로 들어가는 입구'이지만 침묵을 깨는 출구이기도 하다. 입은 참여를 유도하는 시한폭탄이다. 누군가에게 상처 주기 쉬운 지뢰이고, 위로답지 않은 위로를 건네는 거짓된 상자가 된다. 김행숙은 거짓과 위선으로 물들기 직전, 소리 내지 않는 '입 모양'에 주목한다.

'침묵하지 않은 침묵'은 이미 사건을 예비한다. 모양만으로 명령을 유도하는 찰나, 떠도는 존재가 존재자의 물질적 형식에 익숙한 포즈와 행위를 취한다. '침묵하지 않은 침묵'은 타자에게 명령어와 같은 효력을 발휘한다. 순간, 주변의 사람들은 말하지 않아도 그 '침묵하지 않은 침묵'의 뜻을 파악하고, 각자 행동에 돌입한다. 명령어에 따르며, 침묵이 형성한 공간 안에서 발생한 의미를 해석한다. 농도와 무거움에 따라, 함께 무거워진다.

> 그 사람이 얼음의 집에 들어와서 바닥을 쓸면 빗자루에 묻는 물기 같고
> 원래 그것은 물의 집이었으나 살얼음이 이끼처럼 끼기 시작하고
> 물결이 사라지듯이 말수가 줄어든 사람이
> 아직은 침묵하지 않은 침묵을
> 침묵으로 들어가는 좁은 입구를
> 그런 입 모양은
> 표시했다

'침묵하지 않은 침묵'은 한 물질적 존재자의 무게와 온도를 결정한다. "그 사람"은 짐작건대 무겁고 냉정하다. 말수가 적은 사람이기에 바닥에 닿았던 공기와 빗자루와 쓰레기와 발걸음까지 경직시킨다. 공간은 "살얼음이 이끼처럼" 끼기 시작하고 '침묵하지 않은 침묵'의 입구를 비좁게 만든다. 침묵을 강화시킨다. 그런 입 모양이 이미 기의를 표현하고 있기에, 사람들은 직관적으로 알아챈다. 긴장하거나, 의자를 빼내어 일어서거나, 수다스러웠던 사람조차 입을 다문다. 침묵과 침묵 사이, 소리와 소리 사이, 공기의 입자들이 구슬과 같이 또렷해지고, 모든 이들의 귀가 팔랑팔랑 예민하게 쫑긋거리고, 입술은 바짝 타오르고, 숟가락질하는 소리가 부각된다.

> 식사 시간에 그런 입 모양이 나타났을 때 숟가락을 떨어뜨렸고, 그 사
> 람은 숟가락을 떨어뜨린 줄도 몰랐는데
> 그 숟가락은 무엇이든 조금씩 조금씩 덜어내기에 좋은 모양으로 패
> 어 있고
> 구부러져 있다

'그런 입 모양'은 권위를 가지고 존재를 드러낸다. 숟가락이 떨어지는 순간, 입 모양은 '그런 입 모양'으로 변한다. 문제는 '그런 입 모양'을 펼쳤던 행위자가 숟가락이 떨어진 줄 모른다는 사실이다. 숟가락은 또 다른 언어적 형태가 된다. 숟가락은 또 다른 존재가 된다. 존재가 바닥에 떨어졌다. 숟가락은 주변 사람들의 의도를 넘어서서, 사건으로 자리한다. 시끄러운 소리의 형태로, 자신의 존재를 드러낸다. 이것은 과거일 수도 있고, 미래일 수도 있고, 현재일 수도 있다.

김행숙은 언어의 구조를 쌓아 올리고 있었다. 역학 구조에 따라 차근차근 집을 짓고 있었다. 언어와 언어 사이, 침묵과 침묵 사이, 단 한 단어로 말하기 어려운 그 순간을 허공에 둥둥 띄워가며, 슬며시, 느릿하게, 깃털처럼 가벼운, 때로는 무거운, 공기로 만든 건축을 쌓고 있었다. "시인의 말

은 사물을 둥실 뜨게 만든다. 시인의 말은 경직된 명료함이 아닌, 둥실 떠가는 명료함이다".[2] 시인의 건축술은 정교하고 튼실하다. 미묘한 허공에 떠있는 이상한 침묵은 깨지지 않을 것 같다. 깨뜨릴 방법을 찾지 못했을지도모른다. 언어 건축술은 집중적인 세밀함과 강력한 구심력이 작동하는 진공상태를 동반한다. 그러나 이미, 태풍의 눈을 가지고 있다.

이 시점에서 '숟가락'이 등장한다. 숟가락은 느닷없이 강력한 사물로 등극한다. 하나의 사물이 등장함으로써, 그것이 중력을 안고 떨어짐으로써, 그토록 소중하게 지켜오던 '침묵하지 않은 침묵'의 상태가 부서진다. 저울의 평행이 기울고, 고요하게 지속되던 질량보존의 법칙이 붕괴된다. 사건을 만드는 숟가락.

의 크기를 키우면 삽이 되고, 삽은 흙을 파기에 좋다
물, 불, 공기, 흙 중에서 흙에 가까워지는 시간에
이를테면 가을이 흙빛이고 노을이 흙빛이고 얼굴이 흙빛일 때
그런 입 모양은 아직은 입을 떠나지 않은 입을
아직은 입으로 말하지 않은 말을
침묵의 귀퉁이를
아직까지도 울지 않은 어느 집 아기의 울음을

—「존재의 집」

숟가락은 공간의 답답함을 열어젖힌다. 바람이 스며드는 것이다. 이 사물은 바깥을 끌고 들어와, 원초적인 원소들을 떠올리게 한다. 물, 불, 공기, 흙. 이 4원소. 이 중에서 침묵과 침묵 사이, 바깥을 끌고 들여오는 '숟

2 위의 책, 153쪽.

가락' 사건은 "숟가락"을 "삽"으로 치환한다. 시인의 상상은 4대 원소 중의 하나인 흙이 가진 대지의 우울성을 극대화시키는 방식으로 뻗어나간다.

우울함은 '그런 입'이 다음에 어떤 행위를 할지 예측할 수 없게 만든다. 위험을 예고한다. 어떤 사건이 벌어질지, 모른다. 이 찰나, 김행숙의 시는 '치명적인 도약'을 행한다. 그동안 공들여 쌓아온 시어의 건축을 한꺼번에 날려 보낼 가능성을 염두에 둔 것이다. 비약의 순간이다. 그 찰나, '침묵하지 않은 침묵'이 유지해 왔던 긴장감을 놓아버린다.

기꺼이 날려버릴 것이다. 폭탄처럼, "아직까지도 울지 않은 어느 집 아기의 울음"은 당연히 폭발한다. 사건이 발생하고, 공간이 뒤집힌다. 그토록 견고하게 쌓아왔던 언어의 성城, 자신의 건축이 한순간에 날아갈 것이다. 어쩌면 이것은 의도된 치밀함일지 모른다. 치밀하지만 미래를 알 수 없도록 만드는 불확정성, 이 불확실성 앞에 시인은 불완전한 존재의 집을 쌓고 있었던 게다. 그 누구도 미래를 기약할 수 없기에, 아무것도 장담 못하기에, 시인은 견고하게 애정을 들여 쌓아온 성城을 허물어뜨린다. 이것이야말로, 순간의 비약이다. 이것이야말로 다음 차원으로 발돋움하기 위한 '치명적인 비약'이 아닐 수 없다. 그동안 자신이 구축해 오던 시적 세계를, 스스로 부정하는 일이자 도약의 출발선인 게다. 김행숙 시인의 치밀한 도발인 셈이다.

2. 흩어지고 맺는 방식

눈물
이 한 조각은 크지도 작지도 않은 타원형의 무기물

이상한 사주로 태어난

새로 찾은 손은 금이 많다

큰 소리로 말하면 돌아오는 다른 소리

누적된 수은이 단숨에 엎질러진다

편지를 기다리다 죽은 우체부에 관한 짧은 소설

주저앉은 코끼리를 일으키는 방법에 관한 긴 소설

　백은선의 시 「파넬의 손가락」(『실천문학』 2013년 겨울호)은 치명적인 도약의 상태에서 시작한다. 그녀의 시어는 방사형으로 흩어진다. 그 뿌리가 어디에 있는지, 그 출발점이 어디에 있는지 알 수 없다. 언어들이 던져진다. 김행숙이 하나하나의 언어를 페스트리 빵의 속살처럼 켜켜이 쌓아간다면, 백은선의 시는 문장과 문장 사이의 거리가 지독히, 멀다. 이 문장과 저 문장 사이의 간격이 어느 정도인지, 가늠하기 어렵다.

　단, 제1연과 마지막 연에서 같은 시어가 등장할 뿐이다. '눈물'로 시작하여 눈물로 맺어지는 것으로 일정한 뼈대를 유지한다. 괄호를 시작했다가 괄호를 마치는 역할을 가까스로, 한다. 그것도 성긴 형태다. 그녀의 시는 성긴 구멍 사이사이, 다른 차원의 시공간이 개입한다. 시공간이 벌어진 사이사이, 그 어떤 환원 불가능한 영역이 들어오고, 원초적으로 다른 시공간이 만져진다.

　따라서 그녀의 문장은 어떤 의지를 가지고 하나의 건축을 쌓으려고 하지 않는다. 시적 정황을 축조하지 않는다. 자신도 모르는 저 피안에서 지상으로 던져지는 언어를 받아 적을 뿐이다. 미지의 세상, 하지만 우리 곁을 스쳐 지나가는 다른 차원의 시간, 선험성의 세계를 건드린다. 현재에 살고 있지만 현재가 아니다.

　시어들이 엎질러진다.

　시는 전체를 관통하는 주어가 없다.

　전체 주어가 불분명하기에 여러 차원에 걸친 시간의 겹들이

동시적으로 존재한다. 시간의 겹을 본능적으로 알아챈 것은 눈물이다. 이 정황을 목격한 시선, 그 순간에, 그녀의 시는 치명적 도약을 한다.

　　　말이 생겨나기 전

　　　가장 아름다운 형식으로 웃는다
　　　예쁜 괴물
　　　단발머리 애인들

　　　횡단보도의 하얀 금이 흐려지는 것처럼
　　　손과 발이 멈춘 곳에서
　　　움직이기 시작하는
　　　지느러미처럼

　시간의 흐름 이면에는 다른 차원이 스쳐 지나가고 있다. 숨어있던 차원은 겹과 겹의 기시감을 만들어낸다. 서로 다른 시공간에서 만나더라도 현재와 과거는 '가장 아름다운 형식'으로 만난다. 지느러미처럼 흘러 다닌다. 겹의 시공간이 흐르면서, 현재는 흐려진다. 이러한 흐름 속에서 시어들은 시공간의 흐름을 타고 '말이 생겨나기 전'의 기원으로 가닿는다. 정체를 알 수 없는 시적 주체들은 바깥으로 언어를 밀어내면서 끌어당기고, 끌어당기면서 언어를 안으로 튕겨 보낸다. 이 호흡 속에서 시어들이 원심력으로 뛰쳐나간다.

　그녀의 문장은 창문을 열고 불어오는 바람에, 사선으로 그어진다. 주어가 사라진 자리에서 '가장 아름다운 형식'으로 누군가 웃고 있다. 횡단보도의 "하얀 금"이 사라지는 그곳에 누구의 손과 발이 멈추었다가 움직였는지, 모른다. 불분명한 시적 주체가 별똥별처럼 떨어진다. 몇 겹의 차원을 가로지르며, 차원과 차원을 이동하며, 현재를 스친다. 시적 상황은 "말이 생겨나기 전"으로 튕겨 나갔다가 현재 "횡단보도"로 돌아온다. 과거가 뒤에 오고, 현재가 앞에 던져지는 것인지, 미래가 이전에 있었고 과거가 현재인지, 알 수 없다. 과거-현재-미래라는 상식선을 무너뜨린다. 찰나적 순간이 있을 뿐이다.

경계가 허물어지기에, 여러 겹의 차원이 오가기에, 혼돈스럽다. 하지만, 혼란스럽지 않다. 차원과 차원, 이질적인 시간과 공간의 혼합이, 원래 그러했던 것 같은 느낌으로 천연덕스럽게 엮어진다. 사실 우리는 이미 그것을 알고 있는데, 모르는 척했을 수도 있다. 코스모스 세계가 한 편의 착각일 수도 있는 일이다. 알면서 속아주듯이, 우리는 그렇게 던져진 존재들로 살아가는지 모른다. 그녀가 펼쳐놓은 세계를 인정한다면, 원칙과 합리와 기획과 이성에 매달리지 않아도 된다. 고정적인 세계는 수평선을 깨뜨리고 떠오르는 달무리의 환시일 뿐. 태양계가 두서너 가지일 가능성이 있듯이, 또 다른 차원에서 나를 닮은 도플갱어가 존재할 수 있다. '나'라는 존재가 여러 차원에서 돌아다닐 수 있다. 과거에서 바라보는 '나', 미래에서 바라보는 '나', 현재라고 착각하는 가운데 '나'를 바라보는 '나'. 여기서 시적 주체들은 여러 겹의 차원을 자유롭게 이동할 독특한 시공간을 부여받는다. 방사형으로 흩뿌리며 유동적으로 떠돈다. 때론 현재적 존재로 돌아온다.

> 모든 잊힌 말들, 산란
>
> 얇은 빛은
>
> 두 눈을 감긴다

다른 차원으로 이동했다가 한 줄기 빛이 비쳤을 때, 자신이 가지고 있던 언어들마저 잊어버렸을 때, 주변은 고요해진다. 생에 대한 막연한 허기가 밀려 온다. 죽음에 가 닿을 수 있을 것 같지만 가 닿을 수 없을 것 같은 막연한 허기가 밀려 온다. 약동과 비약, 분출과 수축, 팽창과 파열, 게으름과 속도, 무기력과 정오, 향수와 항문, 예감과 절망…… 과거의 나에게서 현재의 나로 돌아오기까지, 미래의 앞서 나가던 나가 지금 나와 맞부딪히기까지, 이 험난하고 치열했던 과정을 정리하며, 눈을 감는다. 아니, 감긴다.

그림을 보는 자는 그림의 바깥에 있다

제대로 바라보는 일은 "바깥"으로 시점을 옮겼을 때 가능해진다. '나'라는 존재가 그저 살아있는 '나'가 아니라면, 서서히 무엇인가로 변화하면서, 되어가는 '나'라면, 나는 결코 한 번에 완성될 수 없는 존재라면, 더욱 그러하다. 욕망이 욕망을 만들고, 욕망이 좌절을 빚어내고, 좌절과 실패를 드러내며, 스스로 상상하는 만큼 변화하는 존재자들.

뜯지 않은 선물 상자 속에는
호흡이 있다

"뜯지 않은 선물 상자 속"엔 다른 차원이 흐르고 있을 게다. 그것을 상상하며, 언어 이전의 언어가 떠도는 침묵의 시간, 언어가 스스로 말을 하고, 말이 말을 창조하는 순간, 상자가 열릴 것이다. 스스로 말해지는 찰나, 말하기를 멈추고 들어야 하는 사람이 나타날 것이다. 그곳에서 언어를 받아 적는 사람, 그 상자의 호흡을 받아 적는 시인이 등장할 게다. 상자와 상자 바깥에는, 바라보는 자가 있고. 또 다른 상자가 작은 상자를 감싸고, 그 바깥에 바라보는 자가 있고. 또 다른 상자 위에는 더 큰 상자가 놓여 있고. 그 바깥에 바라보는 자가 기다리고 있을 게다. 상자는 무한히 펼쳐진 바깥을 전제한다. 다시 바라볼 것을, 바깥에서 그림을 바라보듯 메아리가 울려 퍼질 게다. 공명하는 시공간에서 언어의 바깥들이, 정체를 알 수 없는 시적 주체들과 함께 허공과 허공 사이를 떠돌고 있을 게다.

새처럼

뜯겨지는 방식의 눈물

—「파델의 숟가락」

'바깥'을 열어놓고, 다시 안을 들여다보게 하는 상자. 시인은 원래 그러했듯이 "눈물"을 떠올린다. '타원형의 무기물'인 눈물은 태아의 울림으로 존재한다. "뜯겨지는 방식"이지만, 시인은 들리지 않는 소리를 듣고 새로운 시를 써 나간다.

백은선은 한 작품으로 섬세하게 완성되기를 거부하는 듯 보이지만, 미완성의 매력을 품고 있다. 미완의 느낌이 오히려 매력적으로 우리를 끌어당긴다. 약한 고리로 연결되어 있는 듯하지만, 시어들은 결국 "파델"의 아이디어로 연결된다. 차원과 차원을 이으며, 고립된 언어를 심연 속에서 매듭짓는다. "침묵하지 않은 침묵"을 사이에 두고. 말을 그리워하면서, 말을 지우는 방식으로. 상실을 그리면서, 상실하지 않는 방식으로, 비인칭의 모습으로, 알 수 없는 시적 주체들을 허공에 띄우면서. 떠도는 빈 공간과 공간 사이. 아무것도 요구하지 않는 듯하면서, 강제하지 않으면서, 흘러가는. 그 어떤 공허의 지점으로 가 닿는다. 독자들은 그녀가 도착한 지점에서 길을 잃고야 만다. 낯선 길에서 자기만의 '숟가락'을 찾아야 할지도 모른다. '치명적 도약'을 위한 숟가락을 들고 출발점에 서야 할지도 모른다. 누구나 그러하듯이.

나는 말을 잃어버렸다

—조오현 스님

내 나이 일흔둘에 반은 빈집뿐인 산마을을 지날 때

늙은 중님, 하고 부르는 소리에 걸음을 멈추었더니 예닐곱 아이가 감자
한 알 쥐어주고 꾸벅,
절을 하고 돌아갔다 나는 할 말을 잃어버렸다
그 산마을을 벗어나서 내가 왜 이렇게 오래 사나 했더니
그 아이에게 감자 한 알 받을 일이 남아서였다

오늘도 그 생각 속으로 무작정 걷고 있다

—「나는 말을 잃어버렸다」 전문

길을 걷습니다. 단지 걷고 있습니다. 걷는다는 행위는 자연스레 뇌를 가
동합니다. 발바닥에 장착된 뇌는 하염없이, 고민이 흐르는 강가에 다다르
려 합니다. 강을 건너기 위해 먼 길을 떠나는 백수 광부처럼, 그것이 죽음
을 향해 가는 길임을 알고 있음에도 차마 중단할 수 없습니다. 스님의 걸음
에 마음이 따라갑니다. 고귀함과 천박함 사이, 무거움과 가벼움 사이, 백

수 광부는 복잡한 사유의 결을 새기며 무늬를 흘립니다. 일흔둘의 나이. 무엇이 있다고 믿고 있는데 무엇이 없는, 엄청난 것을 깨달았다고 생각했는데, 아무것도 깨닫지 못한 것 같은, 허술한 빈 그릇만 딸각거립니다. 백수 광부의 어깨는 조금 지쳐있어, 숨을 들이마셨다가, 한 걸음 걷고, 다시 움직이려 합니다. 이 순간, 사건이 발생합니다.

"늙은 중님"

하하하. 단어의 조합이 기가 막힙니다. 중과 스님의 절묘한 어울림이라니! 실수는 딱딱한 고정관념을 깨뜨리는 도끼입니다. 실수로 엎지른 커피는 얼핏, 옷에 얼룩이 지게 하지만, 그 얼룩은 무늬를 만들어냅니다. 다른 차원이 개입하는 것이지요. 느닷없는 발화, 실수, 어이없음. 당연하고 식상했던 것이 깨지는 지점이 불쾌하지 않은 이유는 그 말을 내뱉은 이가 예닐곱 아이이기 때문입니다. 여기서 시가 발생합니다.

예닐곱 아이는 통상적으로 종교인을 떠받드는 방식의 호칭을 깨뜨립니다. 행성과 행성의 부딪힘이 발생하는 겁니다. 기존의 호명 방식은 안온한 의자를 제공하여, 자신도 모르는 사이에 권좌에 앉게 합니다. 아이는 "중"과 "님"을 결합하는 실수를 저도 모르게 저지르면서 지루한 호명을 깨뜨립니다. 충돌이죠. 익히 알고 있듯이, 중은 승려를 낮추어 부르는 말이지요. 그런데 실수로 결합된 이 호명이 새로운 언어적 지평을 열고 있습니다. "늙은 중님"이라는 호칭은 '스님'이라는 명명보다 다중적으로 해석되거든요. 중은 무리 가운데 있어야 합니다(衆). 중은 걷고 있는 중이었고(中), 여러 인간 유형 가운데 별반 다를 게 없는 일반적 존재일 뿐입니다. 겉과 다른 이중성으로 속세와 다른 종교적 겹을 만들고, 고요히 기다리며 당신의 도道를 가운데에 들여다 놓습니다. 대중적인 경계를 벗어나는 지점에서 중은 비로소 무거워집니다(重). 중은 시간과 더불어 늙어가는 중이기에, 시간을 초월하지 못하고 늙는 중이기에, 늙은 중衆입니다. 시적 화자인 스님은 당신을 몸소 낮추어 명명하는 것을 머뭇거리지 않습니다. 당신께서도 아마 이 발칙한 명명이 꽤나 철학적이라 여긴 모양입니다.

예닐곱 아이가 폭발시키는 낯선 단어는 죽음이라는 불변의 법칙을, 무심하게 상기시킵니다. 누구나 죽을 수 있다는 평범한 진리를 기표로도 확인시킵니다. 아마도, 말이 떨어지는 순간 아이는 순진무구한 눈망울로, 아무것도 모른다는 표정을 지었을 겁니다. 예닐곱 아이는 빛나는 백지가 아니었을까요?

> 예닐곱 아이가 감자 한 알 쥐어주고 꾸벅,
> 절을 하고 돌아갔다

사건이 또다시 발생합니다. 아이가 늙은 중님에게 "감자 한 알"을 쥐여준 거죠. 감자는 손에서 손으로 전달되면서 주체와 타자의 시공간을 동시에 느끼고 있습니다. 감자는 거칠거나 따듯한 촉감과 더불어 침을 고이게 합니다. 늙은 중님이 감자를 받은 순간 식욕이 감돌았을 겁니다. 동공이 확장되었을 겁니다. 감자는 콧구멍을 벌름거리게 했을 겁니다. 신통방통한 감자는 오감을 열어주는 전이 물질이 되어, 늙은 중님의 마음을 파도치게 했을 겁니다. 아마도 무겁게(重) 내려앉은 삶의 질문을 파쇄시켰을 겁니다. 이로써 감자 그 자체는 물질적인 변화를 일으키는 놀라운 선물이 됩니다.

> 나는 할 말을 잃어버렸다

늙은 중님은 예닐곱 아이가 부르는 소리에 일단, 걸음을 멈춘 적이 있습니다. 걸음을 멈추는 일, 다시 말해 육체를 정지시키는 일을 한 거지요. 그다음으로 감자를 받고서는 생각을 정지시킵니다. 판단 정지의 순간이죠. 그러자마자 말을 잃어버립니다. 여기서 말을 잃어버렸다는 것은 어떤 의미일까요?

침묵이 흐릅니다. 침묵은 사건으로부터 주체의 위치를 저 멀리 우주에 떨어뜨려 놓습니다. 마음껏 방황하게 만드는 시공간을 제공합니다. 침묵은 달의 이면을 바라보게 하며, 사고의 전환을 유도합니다. 말을 잃어버리는 일이 그 증표입니다. 말을 잃어버리는 순간 침묵은 역동적인 운동을 시작합니다. 미적 거리가 발생하는 겁니다. 칠십 평생 쌓아온 언어를 버리는 작용을 하는 거죠. 버리는 일이란, 비워내는 과정입니다. 가득 들어찬 고정관념의 짐을 덜어내는 일이고, 새로운 손님을 맞이하기 위해 방을 치우는 작업을 진행하는 겁니다. 그 빗자루질에 언어가 쓸려 나갑니다.

중지. 멈춤. 정지.

시간이 느려지고, 사고가 전환되는 사이, 현실로 돌아온 것을 모르듯이, 눈 깜짝할 사이에, 바닥에 떨어진 생각의 파편으로 재조립을 시작합니다. 멈춤과 침묵 사이, 뇌는 가장 빠르게 작동합니다. 평범하지만 낯선 차원으로 상황을 뒤집고, 역발상을 하게 됩니다. 드디어 묵은 질문이 던져집니다.

내가 왜 이렇게 오래 사나

질문은 복잡성을 끌어안고 있었습니다. 일흔둘의 무게만큼 깊어진 철학적인 질문을 담고 있기에, 걸음이 가볍지만은 않았습니다. 삶을 지속해야 하는 일, 여생을 버텨나가야 하는 과제, 초월하려고 해도 엉뚱한 곳에서 터져버리는 현실적인 송곳이 살갗을 버겁게 뚫으려 합니다. 이 지점에서 일흔둘과 예닐곱이 만나는 사건이 벌어졌던 겁니다. 만남은 행성과 행성의 충돌처럼, 질적 전환을 예고합니다. 순간적인 스파크를 일으키며 부딪쳤다가 먼지가 되어 가벼워집니다. 아이는 복잡한 질문을 단순하게 압축시킵니다. 늙은 중님의 질문을 알고 있었다는 듯이, "감자 한 알"을 전달합니다. 삶 속에서 일어나는 우연적인 충돌과 이별의 희로애락이 "감자 한 알" 속에 녹아

109

듭니다. 예닐곱 아이의 행동이 담긴 대답입니다. 실천으로 보여 준 감자였기에 "감자 한 알"은 힘이 셉니다.

느닷없던 "감자 한 알" 속에 주체와 타자의 시간이 압축 파일로 저장됩니다. 일흔둘의 시간과 예닐곱의 시간이 순간적으로 부딪혀 핵융합을 진행합니다. 감자 한 알은 허공에 떠다니는 클라우드가 되고 인공위성이 될 수도 있습니다. 감자 한 알은 마법을 발휘하여, 지금 여기 시공간을 다른 차원으로 삽입합니다. 시야가 확 트이면서, 시선의 폭이 넓어집니다. 길을 걷는 도중에 발견하지 못했던 것을 정지하는 순간에 발견하게 됩니다. 일종의 놀라운 도약인 셈입니다. 헛되고 헛된 세상이지만, 그럼에도 단순한 질감에 감탄하고, 단 하나만으로 감동받을 수 있는 마음의 상태로 비약합니다.

평범함이 특별함으로 바뀌는 감자의 촉감을 상상해 보세요. 식욕을 자극하는 후각, 아이의 두 손에 전해지는 마음까지 느껴보세요. 기대하지 않은 선물 보따리를 받은 거니까요. 예닐곱의 아이가 전해 준 감자는 블랙홀 속으로 일흔둘의 시간을 끌고 들어갑니다. 삼라만상의 오묘함이 빨려 들어가며, 감자 한 알은 우주를 품은 한 편의 시詩가 됩니다. 가장 단순한 것으로 복잡한 것을 대신하며

오늘도 그 생각 속으로 무작정 걷고 있다

늙은 중님의 걸음은 이제 달라졌습니다. "무작정" 걷고 있다고 진술되는 이 걸음은 사실, 이전의 걸음과 다른 차원에 놓여 있거든요. 새로운 걸음이 시작된 겁니다. 거칠 게 없이 자유로운 걸음, "무작정" 걸음입니다. 예닐곱 아이의 시간이 담겨 있습니다. 우연적 순간을 기다리는 설렘이 담겨 있습니다. 설렘은 두려움을 없애 버립니다. 설렘은 과감한 자유로움으로 비상을 꿈꿉니다. 무심한 듯 걸어보는 "무작정"이 가진 파워가 상당합니다. 어제와 달라진 이 한 걸음, 한 발짝에 어쩌면 날개가 달렸을지도 모를 일이지요.

육체와 생각과 시간이 온전히 합쳐집니다. 이제야 하나입니다. 질문을

던지고 대답을 기다리는 버거움이 아닌, 용기가 가득한 걸음을 걷고 있기 때문입니다. 질문과 답을 동시에 행하고 있기 때문입니다. 수레바퀴와 같이 무한한 회귀가 가능해집니다. 처음이어도 괜찮고, 끝이어도 무관한 걸음이기에 기쁨이 솟아납니다. 무궁한 미래가 담긴 바로 지금의 걸음이 부딪히는 세상마다 수수께끼입니다. 실수해도 괜찮습니다. 그 순간, 다시 예닐곱 아이가 등장할 테니까요. 새로운 과제가 던져지면, 그 아이에게 감자 한 알 받을 수 있을 테니까요.

"늙은 중님"은 설레는 '젊은 스님'으로 변화합니다. 변화하고 초월하며, 늙는 중입니다. 설레며 죽는 중입니다. 신이 나서 걷는 중입니다. 일상적인 지루함이 환희로 바뀌는 찰나, 저도 예닐곱 소년의 감자를 받고 싶어집니다. 말을 잃고 싶습니다. 소년에게 "꾸벅" 절을 하고 "무작정" 걸어보렵니다.

말발, 그 언어적인 페스티벌
—이정록의 시

1. 말발이 서는 순간

편해졌다. 그 어느 때보다 '이정록'다워졌다. 이번 시집에서 그는 타고난 말의 힘에 기대어, 자연스럽게 언어를 풀어놓는다. 그렇지 않아도 이정록의 말발은 원래, 유명했다. '황구라'로 유명한 소설가 황석영도 "고개를 저으며 너한테는 졌다"고(한창훈, 『그가 그곳에서 사는 이유』 발문) 말할 정도였다.

시인은 시집 『정말』에서, 엄숙하게 무게를 잡고, 진리의 포즈를 취하지 않는다. 천연덕스럽게 이야기를 펼치며 슬그머니, 웃음을 녹여 낸다. 직선적인 방법으로 현실을 비판하지 않고, 우회적으로 농을 친다. 어깨에 힘을 빼고, 한 발짝 비켜서, 자신의 의견을 슬쩍, 덧붙인다. 그 과정에 언어의 질감을 즐기며, 말의 재미를 향유한다. 시인은 말하기의 예술, 바꿔 말해 '말발'의 예술을 구현하고 싶은 것일까? 이정록은 말발이 빛나기 위한 순간을 잡아채기 위해 기꺼이 이야기를 끌어들인다.

> 요즘 잘 나간다매?/ 잡지 나부랭이에 글 좀 쓰는 게, 뭐 잘나가는 거래유?/ 그게 아니고, 요새 툭하면 집 나간다매?/ 지가 외출하는 건 성

님이 물꼬 보러 가는 거랑 같은 거유/ 물꼬를 둘러보는 건 소출하고 관
계가 깊은디, 아우 가출도 살림이 되나?/ 좋은 글 쓰려고 노력허고 있
슈/ 요샌 우리도 물꼬 안 봐 / 알았슈 이제부턴 사금파리 한 쪽이라도
물고 들어올께유/ 입에 피칠하고 들어와서 식구들 실신시킬라구 그러
남? 웬만하면 나가덜 말어/ 얼것슈/ 글이랑 게 문리를 깨치면 눈 감고
도 삼천리 아닌감 옆 동네 이문구 선생 같은 양반도, 글쟁이들은 골방
에서 문장이나 지으라고 그랬다잖여/ 방에만 있으믄 글이 되간디유?/
어허, 싸댕기며 이삭 모가지 뽑는다고 나락이 익간디? 집에 들앉아서
제수씨 물꼬나 잘 보란 말이여/ 성님이나 잘 허셔유/ 얘가 귓구녕이
멀었나? 인제 물꼬 안 본다니께/ 근데 형수님은 어디 갔데유?/ 니 형
수 요새 잘 나가야 몇 달 됐어 차례 지내려면 이제 그만 자야지 않겠
어/ 얼라, 연변이 윗마실도 아닌디 어디 가셨대유?/ 씨부럴, 요즘 담
배는 워째 이리 젖불 쬐는 것 같댜?

—「잘 나간다는 말」 전문

희극 공연에 독자들을 초대했다고 상상하고, 이 대화를 들어보자. 여기
서 시적 주체는 무대 위에서 타자와 담소를 나눈다. 아마도 "차례" 지내기
전날 밤, "성님"과 한쪽 구석에서, 담배를 피워 올리며, 이런저런 이야기를
나누고 있는 장면일 게다. 달빛 아래, 아마도 쪼그려 앉아서 담소를 나누
고 있을 것이다. 이들은 "잘 나간다"는 말에 물꼬를 트며 대화를 시작한다.
"요즘 잘 나간다매?" 이 물음을 시적 주체는 출세라는 뜻으로 받아들인다.
그러나 "성님"의 답변은 즉시 엇나간다. "그게 아니고, 요새 툭 하면 집 나
간다매?" 첫 발화부터 어긋난다. 딴죽을 걸 게다. 시인은 재빨리 변명을
늘어놓는다. "지가 외출하는 건 성님이 물꼬 보러 가는 거랑 같은 거유". 그
러자 "성님"은 "외출"을 "가출"로 변화시킨다. "아우 가출도 살림이 되나?"
여기에 등장하는 "성님"이라는 분 역시 말발의 소유자인가 보다. 말싸움
에서 밀리지 않는다. 말의 마디, 마디에 골목이 존재한다면, 이들은 말의

골목에서 받아치고, 도망치며, 서로의 언어를 비틀어 놓는다.

"잘 나간다"는 말이 갖는 의미인, "출세"와 "외출".

　이 두 가지를 제각각 변주해 가며, 맥락에 따라 배치한다. 상대방의 심중을 떠보기 위해 전략적 언술을 편다. 때로는 비수가 되어 그 사람의 가슴에 꽂고, 때로는 상처를 막기 위해 방어 전선을 펼친다. 이 두 사람 중에서 누가, 아킬레스건에 화살을 꽂을 것인가?
　시인은 "성님"의 기세에 눌리기 시작한다. "좋은 글"을 쓰기 위해 나가지만, 시는 "소출"이나 "살림"에 보태지는 현물이 아니기 때문이다. 변명이라도 하고 싶어 "사금파리"라도 물어 오겠다고 답변한다. 그러자, "성님"의 공격이 시작된다. "입에 피칠하고 들어와서 식구들 실신시킬라구 그러남?" 궁색한 변명이 오히려 부메랑이 되어 돌아온다. 1 대 0. 1차 라운드는 "성님"의 승리로 끝난다.
　여기에 구멍이 보인다. "성님"은 공격의 고삐를 놓지 않고, 시인을 몰아세우는 기세였다. 소설가 "이문구 선생"의 예까지 들며, 완전히 KO시키려는 찰나였다. 그동안 "제수씨 물꼬"나 잘 보라며, 성적인 농담을 오가던 이들은 "형수님" 얘기가 나오자, 분위기를 바꾼다. 아마도 "성님" 얼굴 표정이 일그러졌을 게다. 반격의 기회를 놓칠 리 없다. "형수님"이 집을 "잘 나간다"는 사실을 알아챈 것이다. "근데 형수님은 어디 갔데유?" 이에 "성님"은 얼른 화제를 돌리고 싶어 한다. 변명할 거리가 없어 잠이나 자자고 재촉한다. 시인은 1라운드에서 KO패 당했던 것을 만회하고 싶다. "얼라, 연변이 윗마실도 아닌디 어디 가셨대유?" 말이 떨어지기가 무섭게, 담배 불씨를 거칠게 꺼버렸을 것이다. "씨부럴, 요즘 담배는 워째 이리 젖불 쐬는 것 같댜?" 침을 한번 퉤, 뱉었을 법하다. 이렇게 해서 두 사람의 대화는 1 대 1, 무승부로 끝을 맺는다. 하지만 서로의 말발이 끝을 맺는 순간, 쓸쓸한 여운이 남는다. 시인은 이 여운을 그림자처럼 배경으로 깔고 있었다.

'말발'이란 무엇일까? 우선 '말발'은 언어 구사 능력이 뛰어난 사람에게 부여되는 표현이다. '말발이 센' 사람들은 말발을 세우고 싶어 한다. 주체가 타자를 향해, 바깥으로 뻗어나가며, 자신의 주체성을 세우고자 한다. 다시 말해, 말로 인정을 받고 싶어 한다. 그를 그답게 세워주고, 나를 나답게 세우고, 자신만의 깃발을 꽂고, 자기 체면을 세울 때 이 낱말은 정당성을 얻는다. 자기 정체성과 자존심을 인정받기 위해, 사람들은 '언어의 전쟁'을 벌인다. 그렇다면, '말발이 서다'의 사전적 의미는 무엇일까? 그것은 '말하는 대로 잘 되다'이다. 주체성을 인정받음과 동시에, 주체의 뜻과 소망이 그대로 실현되는 것이다.

말하는 대로 이루어지기를 바라는 말! 사람들의 꿈이 언어에 머물지 않고, 현실에서 실현되기를 바라는 소망! 어쩌면 '말발'이야말로, 언어의 주술성이 고스란히 남아있는 흔적이 아닐까. 이립而立. 뜻을 세워야, 말한 대로 이루어지고, 말하는 뜻이 하늘에 닿고, 그 뜻이 땅에 내려와 자기만의 영토를 확장시킬 테니까. 그리하여, '말발이 서다'라는 표현은 주체의 의지가 실현되기를 바라는 욕망의 화법이 된다.

「나도 이제 기와불사를 하기로 했다」도 이 연장선에 있다. 시인은 "금강산 관광 기념으로 깨진 기왓장 쪼가리"를 숨겨 오다가 "북측 출입국사무소"에서 발각되고 만다. 이정록은 "북측 동무"에게 기가 눌려, 말발이 서지 않는다. 솔직히 너무 창피스러워 말발을 세울 수조차 없는 상황이다. 이때 시인은 북측 동무의 말을 받아 적는다. "아닙네다 통일되면 시인 동무께서 갖다 놓을 수도 있겠지만, 고사이 잃어버릴 수도 있지 않겠습네까?" 대화를 통해 북측 동무의 깊은 뜻을 헤아린다. 시인은 북측 동무의 말발을 통해 현실 모순을 극적으로 재현해 내며, 통일을 향한 소망을 드러낸다. 타자의 타자성을 완성하며, 타자와 "나"의 동시적 소망을 담아낸다.

2. 말발의 뿌리, 어머니의 언어

너 낳고,

젖통이 고드랫돌처럼 굳은 거여 몇날 몇밤 뜨건 수건으로 싸맸다 풀었
다, 조무래기들 돼지 오줌보 다루듯 시어머니며 고모들이며 어린 삼촌
들까지 달려들어 별짓 다했는데도 자꾸만 딱딱해지는 거여 참다 참다
소 돼지 예방접종이나 놓던 돌팔이 의사한테 부끄러운 스물여섯 살의
옷고름을 내맡겼는데 서른 넘어 늦장가 간 돌팔이가 알긴 뭘 알것냐?
돌확 옮기듯 사나흘 낑낑거리다가 스무 곳도 넘게 대침으로 찔러대는
디, 아이고 지가 뭐 알고 그랬것냐? 이래 죽으나 저래 죽으나 어떻게
든 해보라고 악써대니까 엉겁결에 그런 거지 그런데 어찌어찌 황소 뒷
발에 밟힌 하눌타리처럼 누런 고름이 그놈 면상으로 솟구치는데, 내
가 그때 알았다는 거 아녀 앓던 이 빠진 것 같다는 말 그거야 이놈 저
놈 다 겪어본 거라 시도 때도 없이 입방아 찧는 거지, 진짜는 딱딱한
젖통 고름 빠지듯이란 말이 몇백 수는 윗줄인 거라 목숨이란 게 징그
러운 거지 너는 어찌 알았는지 뚝 눈물 삼킨 채 젖을 찾더구나 근데 이
놈의 고름이 제 살던 데서 계속 살고 싶은지 멎지를 않는 거여 병이란
거, 한번 몸에 깃들면 당최 안 나서니까 안 낫는다는 말이 나온 거여
광목 기저귀 두세 장을 젖가슴에 둘렀다가 들일 마치고 들어와 풀어보
면, 굳을 덴 굳고 젖은 덴 젖어서 저 강바닥처럼 척하니 굽이굽이 펼쳐
지더구나 지금이니까 어둔 부엌에서 무슨 강줄기를 봤다고 문자 써가
며 얘기하지, 옛날엔 그저 그게 다 한 여편네의 끝 모를 인생 같더구나
어찌어찌 다시 젖이 돌아 그 상처투성이를 빨고 네가 이만큼 장성했다
만, 그래서 네가 선생질에다가 글쟁이까지 하는가 싶다 분필이나 펜
대 놀리는 거, 그게 다 남의 피고름 빠는 짓 아니것냐?
어디, 구멍 숭숭 뚫렸던 젖통 한번 볼 겨?

—「강」 전문

116

여기서 주목할 것은 한 사람의 언어관이 발현되는 지점이다. 즉 시인의 어머니, 그녀의 언어가 관습적인 언어들을 뚫고 일어서는 순간들이다. 그녀는 자신의 체험과 비교하며, 관습적 언어를 비판해 낸다. 그 예를 살펴보자.

> 1) 내가 그때 알았다는 거 아녀 앓던 이 빠진 것 같다는 말 그거야 이놈 저놈 다 겪어본 거라 시도 때도 없이 입방아 찧는 거지, 진짜는 딱딱한 젖통 고름 빠지듯이란 말이 몇백 수는 윗줄인 거라
>
> 2) 병이란 거 한번 몸에 깃들면 당최 안 나서니까 안 낫는다는 말이 나온 거여
>
> 3) 굳을 덴 굳고 젖은 덴 젖어서 저 강바닥처럼 척하니 굽이굽이 펼쳐지더구나
>
> 4) 지금이니까 어둔 부엌에서 무슨 강줄기를 봤다고 문자 써가며 얘기하지, 옛날엔 그저 그게 다 한 여편네의 끝 모를 인생 같더구나
>
> 5) 분필이나 펜대 놀리는 거, 그게 다 남의 피고름 빠는 짓 아니것냐?

1)과 3)은 체험에서 얻어진 "딱딱한 젖통 고름 빠지듯"이란 말이 "앓던 이 빠진 것 같다"는 평범한 표현보다 우위에 있음을 체험을 통해 강조한다. 2)는 병이 '안 낫다'라는 말을 새로운 방식으로 재해석하고 4)는 어머니의 인생과 강줄기를 비유적으로 표현한다. 그리하여 5)에서 글을 쓴다는 일, 이것이 "남의 피고름을 빠는" 일이라고 나름, 문학에 대한 정의를 내리고 있다.

어머니는 삶 속에서 체득하고 검증된 언어만을 신뢰하고 있다. 언어를 육화시키며 동시에 자신만의 언어를 만들어낼 줄 아는 분이다. 낯설고 새로운 언어를 만들어내는 과정에서 어머니는 강렬한 체험을 통해 자신만의 표현을 획득해 낸다. 어머니가 찾아낸 언어는 고스란히 시적인 발견이 된다. 그렇기에 이정록 시인이 이 "화법"에 기대는 것은 지극히 당연한 일이다. 이정록은 "엄니의 화법"에 자신의 언어적 뿌리를 둔다.

추석 맞아
장발에 파마하고 고향에 내려갔더니,

　너는 농사도 안 짓는 애가
　왜 검불은 이고 댕기냐? 하신다

글도 안되고
이러저러 마음 시려서 몇 달 만에
머리 깎고 다시 찾았더니,

　나라 경제가 어렵다 하드만, 그새
　농사채 다 팔아먹었냐? 하신다

넉 달 전 말씀
어찌 기억하고 바깥쪽 댓구를 단다
배냇짓부터 가르쳐준 엄니와 말싸움 해봐야 뭐하나?
선산 쪽에다 혼잣말 던진다

　　　　　　　　　　　—「엄니의 화법」 부분

　시인은 "엄니의 화법"에 자신의 시어를 살짝 얹어놓으며 한 편의 시를 완성한다. 다시 말해 접붙이는 방식이다. 시인에게 "엄니의 화법"은 생명 나무와 같다. 대지에 뿌리를 둔 어머니 말씀은 농촌 공동체에 기반을 둔 사유 방식을 드러낸다. 어머니는 "파마"한 머리만 보아도, "농사"를 떠올린다. "나라 경제가 어렵다 하드만, 그새/ 농사채 다 팔아먹었냐?" 여기에 시인은 "선산 쪽에다 혼잣말"을 던진다. 이정록은 어머니의 언어 앞에, 당장 맞서지 않는다. 충청도 사투리의 질감을 가지고 딴죽을 건다. 옆에서 약간, 엇박자를 놓으며 접붙인다. 타자와, 공간을 두고, 떨어져, 접붙이더라도, "엄니"의 나무에 얹힌 언어는 뿌리에 접속될 것을 알고 있다. 변죽을 치더라도 중심을 울릴 것을 알기에, 시인 역시 "엄니의 화법"을 빼닮는다(이렇게 우회적인 대화 방법은 충청도 사람들의 일상적인 대화 방식이기도 하다).

"엄니의 화법"을 통해, 이정록 시인은 시의 뿌리에 발을 적신다. 그 뿌리에서 물을 길어 올리며 자신만의 언어 질감을 찾아나간다. 서양 문학에 기댄 시, 혹은 시 이론을 통해서 머리로 배운 시, 온갖 기존 관념들을 걷어내고, 가장 순수한 발성법으로 돌아간다. 더군다나, 이 "화법"은 이미 DNA 속으로 내재되어 있다. 그 뿌리를 더듬으며, 자신의 "화법"을 회복하는 일. 이것이 시인이 정말, 펼쳐 보이고 싶은 『정말』의 세계일 것이다. "뽑지도 않은 배추밭에" 함박눈이 내려 결실을 거두지 못할지라도, 마음의 묵정밭에 시를 심는 것이 시인의 마음일 테니까.

이정록은 견자見者와 청자聽者의 태도를 동시적으로 취한다. 가랑잎 지듯 떨어지는 타자의 언어들을 "온몸으로" 주우며 "쓰는 게 아니라 받아" 모신다. 타자들의 언어를 받아 적을 때도, "타자"와 "나" 사이에 공간을 벌리며, 비틀어놓는다. 떨어져 있음! 거리감! 대화에 개입하면서도, 거리를 두고, 비우고 채우며, 엇박을 놓는 방식이다. 이 공간에서 특유의 위트와 해학으로, 웃다가, 뒤돌아서며, 씁쓸하게 만들어놓는 것이다. 웃음과 씁쓸함, 미소와 안타까움, 희비가 공존하는 난장亂場이 시집 『정말』에서 펼쳐지고 있다.

3. 언어적인 페스티벌을 꿈꾸며

이 시집을 읽는 내내, 시인의 화법에 빠져든다. 꾸밀 것 없는 "엄니의" 질박한 "화법"이 핏줄 속으로 스며든다. 일상에서 건져 올린 언어에서 시인의 순수한 마음이 읽힌다. 그 일상어들이 쉽게, 녹아들며, 마음이 움직였기 때문이다. "엄니의 화법"에 시어를 접붙여 든든한 나무를 키우고 있는 이정록 시인. 그는 천상, 시인으로, 태어났다. 그는 언어적인 베스티벌을 꿈꾸는 것은 아닐까, 생각해 본다. 평범한 사람들의 변사가 되고 싶어 하는 것은 아닐까, 하고 말이다. 그들의 말을 듣다가도, 비껴가며, 은근슬쩍 떨어지는 슬픔을, 독자들이 스스로 주워 담도록, 언어의 장場에 초대하고 싶다. 독자들은 이야기가 진행되는 동안, 비실비실 웃어보고, 배를 잡고 뒹굴어보지만, 희극이 끝나는 자리에, 닳아가는 무릎 연골처럼, 슬픔의 여운이 감돈다.

이 시詩−나무에 "정말" 즐거운 시詩−잎새들이 매달려 춤을 추었으면 좋겠다. 감칠맛 나는 시詩들이 빛을 낼 때, 독자들이 웃고 있을 테니까.

시로 짓는, 관계의 망

—박제영의 시

그의 언어 속으로 몸을 푼다. 풀어헤쳐진다. 시집을 펼치자마자 딱딱하게 굳어있던 어깨가 말랑말랑하게 녹아내린다. 원래 무엇을 말하고 싶었던가. 시를 읽으면, 나도 모르게 긴장하는 버릇이 있었다. 요즘, 뭔가를 찾아내고, 뭔가를 배워야 하고, 뭔가 의미 있는 것, 색다른 것을 찾아 헤매는 승냥이처럼, 시집 앞에서 시를, 마음 턱, 내려놓고 음미하는 일이 쉽지 않았다. 그런데 이 시집은 긴장을 이완시키는 힘이 있다. 무어라 말하지 못하는 지점에서 따스하게 가슴을 치는, 어떤 붉음이 있다. 저 가슴 밑바닥을 아릿하게 치며, 에돌아가는 강물이 흐른다. 이 강물에 신발을 벗고 앉아본다. 맨발로 천천히, 시인 박제영의 시를 음미해 본다.

> 시다 아직 덜 여문 것은 덜 익은 것은 죄다 시다 그러니 시다 시詩라,
> 고 하는 것들은 대개 시가 아니다 덜 영근 것이다 진짜는 시가 그 안
> 에 든 것이라야 한다 시詩든 것 그러니까 시는 시든 것이다 노인정 앞
> 돌계단에 노파 둘이 쭈그리고 앉아있다 온전히 시든, 시집 두 채가 나
> 란히 햇볕을 쬐고 있다
>
> —「시집 두 채」 전문

121

박제영은 자신만의 사유가 담긴 특별한 시론을 펼친다. 최근 유행하는 시류에 대해 일정 정도 거리를 유지하면서, 최근 유행하는 시들이 아직 덜 여문 것을 은근히 비판하면서, 바로 덜 여문, 그 지점을 뒤엎는다. 덜 영근 시들이 시라는 이름을 내걸고 나왔던 것이 못마땅했던 것이다. 시인은 모름지기, 시란 "그 안에 든 것"이 있어야 한다고 말한다. 다름 아니라 내실이 꽉 차있어야 한다. 내실이 차있고, 사람들에게 감동을 주는 시라야, 시가 될 수 있다. 시인은 어렵고 자폐적이고 지적인 시를 지향하기보다는 일상생활을 살아가는 우리네 소시민들의 이야기를 담고자 한다. 구수한 입담과 사투리, 유머와 재치로 독자들을 웃기게 하다가도, 명치끝을 치는 아릿한 감동이 우러나오는 시를 지향한다.

사투리를 빌어 시론을 전개한 「거시기」를 보아도 그렇다. "긍께 머랄까 맥업시 맴이 짠~해지는, 거시기 말이여/ 느그 시는 그거시 업당께로/ 이 고들빼기 맹키로 싸한 구석이나 있으믄 쪼매 봐줄라나/ 그것도 업잔여"(「거시기」)

박제영 시인은 타자의 말을 빌어 '거시기' 시론을 펼친다. 이것을 사투리로 돌려 말하면, "맥업시 맴이 짠~해지는" 거시기이고 "고들빼기 맹키로 싸한" 거시기이다. 전라도 사투리 중에서도 가장 애매모호하고, 이해할 수 없고, 정확한 감으로 전달은 안 되지만, 가장 많은 전라도 사람들이 공감하고 공유하는 단어가 거시기이다. 사전적 의미로 뜻을 풀어보면, 이름이나 사물이 바로 생각나지 않거나 직접 말하기 곤란할 경우, 대신하여 가리키는 말이다.

"거시기"라는 단어는 묘한 매력을 가지고 있다. 이름이나 사물뿐만 아니라 굳이 또렷하게 지칭하기 어려운 감정 상태와 기분, 눈에 보이지 않는 저 너머의 그 무엇을 지칭할 때도 사용된다. 공감대가 형성된 사람들은 '거시기'라는 단어를 사용할 때, 찰떡같이 말하면, 꿀떡같이 알아듣는다. 참으로 묘하게, 알아먹는다. 부처가 꽃을 내밀면 이게 뭔지 알아채고 미소를 짓는 이치와 같다. '거시기'는 정확하게 표현이 안 되기 때문에 도리어 정확하다. 애매모호하기 때문에 오히려 대상을 지칭하고, 알 수 없기에 알 수 있다. 이렇게 특이한 언어적 아우라를 가지고 있는 '거시기' 속에 박제영 시의 지향점이 담겨 있다. '거시기'를 이해하는 사람들은 바로 일정 정도 느낌의 공동체를 형성하고 있다고 봐야 할 것이다.

미묘하지만 알 수 있을 것 같고, 보이지 않지만 보일 것 같은 감정적 실체를 향하여, 사람들은 공감하려 한다. 이 지점에서 시인은 말한다. 시 안에 든 것이 있어야 한다고. 그 안에 뭔지 모를 꽉 찬 것이 들어 있는 어떤 지점이 바로 '거시기'일 것이다. 시 자체에서 만져지지 않지만, 어떤 지점에 서 있는 분명한 실체이다. 시 안에 든 것, 시 안의 거시기가 느껴지는 것, 이것을 감지하도록 시인의 시어가 움직인다. 시인은 그 감정의 소용돌이를 향해 돌진한다. 그리고 이 순간 박제영은 말놀이(Pun)를 한다.

"시詩든 것 그러니까 시는 시든 것"이라는 논리이다. 시는 덜 여물어 신맛이 나는 상태여서는 안 된다. 오히려 푹 고아진 상태, 완숙되고 성숙해서 더 이상 푸릇푸릇한 생기를 맛보지 못하는 상태, 시듦으로써 그 안에서 마른 듯 팍팍하지만 내실을 기할 수 있는 실체, 그 안에서 진국이 우러나올 수 있는 상태를 지향한다. 인생의 희로애락을 온전하게 경험하였기에 일상생활 속에서 내뱉어지는 평범한 언어 자체가 이미 시어인 상태를 지향한다. 뭘 굳이 꾸미려고 애쓰지 않아도, 화려한 수사를 하지 않아도, 그 말의 결을 타고 시의 전언이 담기길 바란다. 일상 언어 속에서 우러나는 시어를 찾기에 굳이 시적 기교를 부리지 않는다.

박제영 시인은 "시는 시든 것"이라는 생각을 바탕으로 세상을 바라본다.

시인의 눈앞에 두 노인이 보인다. 노인정 앞에 나란히 햇볕을 쬐고 있는 두 노인네야말로, 쭈그리고 있는 그들이야말로 시든 존재들이다. 살아있는 "시집 두 채"이다. 그들은 "시든" 상태이고, 온전히 시들었기에, 그 몸뚱어리 시집 안에 진짜배기만 남아있다. 시든 몸은 이미 애잔하고 쓸쓸한 그 무엇을 표현해 준다. 그 두 노인네의 눈빛은 자연스럽게 뭔가를 말한다. 가슴이 싸해지는 고들빼기 맛이 저절로 우러난다.

이러한 시 세계를 갖고 있는 시인은 당연히 소외된 자들로 눈길을 돌린다. 지적인 개념이나 사상과 관념이 아니라, 우리네의 소박하고 투박한 이야기들이 눈에 띈다. 그들을 거두어들이며, 낮은 지점에 자리한 눈높이에서 글을 쓴다. 이 지점이 시의 출발이자 시의 본령이기에 그 자리에서 출발한다. 박제영이 출발한 지점은 가깝고도 먼 존재인, 식구이다.

> 사납다 사납다 이런 개 처음 본다는 유기견도
> 엄마가 데려다가 사흘 밥을 주면 순하디순한 양이 되었다
>
> 시들시들 죽었다 싶어 내다버린 화초도
> 아버지가 가져다가 사흘 물을 주면 활짝 꽃이 피었다
>
> 아무래도 남모르는 비결이 있을 줄 알았는데,
> 비결은 무슨, 짐승이고 식물이고 끼니 잘 챙겨 먹이면 돼 그러면 다
> 식구가 되는 겨
>
> ―「식구」 전문

여기서 시인이 가족이라는 단어를 사용하지 않는 점에 주목할 필요가 있다. 가족 이기주의의 틀을 벗어나고 싶기 때문이다. 더 나아가서는 인간 중심적인 발상에서 벗어나고 싶은 것이다. 그에게 식구라는 개념은 가족이라는 지평을 확장한 개념이다. 식물과 동물, 미천한 것들과 소외된 것들, 마

을 사람들, 이름 없이 사라질 뻔한 관계로 넓혀진다.

관심을 기울여야 할 부분은, 그들이 서로 먹여 주는 관계에 있다는 사실이다. 먹고 먹히는 살생과 약육강식의 세계에서 벗어나 있다. 존재가 누군가에게 무자비하게 먹힐 것이라는 두려움이 배제되어 있다. 서로가 서로를 위해 밥숟가락 떠주는 사이, 먹여 주는 사이를 지향한다. 식구는 관계의 정情을 쌓는 사이이다. 같이 먹여 주고 스스로 먹다 보면, 사나운 유기견도 온순해지고 말라비틀어진 화초도 다시 살아난다. 인간 중심적인 발상을 뒤집으면, 사물이건 동물이건 식물이건 특별한 관계가 형성된다. 이 관계 속에서 이기적인 가족이 아닌 서로가 서로를 소생시키는 '식구'가 된다.

'식구'는 소외된 것들끼리 위로해 주고 치유해 준다. 식구는 거두어들임이다. 식구는 포옹이며, 쓰다듬음이다. 식구는 회복이자 되살림이고, 식구는 콤플렉스와 트라우마의 소용돌이에서 헤쳐 나올 수 있는 회복의 공간이다. 햇볕 드는 널찍한 마당에서는 못난이들의 이야기를 담아서 들어주는 어루만짐의 귓바퀴이다. 시인은 식구라는 의미 지평을 확장하면서 새로운 형태의 식구들—식물과 동물, 바다와 바람, 나무와 춘천, 안개와 섬, 눈과 모란—을 끼워 넣는다. 그럼에도 가장 기본 단위인 가족의 이야기를 빠뜨리지 않는다.

> "아빠 빨리 죽어", 그러니까 여동생이 자기 패가 좋으니까 아빠는 광이나 팔고 한 판 쉬시라고 한 것인데, 아버지 갑자기 화투판을 엎으며 "죽으라니, 그게 어디 애비한테 할 소리냐, 못된 년 같으니라고" 두어 시간 내내 선 한 번 못 잡고 잃기만 했으니 속이 상하신 탓일 텐데, 마흔 살 넘은 딸도 울고 일흔 살 넘은 아버지도 울고 그렇게 판이 깨졌던 것인데
>
> —「화투和鬪」 부분

아빠, 빨리 죽으라니. 부녀 사이에 있을 수 없는, 상상할 수 없는 대화가 오가는 장소는 명절날 화투판이다. 똥을 쌌느니 말았느니, 피박을 썼느니 말았느니, 고도리를 땄느니 말았느니, 죽어야 하느니 마느니…… 하는 말들이 오간다. 아버지와 딸이 화투판 앞에서 한판 감정싸움을 벌이고 있다. 화투판이라는 특수한 상황에서 평소에는 쉽게 할 수 없는 대화를 마구 던지고 있기 때문이다. 상대가 누구냐가 중요하지 않다. 점에 백 원짜리 돈 일이만 원 판돈이 걸린 판이지만, 당장에 돈을 잃으면 안 되기 때문에 존칭을 생략하고 걸쭉한 입담을 펼친다. 여기에 감정이 끼어들면, 이 단어들을 쉽게 던질 수 없다. 그러나 이 지점에서 아버지의 억울한 감정이 끼어든다. 일흔 살 넘은 아버지가 마흔 살 넘은 딸에게 화를 내는 것이다. 가깝고 친한 사이일수록 서운함이 앞선다. 아버지가 화투판을 뒤집는다. 그리고 운다. 판이 깨진다. 다음 날 아침, 누가 먼저랄 것도 없이 어제의 식구들이 다시 모여 판을 벌인다. 피를 나눈 가족이란, 말 한마디에 용서되고, 이해받는 관계이다. 별것 아닌 것에 흥분하고 있지만 쉽게 인정받고 싶고, 허물도 용서되는 그런 관계이다. 식구만이 누릴 수 있는 감정의 마모인 셈이다.

허물이 허물을 덮고, 허물 위에서 사랑을 꽃 피울 수 있는 사이. 허물 위에서 정이 쌓이고, 허물이 있는 사람을 감싸 안아줄 수 있는 사이. 말하지 않아도 저 깊은 속마음까지 헤아려 줄 수 있는 사이. 관계의 지층이 두터워져 그 지층이 쉽게 허물어지지 않는 사이. 허물어진 감정조차 새로운 물이 흘러들며 돈독해질 수 있는 사이. 연애시를 쓰려고 해도 옆에서 놀아달라는 딸아이의 재촉에, 결국 "노루오줌 같은 문장 하나 겨우 지리고 마는"(「연애시」) 사이. 육목단 열 끝이 들어오는 순간 당대 여배우들의 이름을 줄줄이 부르며(「모란」) 가슴 속 뜨거운 거시기를 공감할 줄 아는 사이. 가족을 제대로 돌보지 못했다는 노시인의 말을 듣고 집에 와서 잠자던 아내와 딸아이를 깨워 뽀뽀를 해대는 관계. 이런 저런 뻘짓들이 통용되고 용서되고 위로받는 사이가 바로 식구인 셈이다.

그 사이의 지평이 확대되면서 시인의 시선은 타자를 향해 나아간다. 가슴 아픈 사연을 아프지 않고 구수하게, 아리지 않은 듯 뒤돌아서 아프게, 뻘짓하는 듯하지만 진국이 우러나게, 아무렇지도 않은 듯하다 뼈저리게, 에돌려 말한다.

> 십 년 전 남대문시장 선술집에서 나눈 것이 마지막 술잔이었다 작은 출판사 차렸다고 늦둥이 봤다고 이제 잘 살 거라고 술이 몇 순 돌았을까 선배는 슬금슬금 바지춤을 가리면서 우두망찰 말꼬리를 흐렸다, 알잖아 여기가 너무 어두워서, 괜찮다 형 잘못 아니다, 이십여 년 전 수배 중이던 선배는 결국 남산 지하실에 끌려갔다 음지의 어둑시니들은 어둠 속에서 타닥타닥 형의 불알을 땄다 그때부터 형은 오줌을 지렸다 강산이 한 번 바뀌었어도 서른아홉 살이 되었어도 형은 좁디좁은 마당을 좀처럼 건너지 못했다

> 조등 대신 크고 환한 등을 달아라, 그게 유언이었단다, 그곳에선 지리지 말고 그냥 맘껏 누라! 나는 그리 빌었다 그게 형의 명복일 테니까 강산이 두 번 바뀌고서야 귀신이 되어서야 마흔아홉의 형은 마침내 등빛 환한 마당을 껄껄껄 건너갔다
>
> ―「크고 환한 등」부분

이 시는 식구라는 개념이 깨졌을 때 발생하는 지점에 자리한다. 공권력이 자행된 부분은 가장 약한 부분을 건드린 것이다. 취약한 지점, 식구만이 알 수 있는 비밀, 이 약한 고리로 독자의 감정을 건드린다. 다름 아닌, 죽음을 맞이한 선배의 비밀스런 이야기가 풀어지는 장면이다. 그가 왜 오줌을 지리게 되었는지, 그 이유가 밝혀지고 있다. 선배가 체포되었을 때, 공권력은 가장 약한 생식기인 성기를 건드린 것이다. 식구만이 알 수 있는 비밀스런 신체 부위를 건드린 것이다(식구들이야말로, 타인에게 가장 숨기고 싶은 것

시로 짓는, 관계의 밥

127

들, 이를테면 똥을 싸고 오줌을 싸는 일을 낱낱이 아는 사람들일 게다. 어떤 냄새의 대변을 보는지, 어떤 지린내 나는 오줌을 지리는지, 그날 무엇을 먹고 방귀를 뀌는지 가장 잘 아는 관계이다. 그럴 정도로 서로에 대해 속속들이 알고 있기에, 시인은 바로 이 장면을 선택한 것이리라). 서로 감싸 안으며 보듬어주고 회복시키는 관계와 거리가 멀었던 공권력은 약한 부분을, 가장 폭력적인 형태로 파괴시킨다. 공권력은 그러므로 식구가 될 수 없다. 식구라는 울타리 안에서 보듬고 쓰다듬어 줄 수 없는 일이다. 이것은 단순히 달걀귀신이 손주 불알 따먹으러 오는 수준이 아니다.

"조등" 대신 "크고 환한 등"을 달아달라는 유언이 절절하게 가슴에 맺히는 이유는, 거시기가 되어 고들빼기처럼 우리의 마음을 싸하게 만드는 이유는, 시인의 시선이 낮은 자리에서 그들을 비추고 있기 때문이다. 공권력의 희생 제물이 되었던 선배가 원했던 것이 무엇인지를 알기에, 뒤늦게라도 소원을 빌어보는 것이다. 죽은 다음에야 "크고 환한 등"에서 마음껏 오줌을 누어보는 일. 기본적인 욕구를 두려움 없이 투명하게 해소할 수 있는 일. 이 비밀을 아는 시인은 그 유언을 실현시키고자 한다.

"그곳에선 지리지 말고 그냥 맘껏 누라!" 뒤늦게라도 환한 등을 내걸어, 두려움이 해소된 공간을 만들어주고 싶다. 폭력이 제거된 상태에서 마음껏 기본적인 욕구를 해소할 수 있기를 염원한다. 고문의 후유증을 떨쳐 버릴 수 있기를 소망한다. 말 한마디를 저승길에 보태어, 영혼이라도 치유받기를 바란다. 그 소망이 삶의 경계를 넘어선 지점, 거시기의 어떤 지점에 다다르기를 희망하는 것이다.

시인은 소외된 자들의 이야기를 듣고, 어루만지고, 감싸 안으며, 아웃사이더로 떨어져 나간 이들을 식구로 받아들인다. 화초에 물을 주듯이, 길 잃은 개에게 밥을 먹이듯이, 사랑을 주어 관계의 울타리 안으로 안착시킨다. 관계 안으로 들어온 사람들의 이야기가 곧 한 편의 시에 담긴다.

128

돌고 또 돌고 술잔이 몇 순 돌고 나서야 남여사 장원작 낭송을 시작했는데 아뿔싸! 여지껏 풀어놓았던 이바구들이 남 애愛사가 아니라 남여사의 애哀사였네 그려

— 새끼들 속 매운 상처를 왜 모를까/ 어미의 눈먼 사랑 탓이었으나/ 내 눈 멀 만큼 사랑했던 것이니 어쩌랴

이 대목에서 남여사 슬며시 눈물 훔치는데, 이십 년 만에 그예 남씨로 성을 바꿨다는 아들들도 꾹꾹 잠갔던 눈물 마침내 흘리더라
                                    —「남여사 주부백일장 장원기」부분

사내가 사랑을 속이고 직업을 속이고 가겟돈마저 꿀꺽 삼킨 것도 자기 이름 탓이려니 원망은 없으나 이제 이름을 지우고 싶다고, 吳弼女 대신 Ophelia로 묘비명을 새겨달라고, 복사꽃 흐드러진 봄밤, 꽃잎 같은 유서 하나 남긴 채
                                    —「오필녀 강경 갔다」부분

시인 박제영이 시를 받아 적는 방식은 타자의 떨림과 파장이 증폭되었을 때이다. 식구들의 약한 고리가 더욱 약해지는 순간이다. 시인은 타자가 가장 여리게 떨리는 순간을 포착한다. 남의 애정사에 통달했던 남 여사의 이바구가 사실은 본인의 이야기였음을 실토하는 장면이 그러하다. 남의 사랑 얘기가 알고 보니, 남 여사 본인의 이야기였다는 진실이 밝혀지는 순간이다. "오필녀吳弼女 대신 Ophelia로 묘비명을 새겨"달라던 그녀 이야기도 그러하다. 오필녀라는 이름과 오필리아라는 이름의 유사성이 발생시키는 말놀이로 시작되지만, 그 말놀이 이면의 진실은 비극적이다. 남자에게 배신을 당한 뒤 죽음을 맞이한다는 슬픔을 갖고 있기 때문이다. 다른 남자를 사랑하지만, 그 사랑 역시 배반당할 것이라는 사실을 암시하기에 그 "울타리"

바깥이 더 위험스럽게 다가온다. 또 다른 세계로 튕겨 나가는 일임을 알기에, 사랑 많은 여자들의 통점에 공감할 수 있다. 시인은 통점 깊은 곳까지 내려가 그녀들을 위로해 주고 싶었던 것이다.

위로의 방식은 "아무래도 남모르는 비결이" 있는 것은 아니다. "짐승이고 식물이고 끼니" 잘 챙겨 먹이면 되는 일이다. 평범한 진실 가운데 박제영 시인은 알음알음, 그가 알고 있는 세계를 다지면서 식구의 울타리를 확장시켜 나간다. 그가 바라보는 세계 어느 지점까지 식구로 확장될 수 있을지 모를 일이지만, 기본적인 밥으로, 입과 똥으로 만들어나간 식구들이 시집 안에 더욱 풍성해질 것으로 기대된다. 그 안에서 짓는 따뜻한 밥, 나도 밥 한 그릇 얻어먹으며 그의 식구가 되고 싶다.

제3부

손

나는 당신의 콧가에
손등을 대보았지

때죽나무꽃이 흰 방석을 깔고 물 위에
떠 있었지

—고영민 「근심」 부분

손톱 밑의 선물

―김소연의 시

1.

구멍이 있다. 그 구멍으로 뼈들은 밤마다 외출한다. 아침이 늘어지는 이유는 내가 잠든 사이에 바깥에서 떠돌던 뼈들이, 제자리로 되돌아오는 데 시간이 걸리기 때문이다. 잠을 자는 동안 나의 뼈들은 타클라마칸 사막에서 버려진 전장의 잔해들로 묻혀 있었던 것은 아닐까, 독수리가 파먹고 버린 유골이 되지 않았을까, 중력을 잃고 떠도는 우주 한가운데서 파열하는 돌덩어리로 부서지고 있지 않았을까, 꿈속에서 저 멀리 다른 은하계까지 다녀오지 않았을까, 그 뼈들이 자신의 자리를 찾기까지, 뼈들은 잠시 바깥을 향한 문을 열어놓고, 영혼의 외출을 감행한다. 나는 그렇게 믿곤 한다. 뼈들이 바깥으로 외출할 동안, 연체동물이 되어, 물속으로 가라앉는다. 잠의 바닷속에 빠져들었던 나는, 아침이 되는 순간, 구멍에서 휘어진다. 직립하지 못하고, 흐느적거린다. 수학자의 명료한 아침이 되지 못한다. 나의 바깥에서 떠도는 뼈들이 안착할 때까지 기다려야 한다.

구멍은 꿈에서 깨어난 뒤에도 따라다닌다. 대상 속으로 파고들지 못한다. 시간이 필요하다. 그동안 나는 겨우, 눈구멍을 뜨고 구경한다. 바람이 빛는 풍경을 따라 타자를 만나고, 그 타자와 사랑을 나눈다. 그러다가 나는 다른 존재가 된다. 내가 당신이 되지 못하기에 절망하며 추락한다. 시적 주체는 또 다른 내가 되며 변화해야, 타자의 고통을 직면할 수 있다.

우리는 같은 사람을 나누어 가진 적이 있다
같은 슬픔을 자주 그리워한다

내가 누구인지 도무지 알 수 없을 때마다
나를 당신이라고 믿었던 적도 있었다

지난 연인들이 자꾸 나타나
자기 이야기를 겹쳐 쓰려 할 때마다
우리는 같은 사람이 되어간다

당신은 알라의 얼굴에서
예수의 표정이 묻어나는 걸 보았다고 했다
내 걸음걸이에서 이제는
당신이 묻어 나오는 걸 아느냐고
당신에게 물어보았다

우리는 두 개의 바다가 만나는 해안에
도착해 있다

늙은 아이가 햇볕에 나와 앉아 바다를 보고 있다
바다가 질문들을 한없이 밀어내고 있다

우리에게 달라진 것은 장소뿐이었지만

어느새 우리들 기억이 달라져 있었다

나는 다른 사람이 되었다

—「누군가 곁에서 자꾸 질문을 던진다」 부분

타자와 나, 즉 '우리'는 '같은 사람'을 나누어 쓴다는 가정하에 있다. 같은 사람을 나누기 위해, 나는 그를 해부하고, 그를 분석하고, 그를 이해하려고 애쓰고, 그 주변의 사람들을 조사하고, 그의 공기를 염려하고, 그의 인간관계 배열도를 작성하고, 그가 떠올리는 상상을 대신 떠올리고, 그의 걸음걸이를 따라 하고, 그의 말투와 습관을 익히고, 그가 좋아하는 음식을 따라 먹고, 그가 좋아하는 커피 취향에 따라 아메리카노를 마신다. 그가 좋아하는 풍경을 꿈꾸고, 그가 바라는 포즈를 취하며 다리를 꼬고, 그가 원하는 동작으로, 그의 시선으로 바라보려 한다. 이러할 때, "나를 당신"이라 믿는 지경에 이른다.

"우리는 같은 사람을 나누어 가진 적이 있다"고 말하는 순간, 나락으로 떨어지기 시작한다. 그와 내가 같은 사람이라는 착각 속에 '나'는 정체성을 상실한다.

정체성을 상실한다는 것은 '바깥'이 사라져버린다는 뜻이다. 내가 데리고 다니는 '나'의 그림자가 사라지고, 내가 좋아했던 수만 가지 취향이 그의 그늘 속에 먹히고 만다. 이 착각은 "우리는 같은 사람이 되어간다"는 믿음 속에서 먹구름을 불러온다. 예고된 균열을 준비한다. "같은 사람"이 되어간다는 모순 속에, 갈라질 조짐이 싹트고 있다.

"우리"라는 대명사 역시, 타자와 나를 분리하며, 타자를 배제하는 모순적인 단어이다. 단 한 사람을 포용한다는 것은 외면을 강행하고 있기에, "같은 사람"을 공유할 수 없다. 더군다나 타자와 나는 "같은" 사람이 될 수 없다. 자명한 사실 앞에서 주체는 고집한다. 이 사실을 알면서, 동시에 부인한다. "같은 사람"이라는 설정이 가능한 것인지 알아보기 위해 당신에게 묻는다. "내 걸음걸이에서" "당신"이 묻어 나오는 걸 아느냐고. 시인은 질문을 던졌지만, 그가 대답했는지 알 수 없다. 대답을 들을 수 없기에, "내가 서 있는 자리에 너무 많은 질문"이 쏟아진다.

질문에 이은 대답은 곧바로 존재의 정체성과 관련된다. '같은'이라는 설정에 반기를 든다. 타자와 나 사이에 잊고 있었던 까마득한 거리가 떠오른다. 그 거리에는 사막이 놓여 있고, 알 수 없던 빙하가 가로지른다. 어느 순간 크레바스가 작동할 수 있다.

'같은'이 갑자기 '다른'으로 돌변하는 순간, 시적 주체는 당신과 어떤 거리에 서야 할지 고민에 빠진다. 위치를 설정해야 하기 때문이다. 당신을 사랑하면 할수록, 타자가 간직한 과거의 기억과 연인들의 추억까지 '나'의 것으로 소유하고 싶다. 소유하고 싶기에, 갈등은 시작된다. 골 깊은 갈등에서 시적 주체는 어떤 위치를 설정할 것인가. 이 지점에서 질문이 쏟아진다. 우리가 같지 않다면, 어떻게 다른 것인가. 이러한 질문들이 '살구가 떨어져 뒹굴듯' 떨어져 내린다.

주체는 자신의 위치를 잃고 만다. 어떤 공간에 어떻게 두 발로 서야 하는지, 알지 못하는 상태에서 '같은'이라는 믿음에 갇혀있던 것이 착각임을 깨닫는다. 자기 자신 안에 구멍을 뚫는 것을 잊고 있었다. 그 구멍으로 언제든지 바깥으로 탈출할 수 있는 해방구를 간직하고 있어야 하는데, 그러하지 못했다.

존재자의 '바깥'이 사라져버릴 때, 사람은 독특성을 잃는다. 어쩌면 '바깥'으로 향하는 독특성이 사라졌기에, 매력이 사라져버렸을지도 모른다. 탈출구가 사라졌을 때, '나'는 타자의 부름에 이끌려 다니는 헛것이 된다. 동질성이라는 믿음 자체가 착각이기에, 믿음이라는 감정을 보호 울타리로 삼으며 스스로 가두고 있었기에, 이런 날이 오리라는 것을 알면서도 모르는 척해 왔다. 자명한 진실이 다가오는 것을 숨기고 있었는지 모른다. 다른 존재가 되어갈 수 없기에, 그 사실을 알면서도 은폐하고 있었기에, '우리'라는 믿음을 고집했을 것이다.

믿음이 무너지는 순간, "두 개의 바다가 만나는 해안"에서 당신과 나는 무너진다. 앞서 대답하지 못했던 무수한 질문조차 소용없다. 무용지물이 되어버린 질문, 여러 질문이 솟구치지만, 사실은 굳이 말하지 않아도 이미 알고 있다. '우리' 사이에 달라진 것은 장소였지만, 애초의 기억이 다르다는 사실을 확인하며, 타자와 나는 갈라진다. 그 숱한 질문에 대해 답변을 할 수 없음을 깨닫는 순간,

　　나는 다른 사람이 되었다

원래 당신과 나는 '우리'가 될 수 없다. 내가 다른 사람이 되어 있었던 것이 아니라 이미, 애초의 출발부터 다른 사람이었다. 절망의 순간에 시적 존재는 변화한다. 이것이 오히려 변화와 성숙의 청신호이다. 다른 사람으로 변화하는 사이, 시간의 질적인 흐름 역시 변화한다. 시간 속에 서로 다른 기억의 지층이 쌓이면서, '우리'는 질적으로 멀어진다. 내가 원하지 않았어도, 그가 원하지 않았어도, 기억의 층위가 쌓일수록 낯선 타인이 되어간다.

순례 믿음의 완성

2.

다른 존재가 된다는 것은, 그 존재자가 자기만의 '바깥'을 열어놓는 일이다. 타자의 타자성을 인식하는 순간, 오히려 주체로서 오롯이 설 수 있는 두 발이 주어진다. 서로 다른 바깥을 열어두고 살아왔기에, 서로 다른 그림자를 끌고 살아왔기에, 한곳을 바라보는 일이 쉽지 않다. 엇갈린다. 당연하다. 어긋난다. 오히려, 이 어긋난 지점이 주체의 주체성을 확인하는, 홀로서기의 첫 번째 출발선이다.

　　어떤 나라에서는 발이 시리지 않다

어떤 나라에서는 목적 없이 버스를 탄다
그러나 어떤 나라에서는 한없이 걸어야 한다

피로는 크나큰 피로로만 해결할 수 있다
사랑이 특히 그러했다 그래서

바깥에 사는 사람은
갈 수 있는 한 더 먼 곳으로 가려 한다

—「바깥에 사는 사람」 부분

　당신과 내가 하나가 되지 못하고, 끊임없이 갈라지는 속성을 지닌다는 것을 알기에 시인은 세상을 도리어 편안하게 바라본다. 갈라짐을 인정하는 일은 서로의 '바깥'을 인정하는 일이다. 그것은 자연스럽게 당신과 나 사이의 거리를 인정하는 일이 된다. 나는 내 속에 비밀의 무덤 하나를 만들어 놓고, 타자에게 채워지지 않는 응어리가 있을 때, 숨을 돌릴 문을 열어야 한다.
　내가 나에게서 빠져나갈 수 있는, 나의 부끄러움과 수치심, 당신에 대한 집착과 원망, 하소연과 울음을 당신에게 온전히 할 수 없기에, 나의 감정들이 빠져나갈 수 있는 구멍이 필요하다. 구멍이 작은 사람들은 더 큰 구멍을 찾아 탈출한다. 바깥으로 흐르는 구멍의 크기와 몰입, 바람과 유혹에 따라, 차이가 발생한다. 자연스러움이 약이다. 자연스러운 상태의 존재를 인정하고, 자연스럽게 흘러가듯, 누군가 홍옥을 주웠을 때, "단지 주워 든 한 사람"이 그가 되는 것을 인정하게 마련이다. 내 안의 바깥을 내어놓는 일. 그것이 바로 자연스럽게 존재하는 일이고, 자연스럽게 되는 일이다. "있는 것들이 오랫동안 그렇게 있을 때/ 우리가 기다리던 것이 되지"(「있고 되고」) 타자와 나 사이의 거리를 조절할 수 있는 것은, 내 안의 '바깥'을 인정하는 일이지만, 당신이 멀어져 가는 일이 안타깝기만 하다.
　"피로는 크나큰 피로"로 해결할 수 있듯이, 사랑은 사랑으로 해갈할 수 있다. 그러나 타자는 멀어져 가고, "바깥에 사는 사람은 갈 수 있는 한 더 먼 곳으로" 탈출한다. 이런 측면에서 보면 사랑이 해결 대안이 아닐 수도 있다. 타자를 인정할수록, 그 타자를 이해할 수 없는 일들이 발생한다. 타자에게 발생하는 수많은 경우의 수를 인정하고, 담담하게 바라보지만, 그 바라봄에 아픔이 뒤따른다.

3.

장미꽃이 투신했습니다

담벼락 아래 쪼그려 앉아
유리처럼 깨진 꽃잎 조각을 줍습니다
모든 부패에는 무늬처럼 유서가 씌어 있다던
태어나면서부터 그렇다던 어느 농부의 말을 떠올립니다

움직이지 않는 모든 것을 경멸합니다
나는 장미의 편입니다

장마전선 반대를 외치던
빗방울의 이중국적에 대해 생각합니다

그럴 수 없는 일이
모두 다 아는 일이 될 때까지
빗방울은 줄기차게 창문을 두드릴 뿐입니다
창문의 바깥쪽이 그들의 처지였음을
누가 모를 수 있습니까

빗방울의 절규를 밤새 듣고서
가시만 남아버린 장미나무
빗방울의 인해전술을 지지한 흔적입니다

나는 절규의 편입니다
유서 없는 피부를 경멸합니다

쪼그려 앉아 죽어가는 피부를 만집니다

손톱 밑에 가시처럼 박히는 이 통증을
선물로 알고 가져갑니다
선물이 배후입니다

—「주동자」전문

　이제 구멍으로 바깥을 내다보는 일에 단련을 시작한다. 자신의 내면을 바라보는 일과 타자와 거리를 두던 일, 타자가 바깥으로 멀어져 가는 일에서 상처받지 않는다. 오히려 타자들의 시련에 시선이 멈춘다. 시선은 구석구석에서 소외당하고, 외면당하고, 고통받는 자들로 향하기 시작한다. 내면에 바깥으로 향하던 구멍이, 그 구멍으로 바라본 시선이 더 큰 세상으로 나아간다.

　시인이 바라본 바깥에는 세상의 불이익 때문에 자신의 온몸을 내던지며 고통 속에 빠진 사람들이 있다. "벌거벗은 사람이 되어 부끄럽게 서 있던 그 자리에 더 벌거벗은 한 사람"(「평택」)이 있다. 주체는 그곳에서 그들의 울음을 보고 견딘다. 바라보는 일은 고통을 감내하는 일이고, 바라보는 일은 같은 공간에서 같은 감정을 공유하는 일이다. 여기서 '같은'은 통점을 공유하는 일이 된다. 바라보는 자 역시 고통받는 자의 아픔을 동시적으로 견디고 있기 때문이다. 이것은 시대적 통점에 공감하고 그들을 외면하지 않으려는, 내면의 단단함이 있기에 가능하다.

측면으로 바라보지 않고, 정면으로 직시하기에 견딜힘이 주어진다. 두렵지 않다. "사람을 만난 날" "예상치 못한 어딘가가 깊이 파였고/ 더 이상 무섭지는 않았다"(「평택」). 시인은 어느새 바깥으로 향하는 문을 활짝 열어젖힌 것이다. 그리고 강하게 바라보고, 단단하게 견디며, 선언한다.

"나는 장미의 편입니다"라고. 이 선언은 바라보는 일에서, 한 발짝 나아가는 발화이다. 그들이 염원하는 세상에 동참하겠다는 발화이다. 어느 노동자의 투신에 동감하고, 그들의 처참한 유서에 분노한다. 자기 안의 구멍을 열어젖혀, 바깥으로 손을 내미는 동작이다. 빗방울이 떨어지는 저 "창문의 바깥쪽이 그들의 처지였음을" 잘 알기에 시인은 그들의 "절규"에 손을 든다. 시인의 손으로 "쪼그려 앉아 죽어가는 피부"를 만진다. 그 손끝에 닿은 고통을 기꺼이 "선물"로 받아 안는다.

자발적으로 선물을 선택한 것이리라. 누가 선물로 주지 않았어도, 기꺼이 이것을 선물로 해석한 것이리라. 타자의 고통으로 향하는 바깥의 문을 활짝 열어젖힌 시인 김소연. 그녀는 80년대의 강한 구호성 시와 달리, 그녀만이 낼 수 있는 차분하고 냉정하고, 때로는 따뜻한 목소리로 타자의 고통에 공감하며, 시대적 통점에 공감한다. 그리고 서서히 독자를 흔든다. "손톱 밑에 가시처럼 박히는 통증"을 이 시대의 선물로 우리에게 내민다. 맨 마지막으로 호명될 '우리'(「백반」)에게. 쉽게 우리가 되지 못했던 배타적인 우리에게. 이 선물이 "언젠가 반드시 곡선으로 휘어질 직선"(「수학자의 아침」)이라는 것을 알기에. 패러다임의 전환을 요구했던 비유클리드 기하학의 혁명성을 알기에. 지금 나는 그녀가 열어젖힌 바깥의 세계로 눈을 돌린다. 지난밤에 외출한 나의 노동이 계약직의 단칼로 잘릴 날이 닥치므로. 수학자답지 못한 아침을 맞이하는 우리의 무수한 연약한 타자를 위해서.

원을 그리는 두 가지 방식

—김종철과 기혁의 시

하나. '내'가 '나'를 기억하는 방식

—김종철, 『절두산 부활의 집』(문학세계사)

고백부터 해야겠다. 2014년 4월 16일 이후, 시인으로서 제대로 된 시 한 편 쓰지 못하고 있었다. 정지 상태였다. 시를 읽는 일이 (변명처럼 들리겠지만) 힘들었다. 여러 권의 시집이 우편으로 도착했지만, 먼지를 뒤집어쓰기 일쑤였다. 튕겨냈다. 시어들이 떠돌아다녔고 감동받지 못했다. 많은 것들이 의심스러웠다. 그러다 되묻는다. 4월 16일을 핑계로 삼고 있는 것은 아닌지. 떠돌아다녀 본다. 다른 시인들은 이 상황을 어떻게 견디고 있을까? 궁금했다. 훔쳐보기로 한다. 여느 시인들의 시집 발간 소식을 듣고, 낭독회에 가서 흘끔거리고, 그들의 시를 훔쳐보는 정도로, 느리게 호흡해 본다. 지금 이 공기를 어떻게 버티고 있지? 어떤 고민으로 시를 쓰고 있지? 어떤 숨결로 이 시대를 버티고 있지? 훔쳐보며, 훔쳐보며, 도망친다. 벽장 뒤로 나의 시선을 숨기며, 길 위에서 서성거린다. 그러던 차에 김종철 시인의 유고 시집 『절두산 부활의 집』(문학세계사)을 집어 들었다. 거두절미하고, 무작정, 멈추어버렸다.

소문보다 빠르게

암이 전이되었다는 사실을

나만 몰랐다

그래서 아무 말 하지 않아도

침묵이 변명 되어버린 날

모처럼 마음을 추스르고 출근하였다

사무실에서 업무 얘기를 하다가

소문에 들었던 '나'를

처음 내 입으로 말해 주었다

회사 살림만 우직하게 꾸려왔던 우리 전무는

기다렸다는 듯이 펑펑 울었다

늘 나이보다 더 들어보였던 그가

팔소매를 훔치며

체면도 없이 그저 펑펑 울 때는

참, 젊어 보였다

나는 그저 흐느끼는 어깨만 토닥였다

'아, 나는 언제 펑펑 울어보나'

―「펑펑 울다」 전문

'아, 나는 언제 펑펑 울어 보나' 이 구절에서 숨이 멈춘다. 당사자가 정작 울지 못하는 상황, 타자의 울음이 너무 크기에 시인의 속울음을 숨겨야 했던 이 구절이 나를 꼼짝달싹 못 하게 만들었다.

시인은 이미 죽음을 선고받은 상태였다. 이 특수성 앞에서 김종철 시인은 '나'라고 말해지는 것들, '나'라고 불리는 공기들, '나'라고 여겨지던 여러 형질과 대면하고 있었다. 원래 시인은 자신을 둘러싼 소문과 눈빛과 공기를 감지하지 못하고 있었다. '소문에 들었던' '나'를 본인이 직접 확인하는 순간, 그 앞에 있던 타자가 펑펑 운다. 오이디푸스가 사건의 전말을 알게 되자 스스로 자신의 눈을 찌르고 광야로 떠나는 것처럼, 시인의 입으로 발화되는 순간, 사건의 지평이 달라진다. 분명한 사실이 확인되는 순간, 다른 공간으로 진입한다. 병원으로 들어간다. 불분명했던 시간과 사실을 미루고 싶어 하는 감정들이 확인되면서, 추락한다. 인정하고 싶지 않았던 사실을 인정하면서, 폭발한다. 아니, 흘러나온다. "펑펑" 우는 것이다. 누가? 고통의 당사자가 아니라, 이 사실을 인정하고 싶지 않았던 타자의 눈물이 쏟아진다. 잠깐의 희망이 깨져 버린다. 뭐라 말로 표현할 수 없기에, "펑펑". 이 사실을 인정할 수 없기에 "펑펑". 당사자보다 더한 강도로 "펑펑". 눈이 내리듯이 "펑펑", 폭발한다. 이런 상황에서 주체는 어떻게 해야 할까? 시인은 울 수 없다. 담담하고 고요하게 "존재하지 않는 자신을 보는 일"을 진행한다.

> 나의 투병 일지는 매일 같았다. 암 투병은 죽음의 시간이다. 천천히 죽어가는 자신을 보는 일이다. 화학 치료를 받는 동안 피폐해진 자신의 육체를 들여다보는 일은 고통이다. 미처 준비하지 못했던 '그날'을 후회 없이, 절망 없이, 분노 없이 맞는 것도 고통이다. '이별', '안녕', '떠남', 이라는 어휘가 낯설어 보이는 것 또한 고통이다. 암에 걸렸다고 가까운 지인에게 알리는 일도 고통이다. 그 충격으로 인면과 동정을 끌어내는 것도 고통이다. **죽기 전에 이미 존재하지 않는 자신을 보는 일**도 고통이다. 분노하고, 절망하고, 타협하고, 순명하는 것. 자신의 지난 생을 돌아보는 것, 자신에게 귀 기울이며 잘 들어주는 연습이 필요하다는 것, 무슨 일이든 끝내지 못한 것들에 대한 두려움, 홀로인 것에 대한 두려움, 이 또한 죽음 앞에서는 사치였다.
> ―김종철,「내가 진실로 사랑하는 것은」부분,『시인동네』2014년 봄호

김종철 시인은 "죽기도 전에 이미 존재하지 않는 자신을 보는 일"을 감내

하고 있었다. 방점을 찍어두어야 할 부분은 '이미 존재하지 않는 자신'과 대면하는 지점이다. 저 너머, 비가시적인 세계, 그 이후를 짐작할 수 없는 미지의 '자신'을 직면하는 일의 어려움을 견뎌내고 있었다.

여기에 이 시집의 특수성이 있다. 『절두산 부활의 집』은 '나'의 죽음을 앞질러 슬퍼하는 주변 지인들의 반응, 연민, 배려, 시선, 공기 방울의 떨림, 침묵, 지인들의 울음을 지켜보는 일에서 시작된다. 시인의 고통은 말로 표현하지 못할 정도로 클 것이다. 그럼에도 고요하다. 오히려 가장 가까운 사람들을 책임지지 못한다는 고통이 앞선다. 동시에 시인은 "존재하지 않는 자신"을 한 걸음 뒤에서, 내다본다.

담담하게 '나'를 기억하는 방식에 관여한다. "처음 내 입으로" 운을 떼기까지, 필요했던 것은 시인의 용기이다. 이것이 전제된 뒤에 조용하게 실천한다. 시인을 둘러싼 눈빛과 소문과 '나'라고 생각되는 눈에 보이지 않는 형질들과 대면한다. 타자의 회오리에 휩쓸리지 않는다.

스스로 '김종철'이라는 이름 속으로 걸어 들어가는 작업을 진행하는 것이다. 이 작업은 그를 둘러싼 책임을 내려놓고, 정리하는 일에서 시작된다. '김종철'과 '나'가 고요히, 하나 되는 작업을 하는 셈이다. 내가 '나'를 기록하는 방식에 관여하는 일은, 타자가 '나'를 기억하는 방식에 참여하는 작업과 같다. 이로써 시인은 그동안 흩어진 '나'라는 존재들을 불러 모은다. 가지치기하며 끌어모으고, 버리고, 내려놓으며, 정갈하게 하나의 원을 그린다. 내가 '나'를 완성하는 작업은 저 멀리서 보이지 않을 것 같은 동아줄을 향해 다가가는 일이다.

우선, 작품을 쓰고 퇴고하는 작업을 첫 시작으로 삼는다. "유작으로 남기고 싶지 않아/ 밤새 고치고 다듬는"(「유작遺作으로 남다」)다. 장인이 되어, 자신의 시를 모으고 가라앉히고 수렴한다. 이것은 오랫동안 화두로 삼아오던 김종철 시인의 세계, 즉 '못'의 정신으로 시의 땅을 밟는 작업이다. 고요한 응집에, 함부로 망치질 못 하도록, 테두리를 치는 일이다. "못 박기, 못 뽑기"(「망치에 대하여」) 대신 묵묵하게 영역을 지키는 일이다. 이 과정에서 시인은 고백한다. 두려움조차 '사치'였다는 사실을.

　제한된 시간을 앞두고 행해지는 경건한 과정에서 김종철 시인은 글 쓰는 자의 임무를 온전히 수행한다. 고통을 견뎌내며, 시와 진검 승부를 강행한다. 김종철 시인은 '시인'의 모자가 비뚤어지지 않게 스스로 고쳐 쓴다. 한 평생 시를 살다 가는 일은 세속적인 가치로는 "3개월 치 월급"에 불과한 노동일지라도 멈추지 않았다. 원고료를 받아도 가족에게 "밥 한 끼" 먹인 적이 없는, 시를 쓰는 일은 가난을 자초하는 일이었다(사실, 미친 짓이다). 팔리지도 읽히지도 않는 시, "빚만 남겨 두고 떠나는 시"(『평생 너로 살다가』)일지라도, 시인의 순례는 멈춰지지 않았다. "시의 순례는 기다림 없이 기다려야 하는 자의 몫"(『시의 순례』)이기에 순례자적인 경건함 속에서 이 시집을 완성한다. 시인은 마지막 붓 끝의 떨림을 온전하게 담는다. 숭고하고 경이로운 시간이었을 게다.

　순례의 마지막 지점. 인간은 어쩌면 절대자에게 매달린 '당나귀'에 불과할지 모를 일이다. "허리 굽은 하느님께 매달려 돌던 우리는 모두 당나귀"(『겟세마니에 와 보니』)일지 모를 일이다. 소실점의 위치를 부여받은 '하느님'을 중심으로 사람들은 동그라미나 그리며, 자신의 삶을 버텨내는지 모른다. 한 생애의 끝을 향해 달렸던 당나귀. 동그라미의 마지막 부분이 합쳐지는 순간을 향해 지극하게 선을 그었을 그 숨결을 떠올리며, 낮은 무릎으로 옹알이하는 사람이 되어본다.

　나 스스로 퇴행해 본다.

　시인의 모습을 끝까지 보여 주신 이 말 없는 가르침에 깊이, 감사드린다. 죽음을 앞두고 묵묵히 자신의 칼을 다듬듯이, 다듬는다는 의미를 되새겨본다. 묵은 돌을 가는 장인의 손길이 느껴진다. 자신의 과업을 완수한다는 것. 당연함과 어려움을 무릎에 펼쳐 놓는다. 4·16이라는 엄청난 참사를 목격한 우리…… 어떻게 해야 할 것인가? 외치고 있던 방황하는 눈동자들. 김종철 시인에게 당나귀의 묵묵한 걸음을 배워본다. 하나의 원을 그리는 당나귀의 자세가 되어야 함을 다짐해 본다. 뛰어난 백정이 단 한 번의 칼질로, 숭고하게 생명을 봉헌하듯이, 단아한 망치질로 차원을 초월하는 '못의 경지'를 본다. 못의 반듯함에 고개 숙여 본다.

시인의 모자를 기억하고 싶다. 내가 '나'를 기억하는 방식에 끝까지 책임을 다한 김종철 시인의 한 획을, 받아안는다. 온전한 '사람'으로, 온전한 '시인'으로, 그가 사라지자, 그의 진국이 나타났음을 안다. 마지막 서문을 다시 읽어본다. "잊어주길 바란다"라는 부끄러운 문자에 "잊을 수 없다"고 답한다.

둘. 미아가 세상을 기억하는 방식
─기혁, 『모스크바 예술극장의 기립박수』(민음사)

이 젊은 시인의 상상력은 어디에서부터 시작되었는가? 그는 어디에 있는가? 1인칭? 2인칭? 3인칭? 아니다. 아니다. 그의 시선은 저 우주 어디 즈음에 위치해 있다. 그렇다고 그가 창조주일까? 그는 전지전능한 역할을 부여받았는가? 아니다, 아니다. 기혁 시인은 담담하게 배치한다. 천연덕스럽게 바라본다. 천지창조의 순간부터, 지금까지. 두껍게 버텨왔던 인류의 역사를 통시적으로 훑어 내려간다. 현재, 당장. 살아가고 있는 삶이 과연, 제대로 된 인간적인 삶인가? 라는 질문을 던진다. 이 설정에는 수많은 물음표가 담겨 있다. 사람이란 무엇인가? 사람은 어떤 방식으로 기억되는가? 사람은 정말 사람답게 살아가는가? 예를 들어, 이런 식이다.

이 질문으로 초석을 깔며 기혁 시인은 판을 짜기 시작한다. 원형 극장과 같은 무대를 펼쳐낸다. 이 무대 위에서 시인은 과감하게, 천지창조의 순간으로까지 거슬러 올라간다. 이제 시간은 종횡무진 날아다닌다. 거칠 게 없다. 통시적으로 넘나든다. 그곳에서 시인은 연출자의 시선을 갖는다. 연출자는 담대하다. 태초의 말씀이 있기 전, 어떤 동그라미, 자궁, 원형 등을 떠올린다.

> 조약돌이 회전하는 순간엔
> 중력을 잊는다.
>
> 지구는, 어쩌다 손에 든 공깃돌 같다.
> ―「물수제비」부분

자궁, 나이테, 눈사람, 눈물, 빗방울, 지구, 태양, 브로콜리, 나무, 햇살, 따옴표, 주먹, 안쪽, 원형, 머리통, 잉크, 혜성, 지구, 조약돌, 회전, 공깃돌, 은하, 원, 양초, 궤도, 동공 등 원형의 이미지들이 공기 방울처럼 떠다닌다. 중력을 가진 것들이 손에 닿는다. 에너지(氣)를 안고 회전하고 공전한다. 흐름을 만들어내고 기氣를 작동시키고, 자연스럽게 태초의 언어를 불러들인다. 빛은 조명이 된다. 그 조명으로 한 문장이 비춰지는 순간, 시니피앙과 시니피에가 형성되기 전, 자궁 속 태아가 중얼거린다.

> *조물주의 혼잣말을 믿은 건 실수였어요. …(중략)… '태양'이 태양이*
> *되고 '새'가 새가 되는 광경을 전 원하지 않았어요. …(중략)…말을 할*
> *수록 목이 아닌 심장이 아팠고*
> ―「태초에 빛이 있으라, 지상 최대의 토크쇼에 대한 모국어의 진술」부분

이것은 선언이 아닐까? 언어라는 형질이 가진, 그 기본 속성을 아무렇지도 않게 거부해 보는 설정! 그래서? 뭐가 어때서? 이 중얼거림은 시집 전체를 관통하는 가설로 전제된다. 여기서부터 자유. 새롭게 해석될 수 있는 여

러 가능성들이 펼쳐진다. 도미노처럼 다른 전제(고정관념)들을 마음대로 뒤바꿀 수 있다.

연출자의 입장에서 시인은 '떠도는 시선'을 부여받는다. 세상 전체의 판도를 좌지우지할 수 있다. 인공위성의 자리에서 지구를 내려다보듯이 할수 있고, 지구에서 쏘아 올린 실패작 로켓이 대기 중에 떠돌듯이, 비행물체가 불현듯 지구로 추락하듯이, 외인外人이 될 수 있다. 주체는 이 자리에서 움직인다. 외인外人은 애초부터 제약이 없었다. 외인外人이기에 위치 이동이 가능했다. 공중 부양하듯 떠다니고, 인류의 역사를 저 멀리의 어느 지점에서 통시적으로 가늠해 볼 여유를 갖는다. 현실 바닥에 코 박고, 끙끙거리며, 앞으로 달리기 위해 시야를 가리는 말이 될 필요가 없다. 주체의 시야는 드넓다.

사람은 그냥, 배우일 뿐이다. 등장 배우 1번이 대사를 치며 지나가고, 배우 2번이 지나간다. 주인공이 설정되고, '얘기하는 사람 1'과 '지나가는 사람 2'가 수군거리며 배경을 이룬다. 그 사이에 '주인공 B'가 떠나간다. 그 주인공들은 지하철에서 부딪히고, 햇살은 애초에 투명하다.

'문명인'(「화이트 노이즈」)들은 '자신의 뇌를 보지 못'한다. 타인의 뇌를 알 수없기에, 죄의식 없이 살인과 죄를 저지른다. 문명인은 사람이 사람을 잡아먹는 참혹한 사건을 수 대에 걸쳐 자행한다. 전쟁을 일삼고, 유아를 살해하고, 종족을 말살한다. 우월한 종자가 살아남기 위한 선택을 천연덕스럽게 추진하고, 권력을 쥔 자들의 폭력에 의해 약한 자들이 희생당한다. 이러한 일들은 친척들이 전해 주는 이야기인 양 일상적으로 벌어진다. 시인은 다시 묻는다.

원형극장에 등장하는 배우들은 제대로 된 사람인가? 어미 아비 없는 세상, 온건한 정의와 기본적인 우애와 평등이 가능한가? 침묵이 무대 배경처럼 펼쳐진다. 중력을 잃는다. 서열과 순서가 뒤바뀐다. 시간조차 거슬러 올라가 본다. 아버지의 이름을 어린아이가 짓는다(「시니피앙」). "내 외로움의 생물학적 아버지는 어둠이다"(「파주坡州」). "나의 전기엔 인칭을 붙여 줄 생애가 없었다"(「고스트 라이터」). 사람은 이미 사람이 아닌 상태로 추락한 지 오래다. 인형만도 못하다. 대중매체에 의해 길든, 플라스틱 감정을 지닌, 로봇에 불과할지 모른다. 태엽을 감을 때 오히려, 감정을 발견하는, 마네킹일지도, 모른다. 이 과정에서 시집 전체를 관통하는 외인外人의 정체가 밝혀진다. '미아'다.

> 하나의 원을 그리기 위해 필요한 건 편파적인 생애
>
> …(중략)…
>
> 되돌아온 손을 잡으면 중력이 없는 슬픔에도 눈물이 고였다
>   ―「미아에게」 부분

'미아'의 등장은 의미심장하다. '미아'라는 단어가 가슴을 흔들어놓는다. 왜 하필 미아일까? '미아'는 실패를 전제로 한다. 미아를 길러줄 부모가 존재하지 않기에, 아무런 보호를 받지 못한다. 자신의 위태로운 생애를 온전히 완성하기 어렵다. 그 누구에게 구원받지 못한다. 제도와 시스템이 사람을 구원할 것인가? 종교가 인류를 구원할 것인가? 그 누구도 답을 줄 수 없다. 답이 없는 세계, 내가 너를 구원할 수 없는 지구. 이 지구, 이 세계의 지평 위에서 우리 모두는 미아가 아닐 수 없다. 미아는 지극히 '편파적 생애'를 견뎌내는 일조차 지난하다. '미아'는 답이 없는 길을 걸어가기에, 그 길 위에서 길을 잃는다.

하나의 원으로 완성되는 삶을 살아가는 일은 나이테를 완성하는 일이다. "누군가의 손을" 잡고 의지하고 싶은 미아. 주체가 타자에게 손을 내밀었지만, "녹슨 기타 줄이 닿았다, 떨어"(「미아의 감정」)진다. 미아는 바깥에서 슬퍼하지 못하고, 안으로 슬퍼하는 존재자가 된다. 겉으로 펑펑, 울지 못한

다. 미아는 한 소실점을 중심에 두고 걷지 못한다. 길을 잃은 당나귀처럼 돌고 돌 뿐이다.

　그러나 이 상태로 완성되면 안 된다는 것을 시인은 알고 있다. 주체는 껍질을 벗어버리는 슬픔을 견뎌내야 한다. 고정불변의 유전자를 안고 살아가지만, 껍질을 벗어버리는 순간을 고대한다. "얼마나 울어야 나는 너의 허물을 버릴 수 있는가// 껍질 속에 쌓인 대기의 뜨거움"(「그해 가을」)을. 한 번의 테두리를 돌고, 또 한 번의 나이테를 완성하는 순간, 다른 인연과 맺어진다.

　시인이 고대하는 장면은 이러하다. "여름내 자신의 꼬리를 물고 잠든 개"(「미아에게」)를 보며 자신의 꼬리를 삼키는 우로보로스Ouroboros를 떠올려 본 게다. 미아가 생을 마치는 끝자락에서 원이, 완성되기를 바라는 것이다. 우로보로스는 처음이자 끝이다. 끝이 곧 처음이다. 돌고 도는 원형이다. 쇄신하기 위해서는 자신의 꼬리를 단호하게 깨물어야 한다. 독약이 묻어있을지라도, 과감하게 행동해야 한다. 그래야 허물을 벗을 수 있다. 그 전에는 아직 사람이 아니다. 사람으로 거듭나기 위해서는, 변화하기 위해서는, 지독한 아픔을 겪어내야 한다. "초록을 멎게 하려면 더 큰 초록을 감수해야"(「미아의 감정」) 한다. 세계의 고통과 환상통을 견뎌낼 방법은 이것뿐일지 모른다.

　『모스크바예술극장의 기립 박수』를 읽는 내내 머리통이 흔들렸다. 기혁 시인은 2014년 4월 16일 이후, 시의 지평을 흔들고 있었다. 시집을 읽는 내내 '변화'라는 글자가 떠올랐다. 당장, 뭔지 모르겠지만, 전체를 조망하는 시야가 트이는 기분이 들기 시작했다. 그동안 나는 내 안의 극장을 어떻게 운영해 왔던가? 관객들의 박수를 받을 만한 무지개를 띄워본 적이 있던가? 시집을 읽는 내내 담벼락 뒤에 숨은 내 안의 '미아'가 어두운 극장 안에서 울고 있었다.

물속에서 꺼낸 치유의 돌

―고영민의 시

1. 돌멩이의 눈을 보다

돌멩이가 있다. 돌은 언어를 삼키며 굴러다닌다. 길을 지나가던 행인은 돌멩이를 집어 한 낱말 위에 올려놓는다. 돌멩이는 또 다른 돌멩이를 불러오고, 돌멩이는 저 길가에 나뒹구는 다른 돌멩이를 등에 업는다. 돌탑이 완성된다. 사람들은 돌을 쌓아 올리며 자신의 소망이 우주적 기운과 연결되어 있기를 염원한다. 돌멩이를 쌓아 올리는 작은 손길이 나비의 날갯짓을 타고 이 세상 어디쯤에서 소통되기를 희망한다. 사물은 자신만의 자장을 가지고 서로를 끌어당긴다. 그들은 연계되어 있다. 보이는 것과 보이지 않는 것, 말할 수 있는 것과 없는 것 사이, 영겁의 층과 층 사이, 끌어당기며 서로 사랑했다가 흩어지며 죽는다. 돌은 날마다 새롭게 태어난다. 기류를 형성하며 떠돌아다니고 새로운 만남을 위해 구석구석 배회한다. 시인은 돌멩이를 주워 하얀 종이 위에 올려놓는다. 활자와 활자 사이에 침묵과 소리의 파동을 맞추어 배열되는 돌멩이는 우주의 기운을 삼킨 시어들이다. 돌멩이는 제 등에 업은 돌탑을 대표하여 연주를 시작한다. 시인은 실로폰을 치듯 한 음을 건드린다. 한 음을 쳐서 전체를 울리고 변죽을 두드려 알맹이를 삼킨다.

미묘한 상황과 감정의 흐름이 이미지로 그려지거나 진술된다. 언어가 사라진 곳에서 파동은 여운을 남기고 잔잔한 물살을 일으킨다. 가슴 깊은 곳에, 달콤한 돌멩이 맛이 감돌며 혀끝으로 남아있는 부스러기를 핥아 먹는다.

고영민은 의도적인 언어의 과잉으로 이미지가 넘치도록 흘려보내거나, 거침없는 시적 진술로 의미를 남발하는 몇몇 주류 시인들과 다른 궤도에 서 있다. 한 꼭짓점을 건드려 전체의 상황을 짐작하게 하고, 역설적인 진술로 진리를 엿본다. 에두르며 돌담길을 걸을 줄 안다. 그곳에서 나무 막대기를 두드리며 침묵과 여백이 주는 행간의 묘미를 되씹는다. "간신히 추려낸 낱말들, / 반드시 말했어야 할 낱말들은// 낙조처럼 지곤 했었지."(외젠 기유빅 「시학 4」「가죽이 벗겨진 소」, 솔) 시인은 수많은 낱말을 낙조 속으로 가라앉힌다. 이 과정을 거친 다음에 쉽고 알맞은 낱말을 건져 올린다. 이면에 드리워지는 그림자를 느낄 줄 아는 시인 고영민은 돌의 떨림과 여운이 미치는 거리를 감안하여, 다음 돌멩이를 던진다.

> 길가 돌멩이 하나를 골라
>
> 발로 차면서 왔다
>
> 멀리 차놓고 다가가 다시 멀리 차면서 왔다
>
> 먼 길을 한달음에 왔다
>
> 집에 당도하여
>
> 대문을 밀고 들어가려니
>
> 그 돌멩이
>
> 모난 눈으로
>
> 나를 말끔히 쳐다본다
>
> 영문도 모른 채 내 발에 채여
>
> 끌려온 돌멩이 하나

책임 못 질 돌멩이를

집 앞까지 데려왔다

　　　　　　　　　　—「동행」 전문

　시인은 "돌멩이 하나를 골라/ 발로 차면서 왔다". 이 단순한 행위는 시적
사유를 이끌어낸다. 돌멩이는 의지가 없다. 바람이 부는 대로 흔들려야 하
고, 물살이 흘러가는 대로 나뒹굴어야 한다. 바닷바람에 씻기며 마모되어
야 하고, 파도가 몰아붙이는 물살의 아픔을 견디며 침식당해야 한다. 때로
는 가늘고 부드러운 모래알이 된다. 돌멩이는 유목민이다. 떠돌아다니는
가운데 상처받고 제 몸을 스스로 깎는다. 갈라지고 깎여도 소리 내어 울 수
없다. 입 없는 동물이다. 사실, 구르는 돌멩이는 아프다. 무심한 발길에 차
이면서도 그에게 그 짓을 그만해 달라고 소리 지르지 못했다. 이 순간 시인
은 투사를 일으킨다. 사물이 나를 보고 있음을 발견한 것이다.

　"그 돌멩이/ 모난 눈으로/ 나를 말끔히 쳐다본다". 돌멩이가 시인을 바
라보는 순간, 시인은 자신을 타자화시킨다. 자리바꿈 현상이 일어난다. 돌
멩이, 즉 사물의 관점에서 나를 바라본다. 시인은 눈을 바라봄으로써 다른
차원으로 진입한다. 무생물인 줄 알았던 사물과 눈이 마주치는 일은 인습
과 형식의 틀을 벗어나는 사건이 된다. 대상과 나, 타자와 나, 사물과 나
사이에 새로운 차원으로 소통하는 길이 열렸음을 의미한다. 눈을 본다는
것은 영혼과 교감을 위한 첫 단추이기에, 입술이 하는 거짓말을 꿰뚫어 볼
수 있는 비밀 열쇠이기에. 무심한 행동이 불러일으킨 결과를 환기시킨다.

　레비나스는 말한다. "나를 바라보는 시선과의 만남은 절대 경험이요, 계
시"이다. "시선은 나를 놀라게 하며 나에게 상처를 준다". 더 정확하게 말을
하면 "얼굴은 눈을 통해 말을 건네 온다". 여기서 "타인의 얼굴은 윤리적 사
건"이 되고 "비천함에 처한 타인이 나에게 간청으로 호소해 올 때 그 호소로
인해 나의 자유가 문제시될 때, 이때 비로소 윤리적 관계가 등장한다"(에마
뉘엘 레비나스, 『타인의 얼굴』, 문학과지성사, 180쪽).

돌멩이는 시인에게 말을 건네고 있었다. 발길에 차여 끝까지 따라왔던 타자가 응답을 요구하고 있었던 것이다. '왜 나를 여기까지 데리고 왔냐'고. "모난 눈"으로 대답을 요구하고 있다. 시인은 이 질문 앞에서 당황한다. "집 앞까지 데리고" 왔지만 그 이후를 책임질 수 없다. 여기서 윤리적 차원으로 "책임" 개념이 등장한다. 돌멩이는 "모난 눈"으로 바라본다. "모난 눈"은 그동안 타자가 말없이 속병 앓으며 상처받아 왔다는 뜻이다. 원망의 표시이자, 구원을 해달라는 간절한 호소이다. 눈빛은 타자의 부름에 응답해야 하는 존재로서 시인의 위치를 일깨운다. 더불어 인간 중심적인 사고에 길들여진 시적 주체에게 경고의 메시지를 보낸다. 이 일깨움은 책임이 뒤따르지 못했음을 재확인시키며 시인의 내면에 반성적 공간을 형성한다.

시인은 그 돌멩이를 어떻게 했을까?

2. 물과 돌의 연금술

수문 벽에 몇 개 물금이 그어져 있다

물은 저 벽에 철썩철썩
주먹을 내지르고 깨진 주먹으로
수면을 붉게 물들이곤 했을 것이다
흔들리고 부딪치다 되돌아간 자리
찰랑찰랑 목 끝까지 숨이 차올랐던,

미세하게 달라진 숨결
지금은 물오리가 떠 있는,
암컷 잠자리가 꼬리를 담그고 힘겹게 산란을 하는 자리

영영 떠오르지 않기를 바라며
돌멩이를 매달아 가라앉힌 물의 자루들
바닥까지 내려갔다가
거듭 물을 재우며 차오르는 수위水位

부레와 지느러미
그 아래
층층 희미한 물금들

—「물금」 전문

　　고영민 시인은 물을 바라보면서 돌멩이를 떠올린다. 시인의 의식과 투사
된 시적 대상 사이에 이끌림이 일어난다. 시인이 주목한 것은 "물금"이다.
무릇, 물속에 들어가면 길을 잃는다. 물은 카오스로 가는 촉매제이다. 깨끗
하지도 더럽지도 않다. 붉어질 수 있고 흙탕물이 되어 범람할 수 있다. 물
은 결핍을 일으킬 수도 있고 검게 고일 수도 있다. 물은 온화하지 않다. 내
면에 잠재된 폭력성을 드러내며 자신도 모르는 사이에, "철썩철썩" 벽을 내
리친다. "깨진 주먹으로/ 수면을 붉게" 물들이며 상처를 낸다. 얼룩진 흉터
로 생긴 무늬들이 "물금"으로 남는다. 상처 때문에 혼란스러운 시인은 "목
끝까지 숨이 차"오른다. 고요한 상태가 아니라 "찰랑찰랑" 흔들리고 답답할
지경이다. 호흡이 가빠지면서 "미세하게" "숨결"조차 달라진다. 그 사이에
벽에 부딪혔던 물금이 그대와 나, 타자와 나, 밝음과 어둠, 소통과 불화 사
이에 흉터를 남기고 있었다.
　　이 지점에서 시인은 돌멩이를 끌어들인다. 돌멩이는 시인의 상상력이 만
들어낸 허구이다(발로 차서 집 앞까지 데리고 왔던 돌멩이를 물속에 끌어들였을 수도 있
다). 시인은 무의식의 세계로 들어가면서 하강을 한다. 침묵을 위해 "돌멩
이를 매달아" 가라앉는다. 고영민은 자신의 상처와 고통을 바깥으로 쉽게
발설하거나 내뱉는 스타일이 아니다. 안으로 곰삭히며 평정심이 유지될 때

까지 기다린다. 시간이 필요하다. 원인을 파악하고, 그 사건의 실마리가 무엇인지, 어떻게 풀 수 있는지 내면에서 답이 내려져야 한다. "모난 눈"의 돌멩이는 바닥으로 가라앉히는 마음의 추이다. 그 돌멩이는 자학하고, 헤집고 상처를 주었을 법하다. 아마도 저 어두운 밑바닥에서 속울음을 울었을 것이다. 타자의 부름에 선뜻 응답을 하는 주체로 설 수 없기 때문이다. 답을 하기 위해서는 탈출 구멍이 보여야 한다. 바깥세상으로 손을 내밀어 다가서려면 시인 역시 새롭게 태어나야 한다.

시인은 돌멩이의 질문에 응답을 하기 위해서 멀리 떠난다. "아무것도 할 수 없을 때는/ 아무것도 하지 말자고 중얼"(「오지」)거리며 "하루 한 번 가는 버스"를 타고 오지를 찾아간다. 타인의 힘을 빌리지 않고 스스로 문제의 핵을 찾기 위함이다. 수동적이지만 역설적이게도 적극적인 행위이다. 다시 일어서기 위해서는 낯선 곳에서 멀리 바라보아야 한다. 타인을 위해 내뻗던 손마저 끊고, 자기 결속에 들어간다. 안으로 자르고 깎으며, 투사 대상이었던 돌멩이가 된다. 침묵한다. 가장 낯선 곳에서 시인이 자리했던 그곳을 바라본다. 그리고 깨닫는다. "물금"이 그어졌던 바로 그 자리가 삶의 바탕이었음을. "힘겹게 산란"하며 생을 이겨내던 자신의 터전이었음을 알아챈다 ("산 하나가 죽고 굴피나무집에 등잔이 켜졌다" 「오지」). 바로 그곳이 "부레와 지느러미"로 떠오를 수 있는 출발점이었다. 시인은 선택한다. 누구나 제 삶에서 흉터를 지니고 살아가듯이. 상처가 아물며 "물금"이라는 흉터를 남기듯이. 시인은 마음의 거리를 유지하며 "물금"을 바라본다. 떠오를 준비를 한다.

돌은 치유의 물질이다. 돌은 연금술의 변화를 일으키는 가능태이다. 돌속에는 물이 가득하다. 원래 돌멩이는 눈물이 많다. 단지 참을 뿐이다. 물은 돌에게 원래의 본성을 되돌려주는 공간을 제공한다. 마음껏 울어도 티가 나지 않기에, 눈물은 물방울과 뒤섞이며 화학작용을 일으킨다. 그리하여 생명을 잉태하는 새로운 물질로 거듭난다. 시인의 내면 풍경으로 들어간 돌은 물속에서 부드러운 눈동자로 거듭났을 게다. 고래 배 속에 들어갔다가 나온 요나처럼 돌은 젖먹이로 태어났을 게다. 시인은 돌멩이를 조심스럽게 손 위에 받쳐 올린다. "돌은 어린아이처럼 처녀의 젖으로 양육되어야"
하니까(칼 융, 『연금술에서 본 구원의 관념』, 솔, 238쪽) "거듭 물을 재우며 차오르는
수위水位"는 상처에서 구원으로 전환되는 고비였을 게다.

3. 치유의 손

나는 당신의 콧가에
손등을 대 보았지
때죽나무꽃이 흰 방석을 깔고 물 위에 떠 있었지
…(중략)…
때죽나무의 입구入口
이끼 낀 돌 틈 어디론가
바삐 가고 있었지

—「근심」 부분

어머니
방금
바늘귀,
블랙홀을 통과한다.
환생한다.

—「몰입」 부분

추운 겨울 어느날
점심 먹으러 식당에 들어갔다
사람들이 앉아
밥을 기다리고 있었다

밥이 나오자
누가 먼저랄 것 없이
밥뚜껑 위에 한결같이
공손히
손부터 올려놓았다

―「공손한 손」 전문

오늘도 너는 펄펄 살아있다고
저린 내 손마디가 산 나를 절절히 위로하더군
내 손을 쳐버리고 남의 손이 되어 움켜쥔
이 생생하고 뜨거운 순간

―「저린 손」 부분

고영민 시인이 타자에게 다가가는 방법은 발이 아니라 '손'이다. 발은 대상과 거리를 유지하며 내면을 객관화시키는 동력이고, 손은 사랑과 관심의 동력이다. 시인은 타자에게 다가갈 때 "손"을 사용한다. 상처가 아물지 않았기 때문에 아직은 조심스럽다. 우선 "당신의 콧가에/ 손등을"(「근심」) 대어 보는 행위로 나타난다. 다가가서 안아주지 못하고, 덥석 잡아주거나 어깨를 두드려주지 않는다. 다만 눈길이 향하는 쪽을 좇아 의미를 발견해 내려고 애쓴다.

그녀의 흰 눈자위는 하얀 때죽나무꽃에 비유된다. 흰 꽃은 "커다란 물배를 타고 졸졸/ 어딘가로 흘러"간다. 그녀가 눈물을 흘린다. 눈물을 바라보는 시인의 마음은 숯이 된다. 그 사이에 꽃잎이 "물 위에서 핑그르르, 원을" 그리며 타오른다. 그녀의 눈물이 시인의 마음으로 점화되어 함께 타올랐을 게다. 그러나 다가가지 못한다. 눈물은 영혼의 불꽃이 타올랐을 때 흘러나오는 내면의 정화제이다. 치유의 흔적이자 사랑의 징표이다. 그녀가 눈물을 흘리며 가 닿은 곳은 "이끼 낀 돌 틈"이다. 돌은 그녀의 마음을 어루만져

주고 다시 제자리로 돌려보내 준다. 여기서 "돌 틈"은 상처를 달래는 휴식처가 된다. 어린아이에게 젖을 물려 주듯이, 나직한 목소리가 흘러나왔을 법하다. '괜찮다'며 여린 손길로 등을 토닥여 주었을 법하다.

고영민은 '손'의 시인이다. 유독 손을 섬세하게 관찰하는 특장을 지닌다. 등단작 「몰입」과 시인의 대표작 「공손한 손」을 봐도 그렇다. 시인은 손이 하는 일에 주목해 왔다. 바늘귀에 "침 발라" 실 끝을 꿰는 어머니의 손에서 우주의 "블랙홀"(「몰입」)을 떠올리고 "밥이 나오자" 일제히 "손부터"(「공손한 손」) 올리는 동작에서 인간의 본능을 발견해 낸다. "저린" 나의 손이 "남의 손"이 되어 "생생하고 뜨거운 순간"(「저린 손」)을 제공하는 육체적 쾌감도 안다. 시인은 말로 표출하지 않고도 소통 가능한 언어에 주목해 왔다. "감잎은 감잎의 마음이"(「감잎이 짙어지기 전」), 돌에는 돌의 마음이 있으므로 그들의 언어를 독자에게 들려주고 싶었다. 시인은 사물에게 다가가 그들의 눈을 보고 이야기를 들어주고 눈물을 닦아준다. 손으로 쓰다듬는다. 그 손은 어머니의 탯줄과 이어진 치유의 손이었으므로. 입이 없는 것들의 묵음에 행동으로 답한 것이다. "당신의 콧가에" "손등"을 내민 것은 "돌멩이"가 던지는 질문에 대한 응답이 아니었을까. 물속에서 치유의 돌을 건져낸 그 손가락에 믿음이 생긴다.

나도 문득, 그의 손을 잡고 싶다.

제4부

발

스스로 걸어가리라.
캄캄한 밤이면 어떠냐.
너희들 소굴이 어딘지
나는 안다.

—김형영 「내가 나다」 부분

한 구도자의 독무獨舞

―최승자의 시

그녀의 시집을 다 읽어가자, 잠에 들었다. 맘에 안 드는 시집을 읽고도 잠에 빠져본 적이 없던 내가, 왜 잠이 들었는지, 이해할 수 없다. 최승자 시집이 나왔다는 이야기를 듣고 재빨리 인터넷 서점에 들어가 시집을 신청했다. 택배가 배달되자마자 일인 침대에 누워 읽었던가? 소파에 앉아 읽었던가? 그 전날, 밤을 새운 것도 아닌데. 무엇이 이토록 나를 무너지게 하는가? 며칠이 지나 시집을 다시 펼쳐보았을 때도, 또 잠에, 빠져들었다. 『쓸쓸해서 머나먼』은 꼿꼿이 서 있으려는 이성을 녹여 버리고 있었다. 무엇인가가, 무방비 상태로, 무장해제시키고 있었다. 내면의 욕망을 건드리고 있었다. 그것이 얼마나 보잘것없는지, 감춰진 권력욕, 타인에게 인정받고 싶은 욕구, 이기고 싶은 욕망, 겉으로는 품위 있는 척하면서 속물스러운 이기심들, 내숭과 요염함, 때로는 질투 같은 치기 어림 등등, 이런 모든 잡것들을 모조리 놓아버리게 했다. 그리고 왜 글을 쓰는가? 라는 근원적인 질문을 하게 했다. 결국, 나는…… 잠을 잤다…… 몽롱한 상태에서, 내가 나를 벗어버리고 싶었다. 그래서 난, 이 지면에서 (살짝) 벗어난다. 그녀에게 편지를 띄워보낸다.

담배 한 대 피우며
한 십 년이 흘렀다
그동안 흐른 것은
대서양도 아니었고
태평양도 아니었다

다만 십 년이라는 시간 속을
담배 한 대 길이의 시간 속을
새 한 마리가 폴짝
건너뛰었을 뿐이었다

(그래도 미래의 시간들은
은銀가루처럼 쏟아져 내린다)
　　　　　　　　　　　　—「담배 한 대 길이의 시간 속을」전문

　당신의 시집은 읽기 쉬웠습니다. 단숨에, 후루룩, 넘어갔지요. 당신은 시 속에, 구멍을 뚫고 있었더군요. 그것도 아주 쉬운 구멍을요. 그 구멍에서 나오는 시어들은 쉽게 풀어지는 실타래 같았습니다. 행과 행 사이에 대서양과 태평양을 가로지르고, 하늘과 땅 사이, 당신만이 들어갈 수 있는 블랙홀이 있었습니다. 당신은 사람이 가지고 있는 일곱 개 구멍만으로 부족하여 (아직 철없는) 저의 구멍까지 뚫어버렸습니다.

　누가 젖은 덤불 속에서
　오관五官의 마디를 풀고 있다.

　무거운 인연을 하나씩 벗으며
　출렁이는 욕망도 쏟아 벗으며

오직 청동빛 목청 하나만으로
세월의 긴 함정을 뛰어넘는
그리운 저 친족親族의 얼굴.

허무의 가장 빛나는 힘으로
푸른 하늘에
투신하는
새.

—「새」 전문, 『이 시대의 사랑』

　시인이여, 당신은 처음부터, 한 마리 새였더군요. 눈, 코, 입, 눈썹, 귀
를 풀어 욕망을 벗어던지고, 인연을 벗어던지며, 맨발로 휘이휘이 날아다
니셨더군요. "가장 빛나는 힘으로" "투신"을 하셨더군요. 당신은 하나도 달
라지지 않았습니다. 온몸으로 "푸른 하늘"을 날아다니는 사이에 "다만 십
년이라는 시간"이 훌쩍, 사라졌습니다. "세월의 긴 함정을 뛰어"넘은 줄 알
았는데, 그렇지 못했네요. 극진하게 밀고 나가서, "함정" 속에 빠져버린 것
은 아닐까요? "담배 한 대"를 피우는 동안 "새 한 마리가 폴짝/ 건너뛰었
을 뿐"(「담배 한 대 길이의 시간 속을」)인데, "무거운 인연"을 벗고, "출렁이는 욕
망"을 벗어던져 버리고 싶었던 것뿐인데. "시간"이 사라졌습니다. 불가능
한 것을 향한 노력의 결실이 황폐한 벌판으로 남아있을 거라 상상하니, 가
슴이 답답해집니다. 무념과 욕망, 엇갈림과 슬픔. 이런 것들은 떨쳐 버릴
수 있었나요?
　그동안 당신은, 스스로 문을 닫아버렸습니다. "다가오지 마라!/ 내 슬픔
의 장칼長劍에/ 아무도 다가오지 마라./ 내가 버히고 싶은 것은/ 오직 나 자
신일 뿐……"(「허공의 여자」) 이렇게 말씀하셨지요. 세계는 "뒤편에서 점점 어
두워지"고 세상은 등 뒤로 밀려나 버렸습니다. "(왜 그 세계는 내 등 뒤에 있
었을까?)"(「문이 닫혔었다」) 오히려 이렇게 질문하셨지요. "머리는 이승의 꿈속

에 처박은 채/ 두 발은 저승으로 뻗은 채"(「허공의 여자」) 물구나무 자세로 걸었기 때문일까요? 오욕칠정五慾七情이 넘치는 이승을 건너지 않고, 이 세계와는 다른 그 무엇을 향해, 맨발을 내디뎠기 때일까요?

머리카락으로 이승을 걷고 있었기에, 당신의 시간은 "잠"으로 실현되었습니다. "시간 속을 아득히 달려왔다/ 시간의 축지법 속에서 꿈을 꾸었다"라고 말하지만, 저승에 발을 내디뎠기 때문에 "꿈자리는 늘 슬픔뿐"이었습니다. 그럼에도 "잠"결에 시간이 지나가는 소리를 듣고 있었습니다. 시간은 소리를 내며, "사각사각" 스쳐 지나가고, "사각사각" 바스러지고, "사각사각" 무너져 내렸습니다. 때로는 "아삭아삭"하게, 때로는 "바삭바삭"하게, "사회가 획," "역사가 획," "문명이 획."(「시간이 사각사각」) 스쳐 지나갑니다.

그사이에 시인이여. 당신은 "새"가 아니라 "검은 활시위"에 매달린 "검은 화살"(「깊고 고요하다」)이었나 봅니다. "검은 화살"로 "삼천갑자동방삭이 살던 세계" "먼 데 갔다 이리 오는 세계"를 뛰어넘었습니다. 무념과 무상은 오히려 어둡습니다. "검은" 고요입니다. 비워 내기, 헐거워지기. 그런 것들이 가능한 일이던가요? 시간은 머물러있고, 사람이 흘러 다니는 것은 아니었을까요?

그 헐거운 구멍 속에서 당신은 담배를 피우고, 시간을 흘려보냈습니다. 이미 어려운 것—상처와 고난과 병病—들이 다 걸러진 뒤여서, 가벼운 깃털 몇 개가 떨어져 내립니다. (지난 것들을 어려운 구멍이라 말해도 될까요?) 그 세월 동안 겪어왔던 원망, 도전, 토악질, 분노, 비극, 슬픔, 체념 등을 죄다 어려운 구멍에 방사放赦 하셨더라고요. 그래서 한숨 같은 깃털로 시詩의 집을 짓고 있었습니다.

당신이 벌려놓은, 쉬운 구멍 속에서 담배를 피우며 상념을 보내버리고 싶습니다. 젊음이 빠져나가고 머리카락 빠지듯 시간이 빠져나갑니다. 당신의 시간은 무척이나 상대적이어서, "십 년이라는 시간"이 "담배 한 대 길이"와 맞먹습니다. 그 사이, "새 한 마리가 폴짝/ 건너뛰었을 뿐"인데 말입니다. 우습죠?

"나는 아파서 / 그냥 병病과 놀고 있었는데" 느닷없이 깨어보니, 낯선 땅에 도착해 있는 기분이 들었겠습니다. 아마도 존재의 집이 사라져서 그러했을 겁니다. 1999년도에 시집 『연인들』(문학동네)을 발간한 이후로 10년 만에 『쓸쓸해서 머나먼』 시집을 발간한 것이니 말이죠. 시인은 시의 집(家)에 살아야 하는데, 시와 멀어진 사이, 구원의 손길이 멀어진 것처럼 느꼈을 테니 말입니다.

> 시를 쓴다는 것이 그 창작 행위를 하는 사람에게 어떤 구원과 희망을 줄 수 있을까. 오로지 내 자신에게만 국한시켜 말하자면, 시 쓰는 것이 어떤 구원과 희망을 줄 수 있다고 믿기에 나는 너무나 심각한 비관주의자이다. 시를 쓴다는 것이 만약에 내게 무언가 될 수 있다고 한다면, 그것은 구원도 믿음도 아니고, 내가 더없이 마음 편하게 놀고 먹은 것만은 아니라는 작은 위안이 될 수 있을 뿐이며, 내가 해야만 했던 그러나 하지 못했던 일들에 대한 작은 변명—모기 흐느끼는 소리 만한 작은 변명—이 될 수 있을 뿐이다
> —시인의 말, 『기억의 집』, 문학과지성사, 1989(밑줄은 필자)

당신은 시를 쓰는 일이 "무엇인가 되기" 위한 방편이 아니었기에, 욕망을 위한 도구가 아니었기에, 오로지 구원 그 자체였기에, 그토록 순수하게, 자신을 밀어 넣을 수 있었습니다. 그것도 치열하게, 끝까지 말입니다. 그 끝을 보려고 했던 당신의 발걸음을 음미해 봅니다. 헐렁해진 발걸음 사이, 사이에, 행간의 침묵 사이, 사이에, 그 고단했던 땀방울이 맺혀 있습니다. 그런데 어떡하나요?

"아직 아이처럼 팔랑거릴 수 있고/ 소녀처럼 포르르포르르 할 수 있는데"(「참 우습다」) 잠을 자고 일어나 보니, 10년이라는 세월이 흘러버렸으니.

어려운 구멍 속에서 "담배 한 대 피우며" 다른 세상 구경을 하는 사이, 40대가 사라져버렸으니. 돌이킬 수 없는 시간. 새끼줄을 꼬아서 짚신을 삼을 수도 없고, 뭉텅, 사라져버렸네요. 녹아버렸어요. 낯선 땅에 여행 갔다가 돌아온 기분이 과연 이런 것일까요?

그렇다고 "진짜 할머니 맹키로 흐르르흐르르" 하지 마셔요. 당신은 "마음 편하게 놀고 먹"지 않았으니까요. "모기 흐느끼는 소리"로, 아무것도 되어 줄 수 없는 하찮은 시의 집(家)에서, 진실로, 시(詩)를 꿈꾸신 분이, 맞으니까요. 시는 하찮아서, 아무것에도 쓸모없어서, 그럼에도, 그게 가끔, 가슴을 치고 들어와 맺혀서, 시가 시(詩)인 줄 아는 것이니까요. 그것 때문에 시(詩)를 버리지 못하시죠? 너무 진지하셔서. 너무나 비극적이었기에!

어떤 점쟁이가 그랬다면서요? "당신은 전생에서 이생으로 내려올 적에 길가에 난 백합꽃을 꺾었어. 백합꽃 꺾은 죄로 이생에서 고생을 하는 거라구."(「백합의 선물」,『연인들』) 그 고생을 끝내고, 돌아오는 길가에, 전생에 꺾은 백합꽃을, 이제는 가슴에 묻어놓으세요. 당신을 위해서. 그 가슴에 심은 향기가 치유의 선물로 피어날 수 있도록, 꽃대궁을 심어놓으세요. 그러면 "미래의 시간들은/ 은(銀)가루처럼 쏟아져" 내릴 테니까요. 당신이 이 시에서 괄호( )를 빌어, 혼잣말하듯, "모기 흐느끼는 소리만" 한 소리로, 자신을 위해 축복을 내리듯, 시가 구원해 줄 테니까요. 꿈속에서도, 시(詩)의 집(家)에서, 시집詩集을 짓고 있을 테니까요.

> 노자와 장자 사이에서
> 이 춤을 어떻게 추어야 할까
> 하나는 너무 말이 없고
> 다른 하나는 다변이지만
> 둘 다 약속한 듯 신비주의적 본론은
> 입 꾹 다물고 있다

노자의 춤사위는 승무이고

장자의 그것은 탈춤인데

그 사이에서 나는 어떤 춤을 추어야 할까

하나는 하나도 건드리지 않았고

다른 하나는 새끼손가락만큼

아주 쬐끔 튕겨보았다

노자의 바다와 장자의 태산 사이에서

나는 어떤 춤을 추어야 할까

—「노자와 장자 사이에서」부분

여기에 다다르기까지 '제의'를 마다하지 않았습니다. 그것이 끝난 뒤, 마지막 춤을 추었습니다. 그때 어려운 구멍이 헐거워지며 저 자신이 낱낱이 해체되는 기분이 들었습니다. 어찌 된 일일까요? 세포 구멍마저도 모두 다 열리고, 벌어져서, 허물어지던걸요. 잠이 오던걸요. 저도 당신 언어를 따라 춤을 추었나 봐요. 어깨에 힘을 뺀 채, 헐거운 춤을, 못났지만 몸의 숨결을 따라 어색한 춤을, 다 버린 듯이(그렇다고 착각하며 따라했던 거겠지만), 사념 없이, 추었다가 잠들었나 봐요.

사실, 당신은 첫 시집(『이 시대의 사랑』)부터 슬픔과 죽음의 춤을 추고 계셨습니다. 그런데 지금은 "노자와 장자" 사이에서 춤을 추네요. 깃털처럼 가벼워지는 과정에 도착한 지식의 집, 그 집에서 맛보는 춤 맛은 어떠하던가요? 여기서도 당신은 자신의 색깔을 찾으시네요?

루비콘강이 보입니다. 하늘과 땅 사이, 이승과 저승 사이, 이성과 무의식 사이, 책과 삶 사이에, 담배 한 개의 길이와 시간이 맞물리는 사이, 병病과 병원 사이에, 책상과 떠돎 사이, 당신의 춤은 그 강을 건너가고 있었습니다. 고깔과 버선을 모두 벗어 던지고, 맨발로 디디는 영혼의 춤이라, 아련합니다. 맨발이 닳고 닳아, 굳은 각질마저 벗겨져, 여린 새살이 힘겹게 올라오는, 혹은 너무 쉽게 돋아나는, 이상한 안타까움이 감돕니다. "눈물의 제의"(김정환이 쓴 시집 『연인들』의 표사 중 한 구절)를 끝낸 뒤, 치르는 춤이기에, 쏟을 수 있는 건 다 쏟고 난 뒤, 저절로 우러나오는 살풀이이기에, 손짓 하나 발짓 하나에, 가녀린 떨림이 애절합니다.

"그 사이에서 나는 어떤 춤을 추어야 할까"는 어떻게 살아야 할 것인가? 어떤 시를 써야 할 것이냐는 질문이지요? "노자와 장자" 사이에서, 괄호( ) 속에 숨겨진, "랍비가 스치듯 지나가며 서로 인사하는" 사이에서 당신은 주체성을 잃지 않으려고 애쓰고 있는 거였지요? 그 어떤 것에도 기대지 않고 당신의 목소리를 내고자 하는 의지가 빛나는 대목이었습니다.

깨어나니, 바람이 불어옵니다. 언어는 마음속에서 우러나오는 소리인데, 시집 『쓸쓸해서 머나먼』에선 "청동빛" 목청마저 나지 않았습니다. "청동빛" 목소리에 힘이 빠지며 깃털처럼 가벼운 소리가 나옵니다. "시간 속을 아득히 달려"오느라 그랬겠지만, 의식 저편의 깃털은 쉬지 못하고 있었나 봅니다. 저도 "담배 한 대"(『담배 한 대 길이의 시간 속을』) 피워 물렵니다. 깊고 고요한 세계로 잃어버린 "십 년"을 건져보렵니다.

> 이젠 좀 느리고 하늘거리는
> 포오란 집으로 이사 가고 싶다
>
> …(중략)…
> 아예는, 다른, 다른, 다, 다른,
> 꽃밭이 아닌 어떤 풀밭으로
> 이사 가고 싶다
> ——「내 시詩는 지금 이사 가고 있는 중」 부분

시인이여, "시간 속을 아득히" 날아오면서도 버리지 못한 욕망, 시의 집 (詩集)이 남아있어서 다행입니다. "검은" 고요를 벗어나, "풀밭"이라는 색채를 띠기 시작해 다행입니다. 그것이 비록 "꽃밭"은 아니어도, "회색"이 아니어서 다행입니다. 당신은 지나가 버린 시간에 대한 후회와 미련, 시를 쓰지 않았을 때, 다가오는 어둠, 그 황폐함을 알고 있습니다. 그래서 아쉬운 것이지요. 지금, 그 무엇보다도 이루고 싶은 것이 있기 때문입니다. 지금, 이 순간이 소중하기에, 새로운 둥지에서 새 출발 하고 싶은 것입니다. 시인이여. 당신이 가고자 했던 그 끝은 어디였나요? 그 고원에서 당신의 춤에 날개를 달아줄 무지개를 보았나요? 너무 멀리 가지 마셔요. 다른 지식인들과 달리, 머리로만 받아들이지 않고 온몸으로 행하고, 온몸으로 스며들어, 몸을 움직이는 시인이라는 걸 알기에, 당신 춤을 바라보는 마음이 애가 탑니다. 파도 앞에 흔들리는 촛불을 보는 것 같아서, 쓸쓸하니까요. 이제 그만 마른 고원 어디 즈음에서 쉬게 해드리고 싶습니다. 당신도 말씀하셨잖아요. "이젠 좀 느리고 하늘거리는/ 포오란 집으로 이사 가고 싶다"고요.

다행입니다. 이 시를 보며 안도의 한숨을 내쉽니다. 거꾸로 돌린 저 발을 이승에 내려놓으세요. 검은 고요가 아니라, 거친 풀밭의 바람 소리이니까요. "아예는, 다른, 다른, 다, 다른" 곳으로 이사를 가셔서, 좀 더 다른 시의 집에 살아보세요. 이사를 하려면, 이 땅 위를 제대로 걸어야 하잖아요. 이제 당신의 머리카락은 하늘을 향해, 바람결 사이로, 푸른 바람을 느끼도록, 당신의 발을 내려놓을 때가 되었습니다.

"아직 아이처럼 팔랑거릴 수 있고/ 소녀처럼 포르르포르르 할 수"(『참 우습다』) 있으니까요. "시집을 쓰고 있다는 꿈을 꾸고 있는 중"(『바가지 이야기』)이니까요. 욕망을 갖는 일은 의미 있는 일인가 봅니다. 깨닫지 못한 존재가 시인이기에, 동물적인 울음소리를 내는 것이 아직도 가치 있는 일인가 봅니다. 시인이여, 작은 새 한 마리로, 파란 풀밭 위로 사뿐히 날아오르는 꿈을 꾸세요. 여전히 팔랑거리는 욕망을 놓지 마셔요.

그나마 당신에게 시가 구원이어서 다행입니다. "병원 안 컴퓨터실/ 고요한 실내/ 책상 앞"이 당신 인생에서 "가장 큰 천국"(『책상 앞에서』)이라 안심이 됩니다. 시가 원래 헛소리도 하고, 꿈도 꾸고, 춤도 추는 장르이기에, 가끔씩, 자신을 치유해 주는 마술을 부리기에. 시인이여, 당신이 "잃어버린 것들의 하늘"에 저라도 "맑은 소프라노의" 노래를 불러드리고 싶습니다. "하느님이/ 아침 노래를"(「맑은 소프라노의」) 가끔씩 들으시겠지만, 가끔씩 그 노래가 끊어지면 저라도 불러주세요. 멀어서 부르기 어려우시다면, 그 소프라노 곡조가 끊이지 않기를 기도드리겠습니다.

> 황홀합니다
> 내가 시집을 쓰고 있다는
> 꿈을 꾸고 있는 중입니다
>
> ―「바가지 이야기」 부분

　시집을 덮으며, 85쪽에 담긴 마지막 시를 읽습니다. 이 부분을 읽는데, "흐르르흐르르" 자꾸 무엇인가가 흘러내리고 있었습니다. 가벼운 실타래가 몸속으로 들어와, 목구멍에 꽉, 들어와 막히려는지. 그래도 시가 함께 있으니, 다행입니다. 당신의 황홀한 꿈이 계속되었으면 합니다. 시의 집(家)에서, 시집詩集으로, 또 한 권의 춤판이 벌어졌으면 좋겠습니다. 당신의 시집을 또 만나고 싶거든요.

　그녀에게 이 편지가 도착했으면 좋겠다.
　나도 최승자 시집을 읽으면서 쓸쓸하고 황홀했으므로!

꿈의 철학자, 소년을 만나다
—장석주의 「몽해항로」를 중심으로

1. 절벽을 넘어

벼랑 끝에 선다. 끝에 서자, 아무것도 보이지 않는다. 벼랑까지 자신을 내몰았던 사람은 안다. 황량한 사막으로 변해버린 내면을. 그 누구도 신뢰할 수 없음을. 사막에 부는 매몰찬 바람이 가슴을 베어버리는 것을. 어떤 누구에게도 기댈 수 없음을. 비굴과 비겁, 배신과 음모가 횡행하는 세상에 "양심의 말들을/ 파기하고 또는 목구멍 속에 가두고/ 그 대가로 받았던 몇 번의 끼니"(「밥」부분, 「완전주의자의 꿈」)에 무릎을 꿇던 치욕을.

장석주는 정오의 햇살 아래 서 있었다. 벼랑 끝에 선 시적 주체는 그림자를 늘어뜨리지 않는다. 그 어디에도 자아를 감출 그늘을 찾지 못한다. 치장하거나 화려하게 수식하지 않고 냉정하게 직시한다. 2007년에 출간된 시집 『절벽』은 뙤약볕 아래 비극적 드라마를 펼쳐놓는다. 시집의 어조는 결기에 차 있다. "승리를 낙관했으나 오판이다. 오산이었다. …(중략)… 여름 내내 전쟁을 치르며 나는 지쳐갔다. 무법한 환삼덩굴이 허공을 더듬으며 마당의 정세를 염탐한다. 달맞이꽃 포병들이 펑펑 노란 꽃망울 대포를 쏘았다. 쇠

173

뜨기 보병들이 인해전술로 밀고 온다. 저 밀려오는 것들의 공세를 이길 수 없다"(『귀명창』). 시인이 자연을 호명하는 목소리는 사뭇 호전적이다. 풀의 "맹렬함"에 "굴복"하고 나서야 풀의 "울음소리"를 듣는다. 시인에게 자연은 쉽고 편안하게 동화되는 대상이 아니다. 왜 그럴까?

시인은 동물의 생존 전략으로 식물의 세계를 바라본다. 풀에서도 약육강식의 육성을 듣는다. 그 연합 전선에 "바랭이, 명아주, 달맞이꽃" 들이 놓여 있다. 사과나무 장작 불꽃에서 "맹금류"가 내미는 "천 개의 혀"(『사과나무 장작』)를 만나고, "과육이 두툼한 자두"의 붉은 "속살"(『해남길은 멀다』)을 본다. 식물 안에서 동물성의 본능을 끌어내는 것은 시인 내면에 잠재해 있는 동물성이 반응하기 때문이다. 시인은 활짝 핀 벚꽃을 보고서도 "핏속에 잠자던 호랑이들이/ 미쳐 날뛴다"(『활짝 핀 벚꽃 아래서』).

그는 맹수 중에서도 호랑이를 상징적 동물[1]로 삼고 있다. 길들기를 거부하는 호랑이는 도심 속에서 얌전한 고양이로 살아간다. 바꾸어 말하면 "들고양이들은 호랑이 울음소리를 흉내 내며"(『청산에 살다』) 운다. 결정적인 순간, 야성 본능을 드러낸다. "내 애인은 잔소리꾼!/ 그래, 그래, 네 잔소리는/ 내가 이미 다 알고 있는 것들이야./ 이제 그만 입 닥치고 날아가지 않겠니?"(『가을 저녁에』) 웅크리고 있다가 어느 순간 발톱을 드러내며 사

---

1 인간은 상징적 동물이다. 인간을 합리적 동물로 본다면, 인간의 문화는 인간이 지닌 이성 혹은 의지의 힘에 의해 인간이 지닌 동물적 천성을 극복하고 정복해서 이룩한 것이 된다. 하지만 인간을 상징적 동물로 본다면, 인간이 지닌 동물적 천성 혹은 본능은 극복되거나 정복되지 않는다. 단지 변형되어 표현될 뿐이다. 인간을 동물과 구별 짓게 해주는 것은, 인간에게서 동물적 본능이 사라졌기 때문이 아니라 그 본능이 동물과는 달리 직간접적으로 표현된다는 데 있다. …(중략)… 인간은 동물의 그 어떤 단계에도 머물러 있을 수 있으며 성자가 될 수도 있다. 그게 인간의 한계이며 가능성이기도 하다(질베르 뒤랑 지음, 『상상계의 인류학적 구조들』, 진형준 옮김, 문학동네, 2007, 704-705쪽).

나운 입김을 내뿜는다. 시인은 호랑이의 잠재태이다. 시인에게 호랑이 상징은 무의식 속에 살아있는 본성이자 원형질이다. 인간 형상 뒤에 몸을 감춘 호랑이는 규범이나 한계를 뛰어넘고 싶은 울부짖음으로 어슬렁거린다. 가끔씩은 호랑이의 자세로, 사람보다는 낮게 그리고 풀보다는 높게, 야생의 습성을 유지한다.

> 항상 두 발로 걷는 짐승을 조심하라.
> 뭔가를 안다는 것은 덫.
> 덫에 걸린 줄도 모르고 우쭐거리는
> 놈들을 조심하라.
> 추종자라고 접근하는 자들은
> 가차 없이 베어내야 한다.
> 그게 근심의 싹을 없애는 법이다.
> 운주사 일대 머리 없는 부처들을 보고
> 나도 살면서 베어낸 것들이
> 썩 많은 걸
> 깨닫는다.

—「화순 운주사에서」 부분

시적 주체는 네발 달린 짐승의 시선에 눈높이를 두고 있다. 그 지점에서 경계를 긋는다. 짐승이 짐승에 대한 경계이다. 바로 직립인, 그중에서도 지식에 대한 혐오감이 두드러진다. 지식은 태어날 때부터 선천적으로 가지고 태어난 본능의 세계가 아니라, 인위적인 습득 과정을 통해 쌓아간다. 지식은 권력이라는 효모를 키운다. 권력을 가진 지식은 편을 가르고 패거리를 만들고 서로가 서로를 물어뜯는다. 문명의 지혜가 되지 못한 지식은 서로의 발목을 잡는 덫이 된다. "뭔가를 안다는 것은" 야성으로 돌아가지 못하는 덫이 되고, 윤리와 도덕으로 금기를 만드는 방어벽이 된다. 직립인은 아는 척한다. '척'하는 짐승들은 무리를 이루어 우월주의를 양산하고, 소수자를 배타적으로 몰아낸다. 거기에 자본이 결합하여 영구적인 악순환 고리가 만들어진다. 두 발 달린 짐승들은 이해타산과 이기적인 본능에 따라 지식을 이용하고, 무리를 지어 폭력을 낳는다.

순환 고리를 잘 알고 있는 주체는 아예 "근심의 싹을 없애"기 위해 접근하는 자들을 미리 베어버린다. 타인과 뒤섞여 간섭받는 것도 싫어한다. "아직은 날 건드리지 마!/ 위험에 맞닥뜨리면/ 반사신경反射神境이 먼저 작동하거든./ 이 반사신경 때문에 내 의지와는 달리/ 널 벨지도 몰라."(「그 가계家系」) 웅크린 발톱은 무섭게 포효를 하며 선을 긋는다. 선을 긋고 난 뒤 무겁고 냉정하게 등을 돌린다. "살면서 베어낸 것들이" 많을수록 주변엔 남아있는 게 거의 없다. 베어버린 것이 많다는 얘기는 자기 상처가 많다는 방증이다. 먼 쪽에서부터 쳐내는 것이 아니라, 가장 가까운 것부터 쳐나가기 때문이다. 벼랑 끝에 서 있는 호랑이는 슬픔에 웅크린다. 바깥세상을 향해서도 그러지만 내면을 향한 채찍질도 동시에 이루어진다.

주체는 자신과 정면으로 마주한다. "내 앞의 벼랑은 바로 나 자신"(「마태수난곡」)이었다. 상징적 동물인 호랑이는 무거운 짐을 짊어져야 하는 낙타로 살아간다. "이빨 끝이 툭, 하고 부려졌다./ 그 순간/ 앗, 내가 노동자"(「노동자」)라는 현실을 깨닫는다. 야망이 크기에 좌절이 깊다. 장석주는 "문장 노동자"(「물오리 일가一家」)로서 책임감이 강하다. 호랑이는 사냥을 위해 홀로 배회하며 고독한 시간을 보낸다. 생존을 위해서는 죽음을 무릅쓰고 일전을 벌인다. 그러나 현실에서는 이빨을 숨긴 고양이로 살아가야 한다. 이 아이러니는 본능을 억압한다. 발걸음이 무겁다. 여러 상황은 시인의 목소리에 비극적 그늘을 드리운다. 죽음과 가난[2]의 문제도 비극적 어조에 짙은 그늘을 드리운다. 침묵이 끝나는 곳에서 울리는 장엄한 미사곡 같은 어조에는 피로가 묻어난다(「흡혈계보학」,「굴원을 읽는 밤」). 사유를 끌어가기 위해 선택된 시어에서 피의 흔적이 남아있다. "왜 산 자들의 꿈은 항상 경솔한 걸까"(「거돈사지에서」). 시인은 인간 세상을 향해 의심의 눈길을 보낸다.

2. 몽해항로, 제3의 지대를 꿈꾸며

발가락 사이로 안개가 밀려온다. 발끝으로 허공을 디딘다. 주체는 벼랑 너머로 발을 내디디며 몽상을 시작한다. 신비로운 바다가 있고 아직 이루어지지 않은 꿈이 있다. 몽해항로이다. 시인은 낯선 곳에서 길을 찾는다. 지상도 아니고 바다도 아닌, 제3의 지대이다.

> 누가 지금
> 내 인생의 전부를 탄주하는가.
> 황혼은 빈 밭에 새의 깃털처럼 떨어져 있고

---

2 여기서 장석주 시인의 첫 시집 『햇빛사냥』에 실린 '다시 『햇빛사냥』을 찍으며'라는 시인의 말을 참고할 필요가 있다.
"나를 형성하는 데 가장 강하게 작용한 것은 죽음의 문제였다. 그것은 좀처럼 풀 수 없는 어려운 문제였다. 나는 죽음을 통하여 인간을 바라보고, 삶의 의미와 본질을 생각했다. 그다음에 나를 사로잡은 것은 가난의 문제였다. 그것은 물질적인 것의 만성적인 결핍에서 비롯된 생활 여러 부면에서 부자유로써 끊임없이 나를 괴롭힌 문제였다. …(중략)…시간이 흐를수록 죽음과 가난의 문제는 내면화되었다."
첫 시집에 밝힌 바와 같이 '죽음'과 '가난'의 문제는 장석주 시인의 시 세계를 파악하는 데 중요한 단서가 된다. 특히 "죽음을 통하여 인간을 바라보고, 삶의 의미와 본질을 생각"한다는 구절은 시인의 시 세계관에서 비극적인 어조를 드리우는 데, 결정적인 영향을 미친 것으로 보인다.

해는 어둠 속으로 하강하네.
봄빛을 따라 간 소년들은
어느덧 장년이 되었다는 소문이 파다했네.

하지 지난 뒤에
황국黃菊과 뱀들의 전성시대가 짧게 지나가고
유순한 그림자들이 여기저기 꽃봉오리를 여네.
곧 추분의 밤들이 얼음과 서리를 몰아오겠지.

일국一局은 끝났네. 승패는 덧없네.
중국술이 없었다면 일국을 축하할 수도 없었겠지.
어젯밤 두부 두 모가 없었다면 기쁨도 줄었겠지.
그대는 바다에서 기다린다고 했네.

그대의 어깨에 이끼가 돋든 말든 상관하지 않으려네.
갈비뼈 아래에 숨은 소년아,
내가 깊이 취했으므로
너는 새의 소멸을 더듬던 손으로 악기를 연주하라.
네가 산양의 젖을 빨고 악기의 목을 비틀 때
중국술은 빠르게 주는 대신에
밤의 변경邊境들은 부푸네.

—「몽해항로 1-악공樂工」 전문

주체는 황혼 무렵, 해 그림자가 길게 늘어지는 시간에 서 있다. "새의 깃털도 떨어져 있고" "황국黃菊과 뱀들의 전성시대가 짧게 지나"갔다. "그림자"도 "유순"해져 사나운 기운이나 결기가 보이지 않는다. 「몽해항로」 연작시는 하강과 소멸의 이미지로 가득하다. 사라지는 것을 호명하는 방식으로 남아있는 것을 확인한다.[3] 주체는 사라진 것들에 연연해 하지 않는다. "그대의 어깨에 이끼가 돋든 말든 상관"이 없다. 단지 사라진 것을 호명함으로써 시인이 홀로 남게 됨을 강조한다.

"일국一局"은 절벽이다. 죽음을 무릅쓰고 산 하나를 넘어서는 일이었다. 벼랑 끝에 서서 세상을 내려다본다. 그 정상이 끝인 줄 알았는데, 끝이 아니었다. "일국一局은 끝났네. 승패는 덧없네". 몸을 던져본 사람은 안다. 그 덧없음을. 시인은 욕망의 허무함을 깨닫는다. 그 뒤, 어조가 달라진다. 호랑이의 거친 숨결도 잦아들고 세상을 바라보는 시선이 부드러워진다.

"누가 지금 내 인생의 전부를 탄주하는가"라는 첫 문장은 절벽 위에서 코기토Cogito와 직면하는 대목이다. 시인은 여기서 철학자가 되고자 한다. 주의를 기울여야 할 것은 "탄주"라는 시어가 놓인 맥락이다. 시인은 절벽 위에서 내려다본다. 그곳에서 바라보니, 그토록 비극적이었던 세상이 담담해 보인다. "곧 추분의 밤들이 얼음과 서리를 몰아오겠지" "중국술이 없었다면 일국을 축하할 수도 없었겠지". 추측을 의미하는 서술어로 세상사와 거리를 유지한다. 체념의 어조이다. 체념은 포기를 말하기도 하지만, 내가 할 수 없는 것을 내려놓는 깨달음이기도 하다. 체념은 시적 주체를 놓아준다. 불확실성과 우연에 자기 자신을 내맡긴 것이다.

꿈의 철학자, 소년을 만나다

---

3 「몽해항로」여섯 편 중에서 이런 방식으로 표현된 것을 정리해 보면 다음과 같다. "주변에 사라지는 것들이 많다"(「몽해항로 2—흑해행」). "자꾸 새들을 세는 동안 구월이 갔다" "만월에는 오히려 성운星雲이 흐릿하다" "조개마다 진주가 들어있는 것은 아니다"(「몽해항로 3—당신의 그늘」). "개똥지빠귀들은 떠나고 하천을 넘어 부엌을 들여다보던 너구리들도 며칠째 보이지 않는다"(「몽해항로 4—낮에 보일러 수리공이 다녀갔다」). "작약꽃 피었다 지고 네가 떠난 뒤" "왜 한번 흘러간 것들은 다시 돌아오지 않는가"(「몽해항로 5—설산 너머」). "물 뜨러 나간 아버지 돌아오시지 않고 나귀 타고 나간 아버지 돌아오시지 않고"(「몽해항로 6—탁란」).

문득, 소년이 등장한다. 그 소년은 "갈비뼈 아래 숨"어있다. 소년은 누구인가? 제도 교육을 거부했던 소년, 아버지에게 반항했던 아들, 권위적인 학교 대신 도서관에 틀어박혀 책을 읽던 아이, 시인을 꿈꾸며 홀로 글을 쓰던 장석주 시인의 또 다른 주체이다. 내면 깊숙이 억눌려있던 어린 소년이다.

코기토에 대한 의문을 던지는 순간, 소년을 발견한 것은 사뭇, 의미심장하다. 이 장면은 곧바로 프리드리히 니체가 "어떻게 하여 정신이 낙타가 되고, 낙타는 사자가 되며, 사자는 마침내 아이가 되는가를" 설명했던 대목과 겹쳐진다. 니체는 낙타의 단계를 다음과 같이 설명한다. "인내심 많은 정신은 무거운 짐을 잔뜩 지고 있다. 정신의 강인함은 무거운 짐을, 가장 무거운 짐을 요구하는 것이다". 낙타는 "짐을 짊어지고 그의 사막을 달린다". 두 번째 변화는 사자 단계이다. 사자의 "정신은 자유를 쟁취하려 하고 사막의 주인이 되고자 한다". "정신은 최후의 신에게 대적하려 하며, 승리를 위해" "거대한 용과 일전을 벌이려 한다". 사자는 새로운 것을 창조하기 위해 자유를 획득해야 하고, 미혹迷惑과 자의恣意를 찾아내야 한다.[4] 시인은 자유를 쟁취하기 위해 소년을 절벽으로 내몰고 주변을 베어버리며 자신만의 결의를 다져왔다. 잠재의식 속에서 상징 동물이 출현하고, 그 목소리에 충실하며 사막의 주인이 되고자 했다. 이러한 시 세계의 흐름에 "세 가지 변화"가 맞물려 있다. 니체가 말했던 사자 단계는 호랑이라는 상징적 동물로 치환되어 나타났던 것이다.

두 번째 상징적 동물은 아직 무거운 짐을 내려놓지 못한 상태였다 ("자유를 쟁취하고 의무 앞에서 신성하게, 아니요, 라고 말할 수" 있을 정도는 아니다). 시인은 어렴풋한 경계 상태에서 소년을 발견한다. 지천명을 넘기며 흰 눈썹이 언뜻 비치는 시인에게서 소년이 다시 태어난 것이다. 소년의 등장은 "갈비뼈" 아래서 시작된다. 갈비뼈는 아담이 이브를 만들었던 상징이다. "갈비뼈" 아래에

4 프리드리히 니체, 『차라투스트라는 이렇게 말했다』, 장희창 옮김, 민음사, 2008, 35쪽-38쪽.

서 소년이 숨어있었다는 것은 무의식에 숨어있던 아니마, 즉 여성성이 출현했다는 말이다. 시인은 내면의 여성성을 발견한 것이다. 여성성은 나와 타자의 경계, 나와 세상의 경계를 허무는 원인으로 작용한다.

3. 무겁고 차고 검은 흑해, 그곳에

> 꿈속에서 모래먼지를 일으키며 달리는 버스를 탄다.
> 누군가 흑해행 버스라고 했다.
> 검은 염소들이 시끄럽게 울어댄다.
> 한 일주일쯤 달리면 흑해黑海에 닿는다고 했다.
> 나는 참 멀리도 가는군, 쓸쓸한 내 간을 위하여
> 누가 마두금이라도 울려다오.
> 마두금이 없다면 뺨이라도
> 철썩철썩 때려다오. 마두금이 울지 않는다면
> 나라도 울어야 하리!
>
> ——「몽해항로 2—흑해행」 부분

> 여뀌와 유순한 그늘과 나날이 어여뻐지는
> 노모와 함께 나는 만월의 슬하에 든다.
> 당신의 그늘이 없었다면
> 몇 그램의 키스를 탐하지 않았을 터다.
> 만월에는 오히려 성운星雲의 흐름이 흐릿하다.
> …(중략)…
> 작년보다 흰 눈썹이 몇 올 더 늘고
> 바둑은 수읽기가 무뎌진 탓에 승률이 낮아졌다.

흑해에 갈 날이 더 가까워진 셈이다.

—「몽해항로 3-당신의 그늘」 부분

　흑해는 어디에 있는가? 지리적으로 살펴보면 서쪽으로 루마니아, 불가리아와 경계를 이루고 남쪽으로는 터키, 남동쪽에는 그루지야, 동쪽으로는 러시아 연방, 북쪽으로는 우크라이나와 맞닿아 있다. 바다라고 말은 하지만, 육지에 둘러싸여 있는 섬과 같다. 다른 바다에 비해 염도도 낮다. 흑해는 국경과 경계를 끼고 도는 바다이다. 그야말로 제3지대이다. 시적 주체는 현실적인 방법으로 흑해에 가지 않고 환상을 끌어들인다. "모래 먼지를 일으키며 달리는 버스"가 다름 아닌 "흑해행 버스"이다. 꿈이라는 가상공간을 빌려 발화하지만, 시적 진술은 현실적이고 구체적이다. 흑해는 꿈과 현실 속의 모호한 경계에 위치한다.

　흑해는 생명의 탄생을 예고한다. 몽상가의 깊은 잠에서 물이 가득 찰 때, 다시 생명을 얻는다.[5] "흑해"는 소년을 태어나게 하는 내면의 자궁이다. 또한 경계를 넘어서려는 꿈의 공간이다. 시적 주체는 말한다. 흑해의 "물이 무겁고 차고 검다"(「몽해항로 3—당신의 그늘」)고. 흑해의 경계가 허물어지며 안개가 피어오른다. 황혼 녘에 들어선 시인은 과거의 잘못과 상처를 끌어안고 유연해지기 시작한다("당신의 그늘이 없었다면 몇 그램의 키스를 탐하지 않았을 터다"). 그러나 "무겁고 차고 검"은 물은 소년이 태어나기 위해서는 뭔가가 부족하다. 어머니의 자궁은 좀 더 따뜻해야 하기 때문이다. 내면은 아직 어둡고 차갑다. 아기를 받을 만큼 준비가 되어있지 않다. 그렇지만 "소년"을 불러내고 싶다. 소년을 불러내기 위해서는 "성스러운 긍정"이 필요한 것이다.

　꿈은 현실을 간섭하고, 현실은 꿈을 간섭하며 상호 길항한다. 부족한 상태지만, 시인은 "소년"을 불러내어 "악기를 연주하라"고 말한다. "소년"은

---

5 가스통 바슐라르, 『몽상의 시학』, 김웅권 옮김, 동문선, 2007, 187쪽.

예언처럼 등장한다. "새의 소멸을 더듬던" 현실적인 손과 순수한 "소년"이 만난다. 갈비뼈 아래에 숨어있던 "나"(소년)와 지천명의 "나"가 만나는 장면이다. 이것은 "연주"를 통해 이루어진다. 어른이 소년을 연주하는 것이 아니라, 소년이 어른을 연주한다. 장년이 된 시적 주체가 새롭게 태어난 순수의 노래를 부르는 것이다. 연주가 이루어지는 사이에 내적 갈등을 화해시키는 손길이 닿았을까? "소년"은 아직 희미한 예고에 불과하다. 그래서 어렴풋하다. 계속해서 노래하고 싶은 것이다. 그리하여 "뺨이라도/ 철썩철썩 때려다오. 마두금이 울지 않는다면/ 나라도 울어야 하리!"라고 울부짖는다.

4. 낮에 보일러공이 다녀갔다

> 나는 누굴까, 네게 외롭다고 말하고
> 서리 위에 발자국을 남긴 어린 인류를 생각하는
> 나는 누굴까.
> 나는 누굴까.
> 낮에 보일러 수리공이 다녀갔다.
> 산림욕장까지 갔다가 돌아오는 길에
> 아무도 만나지 못했다.
> 속옷의 솔기들마냥 잠시 먼 곳을 생각했다.
> 어디에도 뿌리 내려 잎 피우지 마라!
> 씨앗으로 견뎌라!
> 폭풍에 숲은 한쪽으로 쏠리고
> 흑해는 거칠게 일렁인다.
>
> ──「몽해항로 4-낮에 보일러 수리공이 다녀갔다」 부분

아쉽게도 소년은 쉽게 출현하지 않는다. 해결해야 할 과제가 산재해 있

고, 현세에 책임져야 할 짐들이 널려 있다. 상징적 동물인 호랑이의 발걸음은 가볍지 않다. 넘어서야 할 관문이 많다. 몽해항로에 선 시인은 나침반이 필요하다. 완벽한 해답을 줄 나침반은 존재하지 않는다. "누가 지금 내 인생의 전부를 탄주하는가"(「몽해항로 1－악공樂工」)라는 물음을 진전시키기 쉽지 않다. 물은 자기 반영을 유도하는데, "몽해"에 끼는 안개는 투명한 자아인식을 방해한다. "나는 누굴까. / 나는 누굴까" 물어도 대답이 없다. 그럼에도 물이 되비추는 거울 앞에서 코기토에 대한 질문을 놓지 않는다. 대답이 들리지 않는 상황에서 "흑해는 거칠게 일렁"이고 주체는 "씨앗으로 견"딜 것을 다짐한다. 뿌리 내리는 것은 발목을 잡는 일이다. 호모 루덴스로서 떠나기 위해서는 씨앗을 틔우지 않고 견뎌야 한다. 또 다른 가능성을 위해 섣부르게 열매 맺어서는 안 된다.

여기서 주목할 것은 코기토에 대한 질문이 심화되는 사이에 "낮에 보일러 수리공이 다녀갔다"는 사실이다. 주체는 현실이 꿈인지, 꿈이 현실인지 구분이 되지 않는 상황 속에 존재한다. 아니, 일부러 이런 방식으로 펼쳐 놓는다. 장자가 꿈속에서 나비가 된 꿈을 꾸고 나서, 꿈이 현실이었는지, 현실이 꿈이었는지 구별이 되지 않았다는 이야기와 같다. 현실이 꿈이고 꿈이 현실일 수 있는 것이다.[6]

「몽해항로」 연작은 꿈을 현실처럼 묘사하고 현실을 꿈처럼 묘사하면서 경계를 흐리고 있다. 보일러 수리공은 몽환적 풍경이 부풀어 오를 때 현실적으로 등장했다가 꿈처럼 사라진다. 시적 주체가 "나는 누구인가"라는 화두로 헤매는 동안 물리적인 해결을 내놓는다. "식은 방을 덥힐" 현실적인 대안

---

6 방금 그가 꿈을 꾸고 있었으나 그것이 꿈인 것을 알지 못한다. 꿈속에서 자기가 꿈꾸고 있다는 것을 알았다고 해도 꿈을 깨고 나서야 그것이 꿈인 것을 안다. 역시 큰 깨달음이 있은 후에야 알 수 있다. 지금 이 순간이 큰 꿈인 것을! 그러나 어리석은 자들이 스스로 깨달은 것으로 착각하고 사소한 앎을 가지고 군주니 목자니 한 지가 오래되었다. 공자도 그대도 모두 꿈을 꾸고 있는 것이다. 내가 그대를 꿈꾸고 있다는 것도 역시 꿈이다(『장자』, 기세춘 옮김, 바이북스, 2007, 99쪽).

을 마련한 것이다. 상황을 바꿔놓는 처방전이다. "무겁고 차갑고 검은" "흑해"를 "가볍고 따뜻하고 맑은" 물로 바꿔놓을 치유의 손길이다. 보일러공은 긍정적인 자세로 세계를 바라볼 수 있는 작은 횃불을 놓고 간다.

5. 소년이여, 춤추고 노래하라

> 바람 불면 바람과 함께 엎드리고
> 비가 오면 비와 함께 젖으며
> 곡밥 먹은 지가 쉰 해를 넘었으니,
> 동쪽으로 난 오솔길을 따라 가는 일만
> 남았다. 저 설산 너머 고원에
> 금빛 절이 있다 하니
> 곧 바람이 와서 나를 데려가리라.
>
> —「몽해항로 5-설산 너머」 부분

> 가장 좋은 일은 아직 오지 않았을 거야.
> 아마 그럴 거야.
> 아마 그럴 거야.
> 감자의 실뿌리마다
> 젖꼭지만 한 알들이 옹알이를 할 뿐
> 흙에는 물 마른 자리뿐이니까.
> 생후 두 달 새끼 고래는 어미 고래와 함께
> 찬 바다를 가르고 나가고 있으니까.
> 아마 그럴 거야.
> 물 뜨러 간 어머니 돌아오시지 않고
> 나귀 타고 나간 아버지 돌아오지 않고

집은 텅 비어있으니까,

아마 그럴 거야.

—「몽해항로 6-탁란」 부분

보일러공이 다녀간 이후로 밤은 더욱 따뜻해졌으리라. 따스한 온기는 「몽해항로」 5, 6편으로 스며든다. 주체는 "내가 어디에서 와서 어디로 가는지 더 이상 묻지 않기"로 한다. 코기토가 멈춘다. 대신 주변 상황이 명약관화해진다. "작약꽃과 눈(雪) 사이에 다림질하는 여자가/ 잠시 살다 갔음을 기억할 일이다". 더 사고할 필요가 없이 목표가 분명해진다. "오체투지 하는 일만 남았다". 주변 정리를 다 한 뒤, 떠나기만 하면 된다. 그러나 "버스"를 타지 않는다. "바람이 불면 바람과 함께 엎드리고/ 비가 오면 비와 함께 젖으며" 살아온 인생을 회상한다. 회상하는 지점에서 가고자 하는 방향을 설정한다. "동쪽"이다. 태양이 떠오르는 방향, 새로운 기운이 솟는 지점이다. 설산 너머는 "금빛 절"이 빛나는 곳이다. 시인은 이 부분에서 방향 전환을 한다. 황혼 녘에 그림자 지는 서쪽으로 저무는 것을 사양한다. 시인은 "소년"이 다가오는 쪽으로 미래를 열어놓는다. "설산 너머" 뜨거운 태양이 작열하는 곳에서 새롭게 태어나기를 염원한다. 이미 탈바꿈할 준비를 하고 있었다. "바람이 와서 나를 데려가"기만 하면 될 뿐이다.

준비된 자에게 "소년"이 태어난다. 시적 주체는 "소년"의 목소리로 「몽해항로 6-탁란」을 노래한다. "물 뜨러 간 어머니 돌아오시지 않고/ 나귀 타고 나간 아버지 돌아오지 않"는다고 말하는 부분이다. 소년이 홀로 남아 부모님을 기다리는 장면이 연상된다. 더불어 모든 만물이 새롭게 태어난다. "젖꼭지만 한 알들이 옹알이"를 하고, "생후 두 달 새끼 고래"가 "어미 고래와 함께" 바다를 가른다. "흑해"를 통해서 새롭게 태어난다. 소년은 자기 집을 두고 낯선 둥지에 와서 다른 알들과 뒤섞여 있다. 타자의 집이다. 내면을

한국의 시선 제4부

비우고 타자와 뒤섞여 새로워지고자 한다.

　대책 없는 일은 "어느 알에 뻐꾸기가 있는 줄" 모른다는 사실이다(단지 자신의 집은 텅 비어 있다는 사실만 안다). 진실로, 안다는 것은 무엇인가? 앎은 모름을 전제로 한다. 아는 것이 많아질수록 모르는 것이 많다. "바둑은 수 읽기가 무뎌진 탓에 승률이 낮아졌다. 흑해에 갈 날이 더 가까워진 셈이다"(「몽해항로 3-당신의 그늘」). 앎을 경계하는 이유는 순수성 때문이다. 권력과 폭력으로 지식을 이용하지 말고 지혜롭게 다루고 싶은 열망 때문이다. 소년이 되기 위해서는 순수해야 한다. 오히려 잊어야 한다. 세속적인 껍질을 벗겨내야 한다. 좌망座望이 "몽해항로"에 승선하는 길이다. 시인은 알지 못함과 불확실성에 시적 주체를 내맡긴다. 아마도 흑해를 빠져나오며 잊고, 잊고 또 잊었을 게다. 그래야 낯설게 시작하고, 새로운 노래를 부를 수 있을 테니까.

　내어놓음과 내맡김. 이것이 "탄주"가 아니겠는가? 「몽해항로」에는 『절벽』에서 보였던 "의심" 대신에 신성한 긍정이 그 자리를 차지한다. 험난한 미래가 닥쳐 와도 헤쳐 나갈 수 있는 의지가 있기에 가능한 일이다. 그러기에 순수한 소년을 보호해 줄 주술이 필요하다. 긍정과 낙관의 주술들. "가장 좋은 일은 아직 오지 않았어. / 좋은 것들은/ 늦게 오겠지. 가장 늦게 오니까/ 좋은 것들이겠지. / 아마 그럴 거야. / 아마 그럴 거야".

　「몽해항로」는 새로운 노래를 찾기 위한 모색의 여정을 보여 준다. 시인은 「몽해항로」를 통하여 소년을 발견하고, 서서히 여성성으로 스며들고 있다. 아직, 소년은 춤추지 않는다. 호랑이에게 고단한 땀방울이 남아있다. 낙타의 단계에서 사자(호랑이)의 단계로 제대로 넘어서야 소년이 나타난다. "아이는 순진무구함이며 망각이고, 새로운 출발, 놀이, 스스로 도는 수레바퀴, 최초의 움직임이며, 성스러운 긍정이 아닌가".[7] 시인이 발견한 소년이 더욱

---

7 프리드리히 니체, 앞의 책, 38쪽.

발랄하게 춤추며 노래 불렀으면 좋겠다. 문장 노동자가 아니라 춤추는 시인이었으면 좋겠다. 노동과 피로의 기색에서 벗어나 놀이를 사랑하기를. 그럴 때, 가벼운 발걸음으로 다가온 소년이 새로운 노래를 불러줄 것이다. "아마 그럴 거야. / 아마 그럴 거야." 이것이 시인이 꿈꾸는 항로일 게다.

그늘을 지우는 꽃, 꽃을 피우는 죽음
—정숙자의 시

1. 죽음으로 진입하라

두렵다. 정숙자의 시를 말하기가. 매혹적이다. 그녀의 시가 펼쳐 보이는 죽음의 경계가. 그녀는 죽음 속에 언뜻언뜻 삶을 비추어 보이고, 삶의 진국이 우러나올 때. 죽음으로 확연하게 전환한다. 정숙자는 삶과 죽음의 경계에서 희미한 빛을 시에 드리운다. 그 빛을 발견하는 지점에서 아슬아슬하게 설렌다. 그렇다. 죽음이 두렵다. 두려움이 가져오는 불안이 삶의 언저리를 맴돈다. 그렇다. 죽음을 회피하는 삶이 두렵다. 삶을 두려워하는 미적지근함 때문에 죽음을 삶 속에 잡아당겨, 마주하고 싶지 않다. 그렇기에 그녀의 시에 진입하기 어렵다.

시에 구멍을 뚫고, 그녀의 시를 흡입하기 위하여 말러의 교향곡 9번을 청해 듣는다. 몰입하기 위해 화가 뭉크의 「절규」를 찾아서 본다. 시를 응시하기 위해 시인 라이너 마리아 릴케의 시를 찾아 읽는다. 『형상시집』『신시집』『두이노의 비가』『오르페우스에게 바치는 소네트』. "죽음은 위대하다. / 우리는 입에 웃음을 띤/ 그의 것일 뿐이다. / 우리가 삶 한가운데 있다고 생각하면, / 죽음은 우리 가슴 깊은 곳에서 마구 울기 시작한다"[1]는 시구 앞에서 멈추어본다. 죽음 속으로 진입해 들어가면서 가슴 깊은 곳에서 생의 의지를 불태우는 시인 릴케의 정신을 더듬어본다.

릴케는 죽음으로 시를 썼다. 죽기 위해서 시를 쓰고, 죽음 속으로 걸어 들어가며, 시적인 상황에 몰입하였다. 릴케는 냉철하게 전환한다. 그리고 로댕의 조각 작품을 관찰한다. 라이너 마리아 릴케는 자신의 문학 방식을 넘어설 요구가 있었다. 내면을 토로하는 전통적인 서정시의 방식으로 시를 쓰는 것이 의미가 없다는 것을 깨닫는다. 릴케는 로댕의 예술을 연구하면서 조형예술의 원리를 통해 새로운 돌파구를 찾는다.[2] 로댕의 고독을 발견한 것이다. 고독은 예술가에게 필수적으로 요구되는 사안이다. 로댕과 만남 이후 릴케는 시 쓰기라는 단어 대신 '작업'이라는 어휘를 사용한다. 이 작업은 '수공업'과 같은 성실성을 통해 이루어진다.

정숙자 시인의 작업은 '고독'의 한가운데서 이루어진다. 집에 배달되는 문예지 등을 통독하고, 가지런히 공책에 정리한다. 그녀는 남들이 쉽게 따라올 수 없는 반듯한 글씨체로 책의 내용을 기록한다. 공책을 펴고 연필을 깎고 지식을 씹어 먹는다. 들뢰즈를 읽고 보들레르를 읽고 만해를 읽는다. 그녀는 기억 속에 지식의 한 자락을 되새김질하며 저녁 산책을 한다. 한강변을 거닐고 새벽이라는 작업 공간에 홀로 들어선다. 그녀의 작업은 지속적이고 일관되어 있다. 성실한 노력으로 내공을 쌓는다. 오로지 문학만이, 오로지 시만이 그녀의 대화 창구이다. 그녀는 언어라는 고요한 수단을 가진, 치열한 투우사이다.

---

1 라이너 마리아 릴케, 「형상시집」, 『두이노의 비가』, 김재혁 옮김, 책세상, 131쪽.
2 릴케는 로댕의 조각 작업에 영향을 받아 시 세계를 변화시킨다. 자신의 시를 조형물과 같은 하나의 예술 사물로 이해하게 된 것이다. 끊임없는 작업을 통해 사물을 만드는 것, 그러나 돌이나 진흙이 아니라 언어라는 재료를 사용하여 완결된 예술 사물을 만드는 것이 시적 과제가 되었다. 그리하여 '사물시'라고 불리는 『신시집』의 시적 토대를 얻는다(라이너 마리아 릴케, 『릴케의 로댕』, 안상원 옮김, 미술문화, 1998, 160—167쪽).

프랑스의 소설가이자 비평가인 모리스 블랑쇼는 문학에서 죽음이 차지하는 역할에 대해 논한다. 철학적인 차원에서 바라보는 죽음과 문학의 죽음을 구분하며[3], 문학의 두 번째 죽음에 관해 설명한다.[4] 블랑쇼는 『문학의 공간』에서 릴케의 문학적인 죽음에 주목한다. "릴케에게 있어서 죽음이란 우리가 경험하게 될 죽음의 덧없는 다양한 겉모습에 대한 고발이 아니라, 삶과 하나를 이루고, 죽음과 삶, 이 두 영역이 합쳐져서 더 넓은 통일된 공간을 이룬다"[5]. 릴케는 시인으로서 더 큰 차원을 얻기 위해서 죽음을 적극적으로 끌어들였다. 다름 아니라 시인은 죽을 수 있기 위해서 글을 쓰는 것이다.

정숙자의 시는 사유의 지평이 확연히 달라지고 있었다. 최근, 문예지에 발표한 시들을 살펴보면 죽음에 관한 사유를 본격적으로 시작한 이후, 시

---

3 블랑쇼는 인간이 자기를 스스로 지배한다고 여기고 주체의 권력에만 집중하는 철학은 인간을 자기가 속한 세계에서 소외시키는 결과를 가져온다고 보았다. 왜냐하면 이성의 힘에 기대어 홀로 선 주체야말로 인생의 의미를 설명해 줄 것이라고 보는 철학 태도는 인간이 저 자신을 지배할 수 있다는 믿음에서 오기 때문이다. 블랑쇼의 죽음 개념은 우리가 지배할 수 있는 그 어떤 것이 아니라는 것을 말해준다. 오히려 문학은 우리 위에 있는 어떤 힘, 우리가 다시 발견해야만 하는 것이다(울리히 하세 · 윌리엄 라지, 『침묵에 다가가기』, 최영석 옮김, 앨피, 2008, 83쪽).

4 "문학을 경험하면 죽음을 두 가지로 사유할 수 있음을 알게 된다. 그 둘 간의 차이는 블랑쇼가 말했듯이 책과 작품의 차이로 설명할 수 있다. 죽음의 첫 번째 측면이 자기 작품인 책을 대표하고 그래서 자기가 한 일을 자축하며 그 기교를 칭송받는 작가의 형상으로 나타나는 반면에, 글쓰기의 현실에 가닿을 수 있는 것은 블랑쇼가 작품이라고 부른 두 번째 죽음이다. 우선 저자가 어떤 책을 쓰게 만든 것은 작품이다. 이미 작가는 무엇을 어떻게 할 것인지 결정한다기보다 글쓰기의 요구에 응답하고 있다. 책은 작품이 요구하는 바를 다할 때만이 실체를 가질 수 있다. 그렇지만 문학작품은 형용할 수 없는 존재의 비밀인 개별성에 속하므로 어떤 책도 작품의 요구를 만족시키기에는 턱없이 부족하다. 죽음의 첫 번째 측면이 막 성공을 거두려는 찰나에 두 번째 측면이 나타나 실패의 경험으로 바꾸어 놓는다. 따라서 문학은 죽어가는 경험과 깊숙이 연루되어 있다. 블랑쇼의 말처럼 언어가 작가의 의도를 표현하는 대신에 작가의 권위 있는 목소리를 익명의 언어 뒤로 사라지게 한다면, 문학 작가는, 자기의 작품 속에서 죽는다"(앞의 책, 123—124쪽).

5 모리스 블랑쇼, 『문학의 공간』, 박혜영 옮김, 책세상, 1990, 189쪽.

가 견고해졌다. 시적인 사유의 출발이 죽음이었다. 죽음으로 죽음을 거슬러 올라가, 죽음을 극복하는 화법이었다. 죽음은 오히려 시인에게 황홀의 순간이다. 죽음은 살아있음을 가능하게 하는 역설적 '존재'이기 때문이다. 모리스 블랑쇼는 말한다. "죽음 앞에서 스스로의 주인일 수 있어야만, 또 죽음과 절대주권의 관계를 맺게 될 때에만 우리는 글을 쓸 수 있다".[6] 죽음, 그것은 끝이 아니라 시작이다.

2. 죽음의 얼굴, 바라보기

공동묘지 무섭다 마라
우리네 뱃속은
그보다 서늘한 협곡이니

척추를 깔고 잠드는 짐승 어디 있는가
새는 앉아서, 말은 서서, 개 고양이 나비조차 꼬부리거나 매달려 잔다
즉각 대처할 수 있도록(…) 잠정적으로 달리는 것이다
천적 말고도 온갖 목숨 들이킨 인간만이
큰대자大字로 뻐드러져 염치없는 배를 하늘에 들이댄다
바람이라도 지나가다 깨울라치면 뿌리치고 돌아누워 더 깊은 잠을 탐한다

몇 굽이 창자 안에 그리 무안한 저주파가 흐르다니!

—「식장食葬」 부분

---

6 앞의 책, 123쪽.

정숙자는 세상을 낯설게 바라볼 줄 아는 '눈'을 획득한다. 일상에서 벌어진 모순을 외면하고 회피하는 것이 아니라, 시인 내면에서 선명하게 부각한다. 의식이 선명해질수록 예전에 보이지 않던 사실들이 분명해진다. '내밀한 전환'[7]이 이루어진 것이다. 내밀한 전환은 눈에 보이지 않던 것을 보이게 하고, 보이던 것마저 낯선 사물로 전환할 수 있는 힘을 준다. 그 바라봄엔 거침이 없다. 두려움이 없는 어조가 단호하고 강단이 있다.

"공동묘지 두렵다 마라". 감정적 흔들림의 흔적이 보이지 않는다. 다만 사위를 고요히 가라앉히는 고독의 공간이 자리할 뿐이다. 시인이 주목한 것은 인간의 몸뚱이다. 식욕이다. 인간의 내장이다. 복부이다. 그곳은 삶을 위해 죽음을 받아들였던 장례식장이었다. 이러한 발상으로 바라보았을 때 인간은 헛것에 사로잡혀 있었다는 사실을 확인한다. 두려움의 대상이라고 믿었던 것이 정작 두려움의 대상이 아니었다. 인간만이 "염치없는 배를 하늘에 들이대"고 "척추를 깔고 잠드는" 유일한 짐승이었다. 이런 의미에서 인간의 식욕은 "끊임없이 육탈―소화―복제"를 되풀이하는 욕망의 도가니였다.

따라서 사람은 "걸어 다니는 무덤"이 된다. 그러하니 누가 감히, 남 탓하며, 세상사의 혐오스러움을 욕하고 죽음을 회피할 수 있겠는가? 죽음을 먹고 사는 인간의 미욱함이 자명한 것을. 잘난 체하며 최첨단 아이패드를 가지고 다니는 인간이 복부에 "해체된 주검"을 가지고 다니는 것을. 죽음은 이렇게 삶을 침식하고 있었다. 다만 외면하고 싶은, 혹은 거부하고 싶은 그림자였을 뿐이다. 시인은 삶 속에 침윤된 죽음을 정면으로 바라볼 것을 독자들에게 요구한다.

주체는 시적 상황에서 한걸음 뒤로 물러선다. 대상을 직시하는 힘이 강해졌을 뿐이다. 감정적으로 개입하지 않는다. 죽음이 그녀의 시 세계의 지평을 드넓게 한 것이다. 죽음을 정면으로 바라보는 힘은 시인의 시선을 강

---

7 앞의 책, 199쪽.

화시켰다. 블랑쇼에게 죽음은 '나'라는 주체가 그 앞에서 자기성自己性을 잃어버리는 일이다. 이는 개인성에 매몰되지 않고 사물을 바라보는 사유력을 강화시킨다. 죽음을 통해, 로댕에게서 보는 법을 배웠던 릴케처럼, 작품과 시인을 분리시켜 바라보는 힘을 얻게 한다.[8] 시적 주체와 사물의 관계를 끊고, 사물 그 자체가 가진 내밀한 운동성으로, 사물이 스스로 말하게 둔다. 작품은 시인의 손을 떠난다. 그리하여 언어가 저 혼자 굴러가, 홀로 공간을 형성하고 스스로 존재하는 하나의 사물[9]이 된다. 개별적이고 개인적인 죽음에서, 비인칭의 죽음으로 보편화되듯이, 이것이 될 수 있고, 저곳에 위치할 수도 있는, 죽음으로, 사물은 스스로 존재한다.

그러니, 그녀의 시선으로 인간을 보라! 죽음이 산재해 있음을.

3. 사물의 발견, 관계의 발견

죽은 나무는 비로소 견고하다
죽은 나무는 죽었다는 사실이 어둡지 않다
다시는 죽을 뻔―하지 않아도 된다, 는 지점에서 여유를 만난다

---

8 필자는 이런 관점을 살펴보면, 릴케가 사물시로 전환하면서 깨달은 점을 떠올리게 된다. "글을 쓴다는 것, 그것은 말을 나 자신에게 연결시키는 관계를 깨뜨리고 나로 하여금 한 사람의 너에게 말하도록 하는 관계를 거역하는 것이다. …(중략)… 시선은 작품에 의해 포착되고 말들은 글을 쓰는 자를 바라본다. 블랑쇼는 이를 매혹이라고 정의하고 있다"(에마뉘엘 레비나스, 『모리스 블랑쇼에 대하여』, 박규현 옮김, 동문선, 19쪽).
9 "사물. 제가 이 낱말을 말하고 있으니, 고요가 생겨납니다. 사물을 둘러싼 고요입니다. 모든 움직임은 가라앉아 윤곽이 되고, 과거와 미래의 시간으로부터 영속적인 어떤 것이 완결되고 있습니다"(라이너 마리아 릴케, 『릴케의 로댕』, 안상원 옮김, 미술문화, 1998, 108쪽).

영원히 죽었다, 는 자각

다시 죽지 않아도 됨이야말로、

다시 살아야 해요―보다 몇 킬로그램 퀄리티가 높다

죽음에게 주어진 방점이란 뭐니 뭐니 뒤집어도

역시 완벽한 피리어드죠

와우 와우우 박장대소 일렁인다

어림없는 허리 지지하는 버팀목이

돌아가신 나무의 분절이라는 것, 하 고마운 아기 가로수들

결結을 초草를 보은報恩을 용쓰며 바람에 실어 보낸다

기특도 하지 '귀신鬼神'을 홀리다니!

결 깊은 주검들이 '정성껏' 묘목을 에워싼다

―「절망 추월하기」 부분

새로운 차원으로 진입한 시인의 눈에는 무엇이 포착될까? 시인은 사물과 사물의 관계성을 꿰뚫어 보는 시선을 갖는다. 첫 번째 시 「식장食葬」에서 삶과 죽음에 내밀한 연관성을 부여하였다면, 「절망 추월하기」에서는 사물과 사물의 관계에 스며든 삶과 죽음의 관계를 추적한다. 아기 가로수들은 죽은 나무를 통해 지지를 받고 살아나간다. 그러므로 "죽은 나무는 비로소 견고하다".

"죽은 나무는 죽었다는 사실이 어둡지 않다". 이유는 죽음 이후, 전환이 끊임없이 이어지기 때문이다. 죽은 나무는 아기 가로수의 버팀목이 되고, 서고書庫를 가득 채운 책이 된다. 죽음은 다른 형태로 사물을 전환시키며 각자의 위치에서 제 몫을 한다. 죽음 역시 존재이다. 그리고 살아있는 것을 지탱시킨다. 죽음은 빛나는 "사리舍利"였던 것이다.

명쾌한 전환은 "와우 와우우" 박장대소를 불러일으킬 정도로 명약관화한 사실이다. 그다음에 주위를 둘러보니 "들뢰즈 만해 미당 보들레르 보르헤

스……" 시인이 즐겨 읽는 책들이 보인다. 저자가 죽었지만, 죽음을 바탕으로 출판된 책은 현존하는 인간에게 지혜를 선물한다. 책이야말로 죽어서야 산 자들을 빛나게 해주는 도서관인 셈이다. 깨달음을 얻을 때 웃음이 터진다. "여유"가 생긴다.

죽음은 지속적인 운동성을 가지고 활동한다. "결 깊은 주검들이 '정성껏' 묘목을 에워"싸고 있다. 이것은 "다시 죽지 않아도 될 세계" 곧 영원성으로 진입하는 순간에 돌입하게 됐음을 의미한다.

정숙자는 모성적인 차원에서 죽음을 바라본다. 다름 아닌 '모성적 죽음'을 실현하는 장면에 주목한 것이다. "기특도 하지". 은혜를 갚을 줄 아는 사물과 사물의 흐름 속에서 시인은 저 무의식의 밑바닥에서 여성성을 자각했을지도 모를 일이다. 저 죽음이 생명을 살리고, 죽음이 펼쳐진 책을 통해 지혜를 얻고, 다시 죽음으로 후세에 전해질 생명이 싹트기 때문이다. 비인칭 사물의 죽음에, 고개가 숙여진다.

"절망도 열정"이었기에, 시적 대상에게서 영원성이 발견된다. 희생적이고 모성적인 순환 고리에서, 사물과 사물 사이의 관련성이 드러난다.

4. 꽃의 전환, 사물의 전환

꽃 속에 너트가 있다(면
혹자는 못 믿을지도 몰라. 하지만 꽃 속엔 분명 너트가 있지. 그것도 아주아주 섬세하고 뜨겁고 총명한 너트가 말이야.)

난 평생토록 꽃 속의 너트를 봐왔어(라고 말하면
혹자는 내 뇌를 의심하겠지. 하지만 나는 정신이상자가 아니고 꽃 속엔 분명 너트가 있어. 혹자는 혹 반박할까? '증거를 대봐, 어서 대보라고!' 거참 딱하구나. 그 묘한 걸 어떻게 대볼 수 있담.)

꽃 속에 너트가 없다면 아예 꽃 자체가 없었을 것(이야!

힘껏 되받을 수밖에. 암튼 꽃 속엔 꽉꽉 조일 수 있는 너트가 파인 게 사실이야. 더더구나 너트는 알맞게 느긋이 또는 팍팍 풀 수도 있다니까.)

꽃봉오릴 봐봐(요.

한 잎 한 잎 얼마나 단단히 조였는지. 햇살 한 올, 빗방울 하나, 바람 한 줄기, 먼 천둥소리와 구름의 이동, 별들의 애환까지도 다 모은 거야. 그리고 어느 날 은밀히 풀지.)

꽃 속의 너트를 본 이후(부터

'꽃이 피다'는 '꽃이 피-였다'예요. 어둠과 추위, 폭염과 물것 속에서도 정점을 빚어낸 탄력. 붉고 희고 노랗고 파란… 피의 승화를 꽃이라 해요. '꽃이 피다!' 그렇죠. 그래요. 그렇습니다.)

그늘을 지우는 꽃(을

신들이 켜놓은 등불이라 부를까요? 꽃이 없다면 대낮일지라도 사뭇 침침할 겁니다. 바로 지금 한 송이 너트 안에 한 줄기 바람이 끼어드는군요. 아~ 얏~ 파도치는 황홀이 어제 없던 태양을 예인합니다.)

—「꽃 속의 너트」 전문

정숙자는 사물 안에 잠재해 있던 운동성을 발견한다. 주목한 대상은 "꽃"이다. 시인이 발견한 것은 "꽃" 속에서 "너트"를 봤다는 사실이다. 그런데 이 사실을 발견해 가는 전개 과정이 흥미롭다.

우선 "꽃 속에 너트가 있다(면"이라는 가정법으로 시작한다. 가정법은 사실로 구현된다. 아예 과거에서부터 아예 꽃 속에 너트가 있었음을 증언하는 과거형이 된다(아직은 가정법 과거형이다). 이 설정은 3연으로 가면서 아예 전제를 뒤집는다. "꽃 속에 너트가 없다면 아예 꽃 자체가 없었을 것(이야!"라고. 전환이 발생한 것이다. 상상의 공간에서 시인은 얼마든지 사물을 번역할 수 있다. 내면의 공간이 내밀해질수록 사물은 시인의 독특한 내면의 언어로 전환 가능하다. 바로 여성적인 사물로의 전이이다.

가정법은 끝이 날 줄 모른다. 꽃의 기원이 어디였는지, 어디서 끝나고 어디로 시작할 것인지 그 구분을 알 수 없다. 보이던 사물이 보이지 않는 것으로 전환하면서 꽃은 낯선 차원으로 잠입해 들어간다. 스스로 (정말 너트처럼) 움직이고 스스로 존재한다. 시는 자신의 리듬을 스스로 발산하며, 공간을 확대한다. 그리고 서서히 투명해진다. 가시적인 꽃을 비가시적인 영역으로 안내하던 시는 불현듯, 구체적 사물로 우뚝 선다. 이제 "너트"는 내밀한 전환이 가진 독특한 사물이 된다. 정숙자는 끊임없이 진동하면서 파동하는 "너트"였던 것이다.

시인은 독자들에게 청유한다. "꽃봉오릴 봐봐(요."라고. 우리는 이 대목에서 주의 깊게 생각해 봐야 한다. 왜 시인이 독자들을 끌어들였을까, 하는 점이다. 무엇을 강조하고 싶었을까, 하는 점이다.

정숙자는 현실에 충실하고 싶어 한다. '무한히 죽는 자'[10]가 되어 글을 쓰는 이유는 치열하게 살기 위함이다. 다음 시구를 보라! 그의 노력이 얼마나 대단한지를. 시인이 발견했던 너트에는 "햇살 한 올, 빗방울 하나, 바람

---

10 「두이노의 비가」 마지막에서 릴케는 '무한히 죽은 자들'이라는 말을 사용한다.
"머무른다는 사실 속에 자신을 감금하는 자는 벌써 화석이 되는 것이다. 산다는 것은 언제나 이미 작별을 고하는 것, 하직 인사를 받는 것, 또 지금 존재하는 것들과 하직하는 것이다. …(중략)… 우리가 심연에 닿는 순간, 이별을 심오한 존재에 도달하는 순간으로 만들 수 있다. 전환, 이것은 가장 내밀한 곳으로 가기 위한 움직임이다. 우리 자신이 스스로 변모하면서 모든 것을 변모시키는 이 작업은 우리의 종말과 무관하지 않다. 보이는 것을 보이지 않는 것으로 우리가 책임지고 완성시켜야 하는 이 변모는 지금까지 우리가 인정하기가 그리도 힘들었던 죽어야 한다는 우리 인간의 임무 그 자체이다. **죽는다는 것은 일종의 노력이다**(강조는 필자)."
모리스 블랑쇼, 「문학의 공간」, 박혜영 옮김, 책세상, 1990, 208—209쪽.

한 줄기, 먼 천둥소리와 구름의 이동, 별들의 애환"이 들어있었다. 이 땅에서 소중한 결실을 얻기 위해 치열하게 노력하고 있었다. 삶의 열매들은 죽음과 더불어 맺혀 있고, 삶과 더불어 죽어있었던 것이다. 죽으면 죽을수록 생生이 치열해지는 역설이랄까? 이 작은 것들은 노력하며 죽어가고 있었다.

　"꽃 속의 너트를 본 이후(부터)" 인식이 달라지는 것은 당연한 일이다. 부정을 넘어선 긍정적인 에너지가 샘솟는다. "그렇죠. 그래요. 그렇습니다". 강한 긍정이 재차 반복된다. 꽃은 이제 단순한 꽃이 아니다. 빛나는 사물로 승화된다. 죽음을 넘어서는 지점에서 발산되는 생生의 의지는 더욱 강렬해지리라. 통과의례와 같은 죽음을 거친 뒤 맞이하는 생生이기에 다른 차원의 의미를 획득하리라. 삶과 조화를 이루는 죽음은 의미 공간을 확장하며 새로운 차원으로 진입한다. "그늘을 지우는 꽃"으로 존재 자체가 탈바꿈하는 것이다. "너트"는 이미 "태양을 예인"할 정도의 능력을 갖는다.

　시인은 「꽃 속의 너트」를 통해 무엇을 말하고자 한 것일까? 무엇을 바라보고 싶어 한 것일까? 블랑쇼는 말한다. "글을 쓴다는 것은 존재의 진리로 나아가지 않는다. 오히려 존재의 진리가 존재의 오류로 나아간다". [11] 작품은 진리가 아닌 발견이라는 사실이다. 글쓰기는 '진리의 조건으로서의 방황'이 아니라 '방랑의 조건으로서의 진리'[12]라는 사실이다.

　시인 정숙자는 진리를 넘어서는 발견을 보여 준다. 무심한 시선으로 바라보았기에 "꽃"을 색다른 사물로 인지할 수 있었다. 가시적인 것 속에 머물지 않고, 사물의 독특한 질감을 발견한 것이다. 사물의 독특한 길을 열어 줌으로써 사물 자체를 구원한다. 시인 자신을 구원한다. 그 누구의 시선도 아닌, 껍데기를 쓰고 있지 않은, 순수한 시선을 획득하며, 사물에 내재한

---

11 에마뉘엘 레비나스, 『모리스 블랑쇼에 대하여』, 박규현 옮김, 동문선, 24쪽.

12 '방랑의 조건으로서의 진리'는 블랑쇼의 입장을, '진리의 조건으로서의 방랑'은 하이데 거의 입장을 대변하는 것으로 보인다(앞의 책, 29쪽).

비밀을 발견한 것이다. 불확정성 속에서 몸으로 부딪히며 고뇌하는 지점에서 사물이 다가와 말을 걸어주었을 게다.

이것은 형식적인 차원에서도 독특한 플롯을 갖게 한다. 시인의 불안정하고 불확정적인 심리는 가정법을 낳는다. 불안 역시 놓치고 싶지 않다. 무의식의 지평을 열어, 바깥으로 흘러넘치는 중얼거림을 놓아두고 싶다. 이성의 검열과 판단 아래 감춰진 무의식의 언어들이 스스로 중얼거리도록 놓아두고 싶다. 시인은 내면의 화법을 괄호로 처리한다. "("는 외면에 걸쳐두고, ")"는 내면의 영역에 남겨 둔다. 중얼거림이 터져 나올 것 같지만, 독자가 믿어주지 않을 것 같고, 시인은 확고한 믿음이 자리하고 있기에, 언어 자체가 굴러가고 있는, 흐름을 따라 아예 맡겨 둔 것이다. 너트의 형상처럼 시의 형식이 소용돌이친다. 시인의 소곤거리는 중얼거림이 일정한 리듬으로 반복적으로 흐른다. 시인은 사물의 공간을 열어놓는다. 마치 숨을 쉬는 것처럼.

5. 한 칸의 시선, 오르페우스의 시선

> 한 칸 때문에 엎드릴 것이다
> 깎고 팔 것이다 바람을 키울 것이다
>
> 한 칸 때문에 뒤척일 것이며 물렁뼈 깊어질 것이다
>
> 휙휙 휙 머리 날아갈 것이다
> 맑은 강 바라기도 할 것이다
>
> (그 한 칸이야 기둥이었다가 대들보였다가 서까래였다가 툇마루였다

가…, 에라 그게 다 타고난 분모이렷다.)

그 한 칸에 쏟아부은 기도들이
창이었음을 지붕이었음을
문득 문득 깨치게도 될 것이다

한 칸의 우울, 한 칸의 쓰라림
붓다에게도 그 한 칸은 있었을 것이다

그 한 칸이 바로 그를 해결한 미소였을 것이다

—「비대칭 반가사유상」 전문

비어있는 "한 칸"은 채워지지 않는 결핍의 공간일 게다. 한 번에 완성되지 않는 미완성의 허물어짐일 게다. "한 칸"은 존재가 존재자의 물질적 고독에 갇히지 않고, 새로운 존재로 변화 가능하게 만드는 촉매제일 게다. "한 칸"은 시인이 물질과 물질 사이에서 명상을 가능하게 하는 삼각 피라미드일 게다. "한 칸"은 멋들어지게 삿갓을 기울인 조선 선비의 멋스러움일 게다. "한 칸"은 완벽을 기대했다가 돌아오지 않는 부메랑이고, "한 칸"은 죽도록 사랑하던 사람을 구원하는 순간, 금기를 깨뜨리는 오르페우스의 시선일 게다.

그렇다. 정숙자는 '무한히 죽는 자'이다. 오르페우스[13]처럼. 그녀는 오르

---

13 그리스 신화에 등장하는 시인 오르페우스는 죽은 아내를 살려 내기 위하여 지옥으로 내려간다. 오르페우스는 매혹적인 노래로 지옥의 신들을 매혹시켰다. 그리고 아내를 데리고 지옥의 문을 빠져나오려는 순간 금기를 어기고 만다. 뒤를 돌아보지 말라는 명을 어긴 것이다. 결국 에우리디케는 영영 죽음의 세계에 갇히고 만다.

페우스의 시선^{14}으로 금기를 넘어선다. 오르페우스의 시선은 부재에 대한 매혹을 품는다. 정숙자는 이 "한 칸"의 결핍이 불러올 에너지를 알고 있다. 그리하여 시인은 죽음을 대면하는 일이 당연한 일이었다. 더군다나 금기를 어기며 지옥을 되돌아봤던 그리움의 매혹을 체득한다.

오르페우스는 에우리디케를 살리고자 하는 열망 너머에, 부재하는 순간에 그녀를 오히려 사랑했다는 사실을 깨우쳤다. 부재의 순간에 온전히 그녀의 존재를 느꼈다. 다가가면 만져질 듯하나, 쉽게 만지지 못하도록, 안타깝게 바라보도록, 놓아두는, 공간이 바로 "한 칸"이다. 이 비어있음 때문에 시인은 노래할 수 있다. "한 칸"이 채워졌더라면, 오르페우스는 노래하지 않았을 것이다.

「비대칭 반가사유상」의 "한 칸"은 '영감'이 다가올 수 있도록 열어놓는 비어있음이다. 깊은 밤, 달빛이 스미도록 창문을 열어두는 것처럼, 영감을 받아들이는 기다림의 묵정밭이다. 시인은 "한 칸"에서 명상을 하고, 침묵하며 인내한다. "한 칸"은 시를 마무리 짓는 수공의 세심함이 필요한 공간이며, 무심함이 닿는 아릿한 떨림이다. 그리하여 "한 칸의 우울, 한 칸의 쓰라림"은 "붓다에게도" 존재했을 것이라는 가정법이 설득력을 얻는다. 금기

---

14 블랑쇼는 그리스 신화 속 인물인 오르페우스를 통해 예술과 밤을 설명한다. "오르페우스가 에우리디케를 향해 지하로 내려갈 때, 예술은 밤을 열리게 하는 힘이다. 밤은 예술의 힘을 통해 오르페우스를 맞아들인다". "그리스 신화는 말한다. 우리가 작품을 만들 수 있는 것은 오로지 깊이의 무절제한 경험이, 그 경험 자체로 추구되지 않을 때만 가능하다고. 깊이는 정면으로 주어지지 않는다. 깊이는 작품 속 제 모습을 감춤으로써만 모습을 드러낸다". "글을 쓴다는 것은 오르페우스의 시선과 함께 시작한다". "에우리디케를 뒤돌아보는 오르페우스의 시선은 신성한 밤을 읽어놓는 끈을 풀어버린다. 그 경계선을 무너뜨리고, 본질을 포함하고 억제하여 고정하고 있던 법을 부수어버린다". "오르페우스의 시선은 작품에 대한 염려를 해방시킨다. 그로써 자기 자신에게, 자기의 본질의 자유에, 자유인의 자기 본질에 신성함을 준다. 그러므로 이 모든 것은 이 시선의 결단 속에 달려 있다. 그 결단 속에서 그 시선의 힘으로 기원에 가까이 다가가는 것이다". "이 순간은 욕망의 순간이며, 염려하지 않는 무관심과 권위의 순간이다"(모리스 블랑쇼, 앞의 책, 260-269쪽).

를 어기고 싶은 해방감이며, 작품 완성 뒤에도 찾아오는 허전함이라는 것까지. 불완전이라는 미지의 영역이 있기에 시인은 다시 시를 쓰는 존재로 거듭날 수 있다.

6. 죽음, 이후

그녀의 시를 읽으니, 죽음 이후에 비치는 한 줄기 빛이 떠오른다. 빛줄기 속에서 죽음을 넘어서는 긍정의 세계가 담긴 그녀 얼굴이 떠오른다. 그렇다. 우리는 죽으면서 살아가고 있다. 죽음은 나를 빚어내고, 나로 인해 죽음이 만들어진다. 시인의 죽음은 작품으로 완성되고 있었다. 작품 속에서 시인은 스스로 초월하고, 성숙하고 있었다. 삶과 하나를 이루는 죽음, 삶과 죽음이 교차하며 드넓은 공간을 획득해 나가고 있었다. 불확정성의 어느 지점에서 오류의 어떤 지점으로, 금기를 깨뜨리며 시선을 돌리고 있었다. 그곳에서 여전히 말러의 교향곡 9번이 흘러나온다. 음악이 가리키는 곳에 릴케의 묘비명이 보이는 듯하다. 그곳에 태양을 예인하는 꽃이 있으리라.

> 장미여, 오 순수한 모순이여,
> 그렇게도 많은 눈꺼풀 아래
> 그 어느 누구의 잠도 아닌 기쁨이여.[15]

---

15 라이너 마리아 릴케Rainer Maria Rilke의 묘비명.

질문, 온 존재를 기울여 던지는

—김형영의 시

1.

'나'라는 단어는 나조차도 알 수 없는 미지의 세계다. 네가 나를 이해한다고 말하는 순간, 깨지고 마는 유리 조각이 되고 만다. '나'는 인류가 품어온 수수께끼고, 아직 그 누구도 열지 못한, 녹슨 상자다. 많은 현자가 '나'를 규정하려 하였지만 그 규정 속에 함정이 들어있고, 존재가 호명되자마자 다른 존재자로 뒤섞이는 아이러니에 빠진다.

타자는 '나'를 호명하려 하고, 때로는 '나'를 묶어두려 한다. 너는 나를 부름으로써 관계를 형성하려 한다. 나와 너, 시적 주체와 타자 사이에 알 수 없는 관계가 형성된다. 이 관계 속에서 관계 형성 능력이 발생한다. 관계 형성 능력은 '사이'를 조절하는 능력이 필요하다. 틈과 틈 사이에 존재를 호명하거나 의미를 부여하고, 혹은 의미를 제거해 버림으로써 관계는 질적인 틀을 만들어간다. 그런데 타자는 '나'를 구속하려 한다. 인간의 혀는 관계를 굴절시킨다. 혀는 왜곡과 모략의 대가다. 사람과 사람 사이에 놓인 혀는 허공을 떠돌면서 말을 만들어내고, 낯설고 괴이한 말들로 낯선 '나'를 만들어낸다. 오히려 인간은 그 떠도는 말들을 옮기는 대리인일지도 모른다. 그 가운데서 몇몇 군중들은 수많은 말들을 이용하고, 깔때기로 모으듯이 떠도는 말들을 수집해 '나'를 대상화하고, '나'를 수단으로 이용하려 든다. 그들은 자신의 프리즘으로 '나'를 특정한 울타리에 귀속시킨다. 이때 '나'는 타자와 관계할 능력을 상실하고 만다. 타자의 비극적인 입에서 나오는 소리가 거칠게 '나'를 옭아맬 때, 덧없고 위선적인 입에서 추락하는 말들은 어이없는 방식으로 '나'를 구속한다. '나'는 덧없고 불쾌해진다. 이럴 때 '나'는 어떻게 해야 할 것인가. 내가 자유롭기 위해서 '나'는 행동을 취해야 한다. 김형영의 시 「내가 나다」는 존재와 존재의 맞부딪힘, 존재와 존재의 파열, 존재가 존재를 규정하는 형식적 구속에서 벗어나려고 하는 의지를 담고 있다. 이는 존재자의 외침에서 출발한다.

　　　내가 나다

　이것은 선언이다. 타자와의 관계 능력을 회복하기 위한 발언이고, '나'와 '너' 사이에 얽힌 관계를 풀기 위해 단절을 선포하는 계엄령이다. 관계를 회복하기 위해서는, 관계를 개선하기 위해서는, 관계를 업그레이드하기 위해서는, 관계를 성숙시키기 위해서는, 조치가 필요하다. 시적 주체는 선언하는 방식을 택한다. 도발적이기까지 하다.

　　　내가 나다.
　　　너희들 올가미에 걸린
　　　그 사람이 나다.

　　　무얼 머뭇거리느냐.
　　　그 녹슨 칼일랑
　　　자루에 집어넣고
　　　잠시만 기다려라.

　　　　　　　　　　　　　　　　　　　　　　　—「내가 나다」부분

시적 주체는 오히려 타자를 향해 한 차원 높은 위치에서, 목소리를 높인
다. "그 사람이 나다". 시적 주체의 어조가 세게 나가자, 오히려 그들은 주
눅이 든다. '나'는 그들을 향해 되레 따져 묻는다. "무얼 머뭇거리느냐." 이
때부터 판세가 달라진다. 지금까지 '나'는 그들에 의해 수세에 몰려 있었지
만 주체가 결연한 의지를 보이자 관계의 파장이 달라진다. 주체는 자신을
재정립할 여유를 얻으려고 일종의 타임아웃을 요구한다. "잠시만 기다려
라". 동시에 타자들을 몰아붙인다. 그동안 시적 주체는 '나'를 재정립할 시
간을 획득한다.

> 스스로 걸어가리라.
> 캄캄한 밤이면 어떠냐.
> 너희들 소굴이 어딘지
> 나는 안다.
>
> 이제 다 끝났다.
> 고통의 절정에서 피는 꽃을
> 너희는 보게 되리라.
>
> 들어라,
> 모든 것은 너희가 보고 들은 대로다.
> 내가 바로 나다.
>
> ─「내가 나다」 부분

주체는 "스스로 걸어가리라"고 표명한다. 타자에 의해서 일방적으로 좌
지우지되지 않겠다는 것이다. '나'는 "너희들"과 어떤 인과율에 얽매이지 않
으려 한다. 이것은 시적 주체의 결단을 전제로 한다.

단행斷行이라는 말이 있다. 실천하기 위해서는 먼저 끊어야 한다. 새로운
판을 짜기 위해서는 '단斷', 끊고 가야 한다. 먼저 끊지 않고서는 새로운 차

206

원으로 도약할 수 없다. 결단을 내리지 않으면, 자유로워질 수 없다. 결단은 타자와 나 사이에 뜻하지 않은 시간을 부여한다. 주체가 결연한 의지로 자신을 재정비하는 것은 타자와의 관계에서 자유를 얻기 위함이다.

시인은 결단을 통해 일정 정도 자유를 성취한다. 결단하는 자만이 자유를 성취할 수 있다. 두려울 것 없이 오히려 당당해진다. "캄캄한 밤이면 어떠냐". 용기가 생긴다. 그 용기를 얻어낸 끝에서 피어날 꽃을 상상한다. "고통의 절정에서 피는 꽃"은 색다른 성숙함으로 절벽 위에서 피어나는 꽃의 아름다움에 도달한다. 고통에서 피는 꽃은 거칠 것이 없다. 절정에서 피는 꽃은 희로애락의 정점에서 삶의 통과의례를 거친 존재자다. 존재자는 이미 한 차원을 거쳐 다른 차원으로 이동한 상태다.

그리하여 5연, "내가 바로 나다"에 발현되는 '나'는 1연에서 발화된 '나'와 다른 위상학적 공간에 놓인다. 5연의 시적 주체는 타자에 대한 두려움과 관계에 대한 어색함을 뛰어넘은 성숙한 주체로 탈바꿈한 상태다. "너희들 소굴"이 어딘지 몰라도, 타자의 평가와 잣대와 야합과 배반이 뒤따르더라도, 초연하게 견뎌낼 수 있는 주체로 성장한다. 그 어떠한 말로 상처를 입혀도, 나를 향한 빗나간 소리가 조심성 없이 떠돌아다녀도, 흔들리지 않는 주체로 선다. 온전한 주체로 자신을 재정립했을 때, 타자의 세계는 새로운 틈을 만들어낸다. 타자의 세계에 낯설고도 신기한 문門이 열릴 수 있기 때문이다. 시적 주체가 당당해지는 순간, 타자에게 진입할 다른 차원의 문門이 열린다. 편견과 편협, 때로는 오해로 가득한 닫힌 세계가 의외의 관문으로 뚫릴 수 있다.

시인은 허튼 관계를 지향하지 않는다. 그는 전 존재를 기울여 타자와의 관계에 진입하려 한다. 존재 전체를 기울인다는 것은 거짓말을 하지 않는다는 것이고, 과장하지 않는다는 것이고, 자신의 온 마음과 정성을 기울인다는 것이다. 온전한 마음으로 타자인 '너'를 향해 온전하게 응답하겠다는 것이다. "자기의 존재를 기울여 거듭난 관계에의 힘을 가지고 '너'의 세계로 나가는 사람은 자유를 깨닫게 된다"(마르틴 부버, 『나와 너』, 표재명 옮김, 문예

출판사, 1995, 87쪽). 주체는 타자를 만나기 위해, 존재를 기울여 만나고자 한다. 이것은 기본이다. 더 나아가 거듭난 존재로 성숙하는 차원으로 자신을 끌어올린다. 1연과 5연에서 보이는 '나'의 질적인 변화가 그것을 증명한다. '나─너'의 관계 형성은 주체의 힘만으로 이루어지는 것이 아니기에 나의 자기 정립을 우선으로 행하면서 타자와 관계를 재정립하고자 한다. 타자와 관계 형성은 나의 힘으로 되는 것은 아니지만, 그럼에도 '나'의 힘이 우선적으로 중요한 것 또한 사실이다.

2.

시인은 「나는 낫지 않는 병을 가지고 있으므로」(「내가 당신을 얼마나 꿈꾸었으면」, 문학과지성사, 2005)에서 다음과 같이 밝히고 있다. "지식인은 배우면서 사는 것 같고, 지성인은 배운 것을 응용하면서 사는 것 같고, 그러나 예술가는 배운 것을 지우면서 사는 사람으로 생각하고 있습니다. 세상의 모든 것을 처음 보듯이 놀란 눈으로 보기 위해서는 배운 것을 지우지 않으면 안 되니까요. 보이는 모든 것들이 하나의 거룩한 생명임을 깨닫는 그런 눈으로 보기 위해서는 당연한 것 아닐까요. 그런 점에서 예술가는 종교적이지 않을 수 없겠습니다".

김형영은 아이가 되어 존재들을 만나려 한다. 아이의 눈으로, 뭔가를 계산하거나 비교하지 않고, 계량하거나 배신하려 하지 않는다. 오로지 하나의 사물, 하나의 생명을 온전한 실재로, 자신의 전 존재를 기울여 만나려 한다. 실재하는 그 무엇을 만나기 위해 순간의 사건을 열어 보이며 놀라워한다. 다름 아니라 시인은 놀라는 존재이기 때문이다.

다들 살아 있었구나.
너도,

너도,
너도,
광대나물
너도,

그동안
어디 숨어서
죽은 듯
살아 있었느냐.

—「봄봄봄」 부분

"다들 살아 있었구나, 너도, 너도, 너도" 이름 하나하나를 호명하며, 그 존재 자체, 하나하나를 바라본다. 시적 주체가 온전하게 설 수 있었기에, 더욱 감사하고 기쁜 마음으로 타자를 호명할 수 있다. 호명은 이미 감탄사를 동반한 문장이다. 감탄문으로서, 놀라움과 감사함을 간직한 문장의 힘으로, 순간순간에 존재하는 모든 것들을 함께 기뻐하고자 한다. "나 혼자 마음껏 심호흡하는 아침이면/ 행복이 지금 여기에 있다는 것을/ 나눠주고 싶어 견딜 수가 없다"(「지금 여기에」). 존재자가 놀라운 삶의 한 단면을 발견하는 순간, 존재는 언제나 새로운 얼굴을 하고 등장한다. 발견자가 이미 놀랄 준비를 하고 있기에, 대상 역시 신비로운 표정으로 나타날 것이다. 새로운 존재는 자신의 온 존재를 기울여 화답한다. 시적 주체 역시 자신의 온 존재를 기울여 존재를 호명할 것이기에 존재와 존재는 오롯이 대면한다. 그 순간, 서로가 서로를 온전히 향유한다. '나'와 '너' 사이에 뜨거운 피가 흐르고, 허공 사이에 떠도는 피돌기들이 생명의 순환을 멈추지 않는다. 서로가 서로를 알아보는 이 장면은 바로 사건, 그 자체가 된다.

시인은 사건을 발견하는 사람이다. 아니, 사건을 기적으로 치환하는 사람이다. 배운 것을 지우는 사람이기에 고정관념을 깨부수고자 한다. 편협

한 틀에 세상을 끼워 맞추기보다는 낯선 발견을 하기 위해 아이의 눈으로, 직관으로 바라본다. 직관으로 발견되는 세계는 잠 속에 들어있는 미지의 세계지만, 아직 발굴되지 않은 미지의 씨앗들이지만 그 세계는 발견하는 자의 눈에 뜨인다. 그 세계가 기꺼이 걸어 나올 것이다. 놀랄 준비를 하고 있는 시인에게 당연히 시적 대상이 먼저 말을 건다. 진실한 '나'에게 이르지 못할 때, 진실한 '너'를 만나지 못할 때, 그 미지의 세계는 사라지고 만다. 그럼에도 그것은 얼굴을 바꾸고 다시 온다. 그 얼굴을 알아채어, 그때 이름을 불러주는 자만이 시인이 될 수 있다. 그 순간을 누리는 자가 시인이고, 그 순간을 예술로 승화시키는 자가 예술가이다. 시인은 직관으로 존재를 통찰해 내는 본성을 가진 자다.

> 허나 이제 핏대는커녕
> 후회할 여력도 없어
> 이 후미진 바닷가에 떠밀려 와서
> 두 눈 멀뚱멀뚱
> 개펄에 큰대자로 누워버렸네.
>
> 썰물이여, 썰물이여
> 이대로 누워 기다리면
> 하늘의 말씀 듣고 와서
> 한마디쯤 전해 주겠느냐.
> 안 보이는 세상 한 조각이라도 실어 와
> 보여 주겠느냐.

—「수평선 7」부분

썰물과 밀물처럼 밀려드는 감정의 흐름 속에서 한때 후회로 점철되었던 과거의 시간이 불쑥, 튀어나온다. 시는 우리를 풀어놓는 동시에 구속하고, 녹아드는 동시에 경계하고, 긴장하는 동시에 이완시킨다. 주체는 아직도 볼 것이 더 남아있는, 이 세상의 비밀을 탐구하고 싶은 열망을 드러낸다. 그 것은 폐허의 순간에도 마찬가지다. "후회할 여력이 없는" 지경에 이르렀을 때에도 세상의 보이지 않던 시적 대상들과 교감하고 싶다. 알고 싶고, 질문 하고 싶은 욕망이 가라앉지 않는다. "안 보이는 세상 한 조각이라도 실어 와 보여주겠느냐". 김형영 시인의 시적 열망은 멈추지 않고 흘러간다.

3.

> 네루다의 『질문의 책』을 읽다
> 그만 정신이 팔려
> 한참을 엉뚱한 길에서 놀았다.
>
> 하늘이 무너지면
> 새들은 어디서 날까?
>
> 지구가 꺼지면
> 허공은 얼마나 깊어질까?
> 사람은 어디에 발 디디고 살지?
>
> 꿍꿍이속 신발 끈을 고쳐 매고
> 지구 밖에 나가 봐야겠다.
>
> ─「옆길」 전문

시인이 질문을 내려놓지 않는 이유는, 물음표를 계속 던지는 이유는, 본질적으로 예술가이고 싶기 때문이다. 미지의 세계에 대해 알고 싶은 것이 많기 때문이다. 시인의 모자를 계속 쓰고 싶기 때문이며, 시를 통 해 세상과 소통하고 싶은 열망이 강렬하기 때문이다. 네루다가 세상을 떠나기 얼마 전, 마무리된 시편으로 불리는 『질문의 책』은 시적인 아이디어들로 가득 차 있다. 이 책은 한 편 한 편이 시이자, 또 다른 시를 잉태하는 아이디어 창고이다. 네루다의 책을 번역한 정현종 시인은 덧붙여 말한다. "시적 질문은 생각과 느낌의 싹이 트는 순간으로 타성/관습/확정 속에 굳어있던 사물이 다시 모태의 운동을 시작하는 시간이다. 우습고 재미있고 엉뚱한 질문은 세계를 그 원초로 되돌려 놓으면서 우리로 하여금 태초의 시간이 주는 한없는 신선함 속에 벙글거리게 한다". 김형영 시인 역시 파블로 네루다처럼, 태초의 시간 속으로, 은근슬쩍 '옆길'을 열어놓는다. 네루다의 『질문의 책』을 읽던 시인 역시 네루다가 마지막 순간까지 질문을 놓지 않고 물음표를 놓지 않았던 이유에 공감한다.

'옆길'이라 표현하고 있지만, 사실은 옆으로 새는 길이 아니라 줄곧 그가 지향해 왔던 본류를 지향하고자 함이다. 자신의 온 존재를 기울여 시적 대상과 사물, 사람과 세상을 만나왔던 시인. 그 삶 속에서 본인이 스스로 거치지 못했던 미지의 삶, 가보지 않은 길을 궁금해하는 것이다. 끝의 지점에서 다시 시작하려고 하는, 순순한 불빛인 셈이다. 그에게 질문이란, 시인으로서의 새로운 삶을 추구하고자 하는 열망의 표현이 아닐 수 없다. 질문을 멈추지 않는 것은 작품 활동에 대한 끝없는 열정의 표현이자, 현역 시인으로서 왕성하게 활동하고자 하는 지렛대를 찾고자 함이다. 따라서 시인은 "신발 끈을 고쳐 매고" 새로운 출발선에 서겠다는 의지를 표명한다. 그렇기에 신발 끈 고쳐 매는 일에 기꺼이 동참하고 싶다. 시인이 나열하는 질문의 목록에 빛나는 성찰을 엿봤으면 한다. 시의 흙 속에서, 이후의 독자들이 꿈틀거리고 싶기 때문이다.

제5부

그리고 돌

시와 산문의 사이, 0과 100사이
그리고 시인의 길

"시어는 산문의 폐허에서 솟아난다"(사르트르, 『문학이란 무엇인가』, 정명환 옮김, 민음사)는 문장을 처음 만났을 때, 산문을 써보아야겠다고 생각한 적이 있다. 시를 쓴다는 의식은 이상하게도 시를 쓰지 못하게 만든다. 시라는 고정관념에 자신의 의식을 가두고 만다. 시는 하나의 이데아일 뿐이다. 시는 수많은 그림자를 생산한다. 시는 고정되어 있지 않다. 현대시의 모험은 산문으로부터 출발한다. 개인적 경험으로 보아도 시는 시를 써야지, 하고 생각하지 않은 순간 써 내려갔던 메모에서 탄생한다. 시를 벗어나려는 몸짓 속에서, 경계를 넘어서는 탈출 행위 속에서 태어난다. 시는 속을 알 수 없는 큐브와 같아서, 재판관 앞에 판정받는 피고가 아니다. 보들레르는 19세기 파리를 보면서, 산과 나무와 꽃에서 이 도시 문명을 제대로 바라볼 수 없다고 생각했다. 보들레르는 적극적으로 산문을 끌어들여, 시적인 지평을 넓힌다. 이후, 산문은 시인들이 걸어야 할 대지가 되었다.

시를 쓰는 사람들은 매일매일 일기를 쓰는 자들이다. 일기를 쓰듯이 산문을 쓰고, 일기를 쓰듯이 시를 쓰는 자들이다. 일상에 시를 품고 있기에, 그들의 일기에 시가 스며든다. 그들의 산문에 아름다움이 깃든다. 이것이 지극히 자연스러운 과정이다. 그리하여 나는 아예 학생들에게 시를 쓰지 말고 산문을 마음껏 써보라고 권유한다. 작업 노트에 매일매일 작업 일기를 써보라고. 다시 말해 산문의 폐허에 빠져보라고 권유한다. 이때 사르트르의 책, 『문학이란 무엇인가』의 한 부분을 인용해 준다.

일각에서는 사르트르가 시와 산문을 구분하는 방식에 대해 반론을 제기하는 목소리도 있지만, 그럼에도 불구하고, '시어는 산문의 폐허에서 솟아난다'는 이 문장은 의미심장하게 곱씹어 봐야 할 문장이라고 생각한다. 현대시에서 산문시는 빼놓을 수 없는 한 경향이다. 현대성은 자연을 끌어들여 하나의 서정을 만들고, 하나의 풍경을 펼친다고 해서 만들어지지는 않기 때문이다. 현대시는 하나의 새로운 발견과 인식을 동반한다. 나에 대한 분화分化와 새로운 나에게로 이동하는 운동성이 포함되어 있다. 그것은 시적인 문장에서 다가오기도 하지만 오히려 산문적인 문장에서 적극적으로 끌어올 수 있다. 나는 소설을 읽다가 시를 발견하는 적이 더 많다. 소설가들이 시를 의식하지 않고 문장을 써 내려갈 때, 오히려 그 문장에서 시를 발견하고는, 멈춘다. 지극히 소설적인 문장이 시적인 질감을 획득하는 순간이다. 한 단락을 떼어놓으면 그 자체로 시가 되는 문장들이다. 시는 산문 안에 있다. 시는 들판에 있고, 시는 바다에 놓인 섬처럼 띄엄띄엄 존재하고, 시는 사막의 모래처럼 날아다닌다. 시는 특별한 곳에 존재하지 않는다.
시어는 산문의 대지 위에 흩어져 있다. "말은 배반이며 전달이 불가능하다는 것이 사실이라면, 낱말 하나하나가 그 개별성을 회복하여 우리의 패배의 도구가 되고 전달 불가능한 것의 은닉자가 될 것이다"(같은 책, 53쪽). 시는 좌절과 실패에 의해서 만들어진다. 이 문장을 사르트르는 다음과 같이 명확하게 진술한다. "시에 있어서 패자敗者가 곧 승자이다. 그리고 진정한 시인은 승리하기 위해서 죽음에 이르기까지 패배하기를 선택한 사람이다. 다시 말하면, 현대시에만 국한된 이야기이다"(같은 책, 54쪽). 이어서 그는 "승리 밑에 숨어있는 패배를 겨냥하"는 장르가 시임을 밝힌다. 현대시는 산문적인 진술과 산문적인 걸음과 산문적인 발성으로 이루어져 있다. 담백한 산문이 안정적으로 펼쳐지다가 시는 순간 울림을 갖는다. 시는 순간 초월한다. 산문의 폐허 위에서 시가 도드라진다. 무수한 산문 속에서 시적 질감이 만져진다. 그 도드라진 언어들을 체에 걸러내어 시를 쓴다. 시가 만들어진다. 시가 다가온다. 산문 사이의 침묵이 다가올 때, 문득, 시적인 순간이 발생한다. "산문의 침묵은 산문의 한계를 긋는 것이기에 시적이다"(같은 책, 55쪽). 사르트르가 과도하게 시와 산문을 구분하려는 것은 이 책에서도 밝히고 있듯이, 방법론적인 측면에 의한 설명이다. 문학에서 엄격한 구별은 사실 의미가 없다. 현대문학의 흐름은 시이면서 소설이고, 소설이면서 시인, 장르적 혼합과 혼종의 뒤섞임 속에 있다. 언어 문체의 실험들을 존중해야 할 일이다. 그렇기에 시인의 산문이 아름답고 소설가의 산문이 시와 같다. 이 두 장르를 구분하는 방식이 점차 옅어질 것이라 기대한다. 이것도 저것도 아닌 혼종의 글쓰기를 적극적으로 시도하고, 그 경계를 허무는 지점에서 방황해야 하리라, 나는 그렇게 믿는다.

1. 100과 0 사이의 해파리, 환상과 환원,
─정숙자의 시 「이슬 프로젝트」, 이용임 시인의 「해파리」

환상과 환원// 그 혹은 그 창을 만난 건 딱 한 번뿐이었다. 그 혹은 그 창과의 조우는 아무래도 두 번일 수 없다. 딱 한 번 열린 그 혹은 그 창을 숫자로 바꿀 경우 '100'이라고 번역할 수 있다. 일그러짐 없는, 충만한, 얼룩 제로의 설원쯤으로.

어떤 선입견도 여운도 없었던 100 이후. 100으로서의 그 혹은 그 창을 다시는 볼 수 없었다. 그 혹은 그 창을 (나는) 널리─멀리 꿈꾸었던 것이다. 110, 120, 200, 300을 넘어서기도 했다. 하지만 그 혹은 그 창은 99, 98, 90, 0이 되기도 했다.

나는 그에게 혹은 그 창 앞에 다가간 게 아니라, 줄곧 부풀려진 꿈속의 그 혹은 그 창을 열고자 했던 것이다. 하지만 흙에서의 그 혹은 그 창과의 뭇 재회는 100을 금 가게 할 뿐이었다. 어느 날 와장창! 파편이 된 '0'은 자연의 수순일 뿐이었다.

—정숙자, 「이슬 프로젝트—15」

정숙자 시의 고뇌는 견고한 형체를 갖는다. 그녀의 시는 곧 사물화된다. 다른 말로 치환하자면, 숫자화된다. 시인의 언어는 기호가 아니고 도구가 아니다. 시인의 언어는 언어의 기능적 측면을 거부한다. 이런 의미에서 숫자 100 역시 기능적인 숫자가 아니다. 숫자 100은 환상과 같다. "숫자 100"은 숫자 110, 120, 200, 300을 넘어선다. 환상의 크기가 커지고, 환상의 혼종이 가중된다. 타자와 내가 별일 없이 순항하는 관계로 이어지다가 문득, 불협화음이 발생하면, 관계는 이상한 방향으로 고착된다. 일그러짐이 가득한 상태로 한계치를 넘어선다. 그때 숫자 100은 다른 형태로 왜곡된다. 곡해된다. 순수한 100은 순수했던 질감을 상실한다. 시적 주체는 자신의 "창"을 멀리 던져보았지만, 결과적으로 창은 "99, 98, 90, 0"으로 변화한다. "어느 날 와장창!" 깨어진다. 그것이 변질인지, 변화인지는 나중에 두고 볼 일이다. 이 상황에서 시적 주체는 당황하지 않는다. 오히려 담담하게 왜 그러한 그래프를 그렸는지 심사숙고한다. 금이 가게 된 결정적이유를 되새겨 본다. 이 과정에서 타자와의 만남이 가졌던 "환상"을 가늠해 본다. 그 환상을 덜어내고, 빼내면서 "환원"시킨다. 환원시키기 위해서는 그 어떤 선입견도 없는 수수의 상태를 유지해야 한다. 수수하게 바라볼 수 있는 힘이 생길 때, 오물이 묻는 파편의 그 순순한 의도를 파악할 수 있는 것이다. 이미 시인은 그러한 견자의 능력을 가진 상태이다. 그렇기에 다음과 같이 발화한다. "파편이 된 '0'은 자연의 수순일 뿐이었다". 정숙자 시인의 "이슬 프로젝트"는 자연과 사물과 인간의 모든 관계에서 만들어진 순수한 원형을 찾으려는 작업이다. 철저하게 빼기 작업이다. 관계의 번잡

스러움과 상처와 보푸라기 같은 감정의 어려움을 지극히 덜어내는 작업이다. 비워내고 버리는 작업만 진행하는 것이 아니다. 버려진 사물을 원래의 가치로 재활용하는 바느질 작업이기도 하다. 앞으로 어떠한 이슬이 만들어질지 기대된다. 이슬 프로젝트 작업은 더욱 견고해질 것이기 때문이다.

뼈는 녹고 살만 남은 유령들이
떠오르고 있다 말

들이 사라지고

꽃,
접시 위에 올려놓은 이미지
저물어본 적 있니 계절

이 사라지고

눈보라,
여름이 흘린 아이스크림 자국
길을 잃어본 적 있니 방

들이 사라지고

지도,
베개가 흘린 눈물
가방을 꾸려본 적 있니 신발

홀로 걸어나가고

손가락,
해리성 기억상실증
당신이란 거짓말을 증명한 적 있니 밤

은 지나가고

속눈썹,
과잉기억증후군
침대 아래 상자를 감춰둔 적 있니

문턱에 쌓인 먼지를 어지럽힌 적 있니
난수로 쓴 일기를 불태운 적 있니
바람에 머리카락을 묻은 적 있니
영원히 지워지는 발자국을 만든 적 있니 너

창이 꾸는 꿈
깨지 않는다 네

가 사라지고

—이용임, 「해파리」 전문

이용임의 시는 해파리의 움직임과 닮아있다. 시적 형태가 해파리처럼 부
유한다. 해파리처럼, 떠올랐다가 사라지고, 형태를 갖추었다가 형체를 바
꾼다. 가끔씩 무성에서 출발했다가 유성으로 변화하는 것처럼, 이용임의

시는 해파리의 움직임에 따라 사물과 언어를 얹는다. 그녀가 얹어놓은 것은 말, 꽃, 방, 눈보라, 지도, 손가락, 신발, 속눈썹, 창, 꿈 등이다. 이러한 사물과 이러한 단어들은 자꾸만 사라져간다. 일정한 간격을 두고 언뜻, 나타났다가 자꾸 사라진다. 이것이 사라지는 것은 마치 투명한 유령이 되는 일과 같다. 눈에 보이지 않는 유령이 함께하고, 사라지고, 존재했다가 눈에 보이지 않는 존재가 되는 일. 이 과정은 아픔을 동반한다. 일상에 파묻혀 자꾸 잊어버리는 사건의 기억이기도 하다. 세월호 아이들의 방은 사라지고, 그들이 신고 있던 신발이 떠다니고, 유령들의 말이 떠돌고, 진실은 온데간데없고, 4월 상처를 기록했던 증언들이 힘을 잃어가고, 다시 일상으로 돌아온 우리들은 이상한 기억의 세계에 갇혀버린다. 해리성 기억상실증이나 과잉기억증후군의 증발과 폭발 사이이다. 기억이라는 것은 사실, 재구성되는 것일 뿐이다. 기억의 세계는 착각으로 위장된 믿음과 같다. 의도적인 배제와 집착이 낳은 조형물일 수도 있다. 기억이란 자동 온도 조절 장치가 아니기에, 사진 필름이 아니기에, 조작된다. 자신이 원하는 방향으로 무의식 중에 재건축한다. 인간은 자신들의 재건축 구조물 안에 살면서 밥을 먹는 동물인지 모른다. 기억 장치 속에 사는 인간은 100 이상으로 사실을 증폭시키거나 0의 순간으로 무화시킨다. 현실을 환상인 것처럼 살다가, 환상이 비루함으로 환원되기도 한다. 증폭과 증발 사이에, 해파리는 유유자적 부유한다. 우리는 어떤 선택을 해야 하나? 인간의 모든 행위는 결단이 필요하다. 기억마저 선택하는 과정을 반복한다. 이 연동 운동을 무한 반복하는 것이 곧 삶이기도 할 게다. 해파리는 시로 놓이는 순간, 사라지면서 초월한다. 시인의 언어가 스치면서, 사유한다.

2. 박경희, 신수옥의 시

은행잎이 11월 그늘을 끌어들이자 사그락사그락 햇살이 궁굴리는 길

위로 진눈깨비 날렸다 벼 바심 끝난 논바닥에 내려앉은 구름이 웅덩이
속에서 흘렀고 서리 맞은 호박잎이 밭머리에 누렇게 스러져가는 갈바
람을 흔들었다 발자국으로 내려놓은 이파리로 번진 노을 가슴에 담아
놓고 가도 좋은 것을 이파리 진 벚나무 그늘이 깊어서 쓸쓸함이 딱새
발가락 한 줌으로 흔들린다 나를 스치는 것들이 햇살에 부딪쳐 스러지
는 날 아우, 저승길 걷기에 참 좋은 날

—박경희 「참 좋은 날(시)」 전문

햇볕을 쬐기 위해 팔을 내밀어 본다. 어깨가 움츠러들수록 긴장을 풀어
야 한다. 사건이 더 느릿느릿 펼쳐지도록, 마음의 무게를 견딜수록, 적절
한 대응이 떠오른다. 아니다. 잘못 말했다. 죽음은 대응할 수 없는 대상이
다.[1] 죽음이 어려운 이유는 그 죽음이라는 현상 앞에 타자가 무력해지기 때
문이다. 무방비 상태가 되어, 단지 지켜보고 있어야만 하는 일. 그것을 견
디는 일. 어머니의 이야기를 담은 산문을 참으로 잘 써내는 박경희 시인은,
넉살 좋은 입담으로 이 견딤을 다음과 같이 쓰고 있다.

엄니는 젖이 나오지 않는 숙모를 대신해서 당신의 젖을 내어서 아우
에게 먹였다. 작은 골방에서 어린아이 다섯이 뒹굴며 지냈다. 곰팡내
가 나도, 풀풀 날리는 먼지 속에서 행복했던 시절은 사진 속에서 웃
고 있을 뿐이다.
서른아홉의 아우는 급성 간암으로 갔다. 사십구재 날이 크리스마스이

---

1 몇 개월 전, 집안 어른의 죽음을 맞았다. 그분은 병상에 20년 넘게, 암 수술 후유증으
로 고생을 해왔다. 돌아가시기 전 몇 년은 요양 병원에서 몸에 호스를 꽂고 계셨다. 매
일매일이 죽음이었다. 매일매일이 고통이었다. 그분을 어떻게 떠나보내야 할까, 매일
고민했으나, 그 어떤 무엇 하나를 실행하지 못했다. 가끔, 휠체어를 밀어드리는 일,
아주 가끔 햇볕을 쬐게 해드릴 뿐. 죽음이 임박해서는 그것조차 불가능했다.

브였다. 모든 이들이 행복하다고 느꼈으면 하는 순간에 네 살 아들과
어린 올케는 사진만 붙잡고 울고 있었다.

"엄마, 아빠 어디 갔어? 죽었어?"

숨 돌릴 틈 없이 던지는 아들의 질문에 하염없이 눈물만 흘리는 올케
의 어깨에 트리 불빛만 반짝거렸다.

—박경희 「참 좋은 날(산문)」 전문

"엄마, 아빠 어디 갔어?" 이 물음에 X+Y=Z라고 답변하지 못한다. 더군
다나, 아이의 질문에 그 무엇이라 대답해 주어야 하나? 죽음은 내가 대신
답을 내려주거나 경험할 수 없는, 다른 차원의 영역에 있다. 이 모든 과정을
견뎌야 하는 숙제를 던져주는 단어이다. 이에 박경희 시인은 단단하게 축복
을 내려준다. "나를 스치는 것들이 햇살에 부딪쳐 스러지는 날"이 작은 햇
살의 축복을 행한다. 그리고 발화한다. "아우, 저승길 걷기에 참 좋은 날".
　남겨진 사람들의 인생을 미처 설계하지 못한 상태에서, 그 가족을 지켜
보는 타인들은 그들의 또 다른 어머니, 아들, 딸이 되어준다. 이 관계의 돈
독함 위에 박경희 시인의 시 「참 좋은 날」이 있다. 이 죽음이 아름다운 이유
는 "좋은" 사람들이 곁에 있기 때문이다.

한 생을 정리하기 위해 흰 장갑의 사내가 불을 지핍니다
불길은 높이 타오르고
피어나는 수천 송이 불꽃이 혀를 내밀어
제단을 닦아냅니다
고요히 이어지는 망자의 마지막 춤사위
죽은 자의 몽상이 시작됩니다

점점 격렬해지는 춤 끝에 기다리고 있는 달디단 잠

잠의 깊은 계곡에 닿지 못한 기억의 부스러기가

오랜 시간 제단 주위를 떠다닙니다

비가 그쳤습니다

제단 밖 사람들은

젖은 제의를 벗어 물기를 털어냅니다

꼭 잡았던 손을 놓기 위한 긴 하루였습니다, 이젠

산 자들의 몽상이 시작되는 시간

슬픈 허기가 한꺼번에 몰려들고

눈꺼풀이 잠의 무게를 이기지 못해 자꾸만 감깁니다.

　　　　　　　　　　—신수옥, 「물과 불은 어디에서 나뉘나」 부분

　　압지가 잉크를 빨아들이듯이, 한 사람의 죽음이 몰려 온다. 이 죽음이라는 사건은 바깥의 풍경에 비가 쏟아지게 한다. 비는 내리고, 눈꺼풀은 가라앉는다. 비는 내리고, 맹목적일 정도로 몸이 무거워진다. 한 사람의 바퀴가 굴러다니는 흔적을 지우는 일은 쉽지 않다. 남은 자들은 그 바퀴의 흔적을 재구성하고, 사라지지 않는 이야기로 남기고 싶다. 이 과정에서 신수옥 시인은 "죽은 자의 몽상"을 시작한다. "잠의 깊은 계곡"은 서성이며 여전히 영혼이 남아 바퀴를 굴리는 일. 그 작업을 진지하게 같이 공감하며 흐느끼는 일. 애써 담담하게 모르는 척, 뒷짐 지어보는 일. 산 자의 할 일은 죽은 자의 몽상을 완성하는 일인지도 모른다. 그 완성의 길에 산 자의 몽상이 시작된다. 비가 그치고, 각자 잡았던 손을 놓는다.

　　"나를 세상에 보낸 엄마를 이제 내가 보내드린다". 죽음을 겪는 일은 아직도 살아있는 자를 떠나보내는 일. 미지의 세계로, 내세來世가 있다는 강력한 믿음으로, 존재의 다른 차원을 인정하는 일. 이런 측면에서 보면, 죽음이라는 과정은 산 자의 몽상이 더 절실하게 필요한 인생의 절차인지도 모른다.

3. 김태형의 시, 우대식의 시, 박윤규의 시

시인은 말을 섬기는 사람이다. 시인이 섬기는 말은 일상의 언어지만 일상적이지 않은 언어이다. 시인은 평범함을 비범한 상태로 기우뚱하게 만든다. 경사를 기울이고, 낯설게 위치시킨다. 말을 단기 기호적으로 사용하지 않기에, 시인은 단순한 말을 거부한다. 그렇다면 시인의 언어는 어디에서 왔는가.

> 어느 작명가가 지은 것은 내 이름만은 아니다
> 지나가는 이를 불러다 얼마를 주고
> 이름을 지었다는데
> 척 이름자를 적어놓고는
> 장차 시인이 될 운명이라고 했다든가 그이는
> 그렇게 말했다 한다
> 그 얘기를 듣는 순간 갑자기 운명이라는 게 다가온 것일까
> 그게 아니지 싶기도 해서 딴청을 부려보는데
> 생각해 보면 아마도 떠돌이 작명가는
> 이름 한번 잘 지었다 싶어
> 그리 말했을 것이다
> 그 운명이라는 것이 말하자면
> 시를 쓰다 바람에 제 이름조차
> 구름 한 점 걸어놓지 못하고 떠돌던

자신의 마음이 아니었을까

처음으로 이름을 지어 불러주는 것

부르고 다시 지워내는 그것은 구름과 바람의 문장이다

그렇게 그가 내 이름을

처음으로 부른 사람이 되었을 것이다

그래도 딱히 틀린 운명을 살지는 않았던 모양일까

나에겐 그이의 운명도 함께 들어 있는 셈이다

—김태형의 시, 「바람의 작명가」 전문

시인의 언어는 바깥에서 시작되었다. 애초에 시인이 될 운명을 가지고 태어난 이름. 김태형 시인은 자신의 이름의 기원에 대해 밝히고 있다. 시인이 될 운명을 미리 알고 자라는 이의 심정은 어떠한 것일까? 만약에 시인이라는 운명을 거부했다면, 저 바람과 같은 곳의 언덕들이 그를 가만히 두었을까? 이런 쓸데없는 고민을 할 필요 없이 그는 시인이 되었고, 그 운명에 따라 자신의 소임을 다하고 있다. 자신의 소임을 다하는 시인의 언어는 이미 자연발생적으로 자생하는 세포일 게다. 그의 이름 속에 자신의 이름을 지어준, 자신의 이름을 처음으로 불러준 작명가의 호흡이 함께한다는 사실. 나 혼자만의 삶이 아니라, 부여받은 삶을 살아가는 진실. 이 두 가지 사연 속에 김태형 시인은 다시 또 다른 "작명가"가 된다. "처음으로 이름을 지어 불러주는" 행위를 하는 사람이 바로 시인이기 때문이다. 다시 부르고 지워내는 "구름과 바람의 문장"을 사용하고 있기 때문이다.

시인은 도구로서의 언어와 인연을 끊은 사람이기에, 단순한 기호 이상을 꿈꾼다. 단순한 산문이 아니게 된다. 끝을 알 수 없는 바람의 언덕 위에 언어가 붙어있고, 폐허에서 솟아난 언어로 언어를 지운다. 시어는 이 세상 바깥에서 맴돌고 있는 대기일지도 모른다.

사실 시인은 다시 한 번 확인하는 일을 하는 셈이다. 아마도 작명가의 호명이 있지 않더라도 그 자신은 시인이 되었을 것이기 때문이다. 내가 나 자신을 시인으로 호명했기에, 사실 시인이 되는 일. 그 기원을 역으로 추적하다가, 이름 짓는, 그 순간을 떠올린 것이기 때문이다.

시는 독자를 자꾸 생각하게 만든다. 독자를 자꾸 움직이게 만든다. 시는 바람의 언어와 같은 어긋남으로, 독자를 개연성 없는 미래로 이끌고 갈 수도 있다. 시인이 쓴 문장보다 더 앞서 나갈 수 있다. 시인이 던져놓은 언어 위에 바람이 불기 때문이다.

> 가보라, 창녕 우포늪에는
> 사랑을 잃은 새들이 찾아와
> 그리운 이름을 부르며 내려앉는다
>
> 억년 비밀의 저수지로 찾아온 새들은
> 제각각 다른 상처를 부려놓고
> 세상을 다 잃은 듯 목청껏 운다
>
> 사랑이란, 저 늪과 같은 것
> 빠지면 나올 수 없음을 알면서도
> 기어이 전부를 내던지는 것이니
> 울어라, 아픈 만큼 사랑했다!
>
> ─박윤규, 「우포늪에서 그대 이름을 불렀다」 부분

언어는 감정의 테두리를 형성한다. 일상적인 산문이 아닌, 시의 언어는 설명할 수 없는 하나의 새로운 사건이 된다. 사건을 발생시킨다. 그 사건은 호명함으로써 극대화된다. 호명은 기존의 사물을 낯선 것으로 만들고, 세상을 다른 눈으로 바라보게 만든다. 그리고 자신 안에 뭉쳐있던 감정을 토해 내게 한다. 감정이 담긴 문장은 상상력을 다치게도 하고, 상상력을 극대화하기도 한다. 시인이 남긴 언어의 흔적 너머로 넘어가 본다. 우포늪으로, 우포늪에서 아름다운 대상을 재구성해 본다. 시인은 그것을 요청하고 있다. "가 보라" 명령하며, "제각각 다른 상처"를 끌어 안은 새와 새 아닌 것들 역시 이 공간 안에서 어우러진다. 물은 이 모든 것들을 녹이는 힘을 갖고 있다. 물의 물질적 상상력은 치유의 능력을 지닌 마법의 샘을 끌어올린다. 늪으로 빠져들어 충분히 깊이 가라앉아야, 다시 증발할 수 있다. 제로가 될 수 있다. 0에서 100이 될 수 있다. 그렇기에 충분히 울어야 한다. 이 과정을 거친 다음에 사물로서의 작품이 태어난다. 독자가 스스로 침묵을 발명하는 공간. 독자가 스스로 산문의 언어에서 시를 발견하는 순간. 낱말과 문장의 침묵 속에 의미를 깨우치는 공간이 발견된다. 그 자리에 시가 서 있다.

우리는 무언가 모으고 싶다

모이고 싶다

이미 떠난 것과 사람 이전의 이야기마저도

흩날리는 눈과 더불어 뭉치고 싶다

숟가락으로 사과를 갉아 아프고 어린 내 입에 넣어주던 외할머니

그 외할머니 손에 늘 들려 있던 판피린 두 병

겨울날 저녁이면

목숨의 가냘픈 흔적으로도 가보는 것이다

저 묵상의 빛깔

먼 길에서 돌아오다 문득 멈춘 사내의 빛깔

자신의 온몸을 애미 젖에다 내던진 강아지의 빛깔

겨울날의 저녁은 이러해서

일찍 집으로 돌아가고 싶은 것이다

—우대식, 「저녁의 빛깔」 부분

시를 읽는다는 것은 독자가 자유로운 꿈을 꾸는 일이다. 시인의 손을 떠난 작품은 전적으로 독자의 상상력 속에서 만들어진다. 시인은 독자에게 시가 건너가는 순간, 플랫폼을 만든다. 이 플랫폼은 심미적 거리를 확보할 수 있는 교두보이다. 심미적 거리를 형성하기 위해서는 산문적인 구체성이 필요하다. 일종의 신중성이다. 무작정 시의 감정으로 다그치면 안 된다. "숟가락으로 사과를 갉아" 주던 할머니는 저녁의 빛깔을 닮아있다. 그 할머니를 떠올리는 "겨울날의 저녁" "아프고 어린 내 입"에 치유의 사과를 넣어주던 할머가 떠오르는 저녁. 시인은 이렇게 그 구체적 진실을 산문적인 구체성으로 펼쳐낸다. 이 겨울날의 저녁에 우리는 왜 그리운 것들이 떠오르는가? 일찍 집에 들어가고 싶은가? 무엇인가를 모으고 싶은가? 질문을 던진다. 그냥 날이 어둡기 때문에 집으로 돌아가고 싶은 것이 아니기 때문이다. 감정에서 한 발짝 물러선 시인은 독자에 대한 예의를 지킨다. 상상력을 모으고 싶고, 모이고 싶은 저녁을 스스로 상상하게 만든다. 시는 그렇게 이야기 속에서 피어난다.

4.

시인은 기존의 가치 체계에 대해, 때로는 기존의 제도에 대해 문제를 제기한다. 이 세상을 다른 시각으로 바라보는 일은 끊임없이 질문하는 일이기 때문이다. 질문을 지속적으로 던지다 보면, 그 자신이 이 사회 시스템에서 멀어져 간다. 외인外人이 되어 자발적으로 이 세계에서 추방시킨다. 플라톤이 말했던 방식으로 시인이 추방되어야 할 존재가 아니라, 시인은 시를 쓰기 위해 자기 자신을 추방하는 자이다. 이런 측면에서 플라톤의 시인 추방설은 지극히 타당한 발언이 아닐 수 없다. 그럼에도 시인은 정체되기 쉽다. 그 자신이 이 사회 시스템에 길든 존재이기 때문이다. 이 지점에서 시인의 모순이 발견된다. 세상을 다르게 바라보려고 자기 자신을 원심력으로 멀리

한 권의 시서 제5부

던져보는 일을 하면 할수록, 구심력이 세지기 때문이다. 시인은 이러한 모순 앞에서 어떻게 대응할 것인가?

> 멀었다
>
> 아직
> 숨을 쉰다는 게 그렇다
> 어제저녁이 지나가고 그 사이로 기린이 뛰어가고
> 여전히 발뒤꿈치는 초승달을 밟고 있다면
> 엄지발가락이 더 밀어낼 것이 남아 있다면
>
> 아직도 멀었다
>
> 숨이 죽는다
> 채소들처럼
> 한 발만 더 뛰면 죽음이라면
> 정말 그렇다면
> 달리기는 그 지점부터 시작된다
>
> 살아있다는 말 따위는 믿을 수 없어야 한다
> 더는 달려나갈 게 없을 때
> 세상에 오직 나만 없을 때
> 다시 시작할 수 있다는 거짓말이 세상에 가득해질 때
>
> ─이승희, 「달리는 저녁」 부분

그것은 일상적인 걸음, 더 나아가 달리는 일에서 시작된다. 달린다는 것

은 무엇인가? 시인은 달린다. 달리는 출발점은 의외로 '죽음'이다. 낭떠러지다. 책상 끝이다. 아침의 달리기도 아니고 새벽의 달리기도 아니다. 달리는 두 발 사이에 절망이 담겨 있다. 자기 자신을 가장 극단적으로 몰고 난 뒤, 더 갈 수 없는 지점, 그 지점에서 다시 시작되는 달리기이다. 아무것도 바랄 것 없는, 더 이상 욕망할 것 없는, 무無의 지점, 100이 아닌 0의 지점. 아무도 자신을 주목하지 않는 어두운 저녁에, 시인은 달린다.

그 달리기 사이에 "어제저녁"이 지나가고 "기린"이 뛰어간다. 환상적인 진술이 이어진다. 뒤꿈치는 "초승달"을 밟고, 엄지발가락은 자꾸 무엇인가를 밀어낸다. 왼발과 오른발 사이 숲이 있고, 계절이 있고, 달이 있고, 풀이 자라고, 열매가 맺힌다. 느리게 걷는 산책이 아니라, 운동을 위한 걸음이 아니라, 자기 몸 안에 누적된 찌꺼기를 덜어내고, 시인 자신을 변화시키기 위해서는 달리기를 해야 한다. 이것은 단순히 명상을 위한 느긋한 걸음이 아니다. 시인은 현재에 안주하지 않으려 한다. 그런 의미에서 "멀었다"고 발화한다. 달리면서도 속으로 되뇐다. "아직도 멀었다"고. 채소처럼 숨이 죽을 찰나, 모든 것을 부정한다. 살아있다는 사실 자체도 거부된다. 그의 발끝에 모든 것들이 부정된다. 부정되는 그 지점에서 다시 출발한다. 시인의 의지가 담긴 달리기는 "나" 자신을 지워나가는 일이다. "나"를 없애고, "나"를 해체하고, "나"를 날려 버린다. "나 없이 서서" 그 어떤 배경도 학위도 경력도 지워내어, 온전히 맨몸의 자신이 되고자 한다. 순수한 제로가 되고자 한다. 100, 그 이상으로 110, 120, 200으로 뛰어넘어 가기 위해 증폭했다가 온전히 0의 숨결로 되돌아오는 일. 이것이 시인의 달리기이다. "더는 달려나갈" 수 없을 지점까지 달린다. 시인의 한계를 넘어서는 달리기인 셈이다. 흔히, 누구나 하는 말처럼, 손쉬운 힐링이나 치유처럼, 다시 시작하면 되지, 그런 말이 갖는 허허로움을 탈피하고자 한다. 다시 새로운 언어를 얻기 위한 몸부림인 셈이다. 이런 과정을 거친 시인의 언어가 가닿는 곳은 어디인가? 시인은 무엇이 되고자 하는가?

너덜너덜 인심 쓰듯 던져주는 것들
묵묵히 받으며 군소리 하나 없다

사람―새끼 개―새끼 시도 때도 없는 세례에
등 마를 날 없는

저기, 굽은 등 웅크린 성자
쓰레기통 앉아있다

―정경해, 「성자聖者」 부분

시인은 가장 낮은 자리에 있다. 시인의 원고료는 턱없이 낮다. 무료로 글을 싣는 경우도 있다. 그 모든 것을 감안하고 시인은 시를 발표한다. 산문이 아닌, 보고서가 아닌, 리포트가 아닌, 사업 계획서가 아닌 시를 쓴다. 시인은 노동자가 아니다. 노동자로서 대우도 받지 못한다. 4대 보험을 보장받는 직업이 아니다. 휴가를 제공받지 못한다. 그 누구에게 쉬라는 말조차 듣지 못한다. 시인의 노동은 그 무엇으로 보상받아야 하나? 시인의 노동은 평가받기 어렵다. 이 나라에 시인은 너무 많다. 명동에서 돌을 던지면 시인의 머리에 맞을 거라는 말이 있을 정도로, 시인이 많다. 그 많은 시인은 어떻게 살아가나? 무엇을 먹고 살아가나? 시인이라는 이름을 상표처럼 달고, 부귀와 영화를 누리고 사나? 그런 사람이 있나? 시인이라는 직위로 권위를 남발하는 사람들이 있을 수 있다. 시인이 무슨 벼슬이 되는 것처럼, 권력을 부리고, 사람을 헐뜯고 모함하고, 시라는 언어의 순수함을 잊고, 사람을 다치게 하는 도구로 삼기도 한다. 시가 언제 권력인 적이 있던가? 우리는 시라는 낱말 안에 뻥튀기하는 개념과 허상과 거짓을 너무 많이 안고 살고 있는지 모른다. 그럼에도 밥 한 그릇 되지 않는 시 한 편에 목숨을 거는 사람이 있다. 시의 순수성을 걸고, 전위에 서서, 24시 카페에서 매일 시 작업을 하는 눈에 보이지 않는 성자聖者들이 있다. 그들이야말로 쓰레기 옆에 앉아있는 "웅크린 성자"이다.

성자를 찾아내는 눈을 가진 이들, 쓰레기통에 앉아있거나, "사람—새끼 개—새끼 시도 때도 없는 세례"를 받아도, 군소리 없이 글을 쓰는 이. 이들이 진정한 시인이라 말할 수 있을 것이다.

산은
상쾌한 바람과
짙은 송진내와
비릿한 숲 향기와
풍풍 솟는 샘물과
젖빛 안개 노니는 새벽이 있어야 산이다.

산은
그림에 담고 싶을 때
퍼런 기운이 서려있을 때
마냥 오르고 싶어야 산이다.

…(중략)…

병 걸린 가죽 위의 고름집 같은
굶주린 묘지들로 뒤덮이고
샘마저 바위틈에 숨어버린,

한때 너무 좋아 사랑했던
고향의 뒷동산, 꿈동산이

지금은

털 뽑힌 짐승마냥 숨겨 있다.

—도명학, 「민둥산」 부분

　마지막으로 특별한 시인을 소개하고자 한다. 도명학 시인이다. 그는 탈북 시인이다. 그의 시는 단순하다. 그의 시는 명확하다. 그의 시는 어렵지 않다. 그의 시는 명쾌하다. 도명학 시인을 만난 적이 있다. 그는 북한에서 시를 썼다고 한다. 우리나라에서 훌륭한 시인으로 칭송되는 백석 시인을 만난 적이 있다고 한다. 북한에서 백석 시인을 만났을 때, 그가 그리 유명한 시인인 줄 몰랐다고 한다. 아주 평범한 농사꾼으로 보였다고 한다. 도명학 시인을 만나서, 백석 시인이 어떠했냐고 물어보았다. 도명학 시인의 탈북 과정을 물어보기보다 백석 시인과의 만남이 더 궁금했다. 도명학 시인은 우리나라 시인의 시를 이해하기 어렵다고 했다. 이 시인의 독특한 경험 때문에 시인은 소설을 쓰기 시작했다. 그의 경험 자체가 독특하기에 소설가이자 시인이 되었다. 그가 바라본 지점을 보자. 그 지점을 보기 위해 그의 산문을 먼저 읽게 된다.

　「민둥산을 만드는 12단계」가 그것이다. 오히려 이 산문이 시 「민둥산」보다 더 좋은 시로 읽힌다. 사르트르는 말한다. "묘사는 오직 자유로운 인간이 그런 세계 앞에서 자신의 자유를 느끼도록 하기 위한 것이다"(89쪽). 더 자유로운 발성과 톤으로 우리에게 북한의 실정을 이야기해 주는 이 글이 더욱 시적이다. 미적 쾌감이 발생한다. 산문을 쓰면서 발생했던 그 어떤 자유의 지점이 오히려, 이 산문을 시로 만들어 놓았다. 산문의 폐허 위에서 시가 꽃핀다.

　1단계— 국가에서 채벌을 허락한 나무만 땔나무로 베었습니다.

2단계— 뇌물과 인맥으로 산림보호원(산림경찰)을 끼고 해먹는 단계, 권한을 남용하는 산림보호원이 딱따구리망치에 새겨진 "검"자 도장만 찍어주면 그 나무는 베도 되죠.

3단계— 도벌 단계(몰래 벌목하는 단계)입니다. 급한 마음에 자르다보니 나무 밑둥을 많이 남겨 놓습니다.

4단계— 야심한 밤에 트럭을 타고 산으로, 차가 갈 수 있는 곳까지 들어가 일정한 면적 완전 초토화 단계. 만약 산림보호원이 나타나도 뇌물이면 만사형통입니다.

5단계— 점점 더 대담해진 사람들이 가까운 산에도 손을 대는데 주로 밤에 활동합니다.

6단계— 노골적인 단계. 산림보호원이 단속하면 날 잡아가라 한답니다. 심지어 산림보호원을 제압해 나무에 묶어놓고 나무만 끌고 가요.

7단계— 산에 나무가 전혀 없습니다. 이전에 베고 남은 나무 밑둥이라도 가져갑니다.

8단계— 나무 밑둥도 없어 뿌리를 캐는 단계. 나무를 베자면 손수레, 썰매를 끌고 아주 먼 곳에서 나무를 해옵니다. 한 번 갔다 오는데 2~3일 걸릴 정도입니다.

9단계— 이젠 나무뿌리도 없어요. 풀을 뜯어다 말려 불을 땝니다. 그래도 군부대 위수 구역엔 나무가 있어요. 하지만 몰래 들어갔다 잡히면 도끼와 도시락까지 빼앗깁니다.

10단계— 나무뿌리마저 없으니 거기를 개간해 감자, 옥수수, 콩을 심어야죠. 그러면 야금야금 "내 땅"으로 자리 잡습니다. 국가 소유인 산을 개간해선 제 것처럼 팔기도 한답니다.

11단계— 이제는 간 큰 도둑이 가로수를 자릅니다. 김씨 일가 우상화 시설 나무까지 넘봅니다.

12단계— 식목일을 계기로 군중적 운동으로 나무를 심습니다. 그러나 대개 죽습니다. 저절로도 죽지만 "땅 주인"들이 일부러 죽입니다. 자기 밭이 없어지니까.

13단계— 아주 심각한 단계. 남한에서 북한에 나무 심으러 가요. 근데 북한 주민들이 그걸 싫어해요. "우리가 나무 심을 줄 몰라 민둥산이 됐나. 어디 기껏 심어봐. 나무가 살아남나 보자." 주민들은 나무모를 밟아놓고 물어뜯으라고 산에 염소를 파견해요. 염소란 놈은 싹이 파랗게 돋은 나무모 꼭대기를 앞니로 꼭 물고 턱을 탁 올려채기 좋아하죠. 이때 나무모가 쑥 빠져나오거나 끊어집니다. 온종일 산판을 그러고 다닙니다. 그렇게 2년만 지나면 산은 여전히 민둥산으로, 개인 밭으로 남습니다. 휴전선 너머가 이렇게 기이한 세상이랍니다.

—도명학, 「민둥산을 만드는 12단계」 부분

시에도 자유가 필요하다고 생각한다. 시라는 틀을 벗어나는, 시적인 것이 아닌 글쓰기를 시도하는 힘 말이다. 소설을 쓰듯 시를 쓰는 일. 그곳에 자유가 달려올 것이다. 자유란 항상 머물지 않는다. 자유란 새로운 자리에, 민둥산의 자리에, 더 달릴 수 없는 지점에서, 새롭게 만들어지는 행위이다. 정치적이건 글쓰기에서건, 마찬가지이리라. 산문의 폐허에서 시를 건져 올리는 일은 매일매일 새롭게 경신해야 할 일이다.

산문 위에서 피어나는 시. 그 산문의 정신을 끌어오려고 했던 김수영 시인을 떠올려본다. 왜 김수영은 산문을 적극적으로 끌어들였던가? 그것은 이 세상이 어떤 은유의 세계에 갇힌 것이 아니라 생각했기 때문일 것이다. 한 세계를 깨뜨리는 작업, 환유적 글쓰기를 통해 일상적인 그 무엇을 발견해 나가는 작업을 한 것이다. 이것이 현대성이고, 이것이 현대의 방향이었다. 시인은 사실, 산문을 지속해서 써야 한다. 산문을 쓰면서 자신의 문체를 만들고, 산문을 쓰면서 시의 호흡에 변화를 주고, 산문을 쓰면서 시의 극적인 순간을 획득할 수 있을 것이다. 시인이여, 산문을 쓰자. 매일매일 일기를 쓰자. 소설까지는 아니어도, 소설이 가닿을 수 없는 곳으로, 시가 아닌 곳으로 그 어떤 영역을 개척해 보자. 탈주해 보자. 새로운 영토를 만들어, 그것을 시라고 우기고 주장해 보자. 새로운 글쓰기는 산문 쓰기에서 나올 것이다. 나는 그렇게 믿는다.

돌 앞에서 무릎을 꿇다

1. 돌, 움직이는

돌이라는 낱말을 바깥으로 뱉어낼 때의 어감을 좋아한다. '돌'이라 말할 때, 입술은 동그랗게 모아지고, 혀끝은 가볍게 입천장을 두드린다. '돌, 돌, 돌……'을 반복하다 보면, 혀끝은 입안에 작은 구슬을 만들어, 입천장을 두드리는 방울이 된다. 소리가 들릴 것 같다. 크리스마스트리의 작은 은종이 흔들리는 소리, 개울물 흐르는 소리, 강아지의 턱을 귀여운 손동작으로 간질이며 내는 소리. 목뼈를 뒤로 젖힐 때 들려오는 소리, 'ㄷ'은 책상을 탁, 하고 내려치며, 너와 내가 다름을 확인한다. 닿다, 다르다, 도달하다, 'ㄷ'은 물질성이 닿는 부분에서 소리가 발생한다. 'ㄷ'은 더 가까이 닿으려고 하고, 'ㄷ'은 사물을 건드리고, 'ㄷ'은 땅에 내려앉고 정착하려 한다. 그러한 초성 'ㄷ'에 양성모음 'ㅗ'가 붙고 종성 'ㄹ'이 붙었다. 'ㄹ'은 구른다. 'ㄹ'은 떠다닌다. 'ㄹ'은 놀러 다닌다. 'ㄹ'은 날아다닌다. 'ㄹ'은 하늘과 땅을 이어주는 에너지를 가지고 있는 소리이다. 혀끝을 가장 활발하게 작동시키는 소리이고, 음양오행에서 화火에 해당하는 소리이다. 'ㄹ'은 연동하고 움직인다. 더불어 대상을 부드럽게 녹인다. 흐른다. 하늘에서 불어오는 바람이 지상에 닿았다가, 하늘로 올라가는 형상을 하고 있다. "랄, 랄, 랄, 라~"를 반복해 보시라. 저절로 어깨춤이 추어지고, 저절로 노래가 부르고 싶어지는 걸.

그렇기에 돌은 움직인다. 사물에 닿고 정지하게 만드는 속성을 가진 'ㄷ'을 움직이게 한다. 'ㄹ' 덕분에 돌은 자유롭다. 구르는 돌은 이끼가 끼지 않는다. 돌은 작동하고 움직이고 사유한다. 돌 안의 시간이 더디게 갈 뿐이다. 돌은 사유하고, 행동한다. 자기 자신이 깨질지라도, 멈추지 않고 전진한다. 돌은 깨진다. 깨지는 것을 두려워하지 않는다. 그렇기에 바보다. 바보스럽다. 바보임을 앎에도 바보 노릇을 벗어나지 못한다. 더디게 깨어나기, 눈치 볼 줄 모르기에, 앞뒤 계산이 없기에, 오롯이 자신이 믿는 바를 향하여 한 걸음 나아가기에, 뒤늦게 배신당한다. 뒤늦게 자기 발목을 자른다. 뒤늦게 눈물 흘린다. 고함치지 못한다. 돌은 소리 지르지 못한다. 돌은 남몰래 숨어 울 뿐이다. 억울해도, 하소연할 데가 없다. 억울해도 돌 안에서 울어야 한다. 돌에 물기가 어린다. 돌에 어린 물기는 이끼를 담는다. 이끼는 미끄러지고, 이끼는 슬프고 작게 엎드린다. 돌은 마른 햇볕으로 몸을 비튼다. 이끼마저 괴롭다고, 마른 이끼를 밀어버린다. 돌은 외롭다. 돌은 버려진다. 돌은 상처받는다. 돌은 어느 누군가의 발길에 차여 낭떠러지로 떨어진다. 산산조각 난다.

조각난 돌멩이, 조각난 돌. 다시 돌은 멈춘다. 아마도 여전히 늘 거기에 있었던 돌이라 여길 것이다. 돌은 먼 길을 돌아왔다. 태초에 양성적인 속성을 가지고 있던 돌은 그 옆에 나무를 키웠다. 남자이기도 하고, 여자이기도 한 돌(바위)은 그때그때 주변의 상황에 따라 자신의 몸을 바꾼다. 돌은 기꺼이 아이를 낳는다. 나무를 낳는다. 나무를 품는다. 나무를 기른다. 돌 옆의 나무. 잠시 양성성을 내려놓고, 여자가 된 돌. 돌의 여성성은 따스함으로 풀어진다. 돌의 여성성은 물을 머금은 매끄러움으로 나타난다. 때로는 용암을 간직한 현무의 숭숭 뚫린 구멍을 품고 있다. 돌은 가볍다. 현실의 돌, 그것이 무겁다는 것은 착각이다. 돌은 상대적이다. 돌은 판단하지 않는다. 돌은 직관에 따라 행동하고, 받아들이고 받아들인다. 돌은 여자가 되고 싶어 하지 않는다. 온전한 하나의 개체가 되고 싶을 뿐. 사건을 받아들이지 않는다. 돌은 돌을 튕겨낸다. 돌은 돌을 깨뜨린다. 기꺼이 깨질 수 있는 존재. 돌은 그 자신을 깨뜨리기 위해 길을 떠난다. 돌은 그 자신의 이상을 위해 길을 떠난다. 돌의 길은 수동적이라, 돌의 시간은 천년을 두고 천천히 완성되는 호흡이라, 타자의 눈에 띄지 않는다. 돌은 거북이보다 느리게 걷는다. 돌은 속으로 아파하며, 구른다. 티 내지 않고, 누군가에게 기대지 않고, 혼자 걷는다.

여기에 숱한 시인들의 돌이 있다. 숱한 사람들이 생각하는 돌이 있다. 그 돌들은 각기 다른 상황 속에서 다르게 작동된다. 누군가에게는 치유의 돌이고, 누군가에게는 철학자의 돌이고, 누군가에게는 폭식의 대상이고, 누군가에게는 집이 된다. 누군가에게는 가상공간의 환상적인 돌이 된다. 필자는 돌을 유독 사랑한다. 돌만 보면 가슴이 아프다. 돌만 보면, 가서 만지고 싶다. 어느 장소에 가면, 나를 닮은 돌을 찾는다. 바위가 있다면, 너럭바위에서 남몰래 누워보기도 한다. 등으로 돌과 이야기를 나눈다. 햇살 받은 돌. 온기 있는 돌에 어깨의 긴장을 풀고 누워보는 일. 경주 어느 폐사지에서, 나를 끌어당기는 바위를 만나, 그 바위 위에서 잠시 기대어보았던 일을 잊을 수 없다. 돌이 말을 건네주었다. 돌이 사랑해 주었다. 돌이 지친 등짝을 어루만져 주었다. 돌이 돌에게 말 없는 말을 건네며, 슬픈 등을 어루만져 준다. 돌은 말이 없어서, 돌은 침묵의 공간을 만들어 주어서, 여자는 돌 속에 파고든다.

돌에 기대어 보는 일. 돌 속으로 들어간 나는 하나의 여린 알이 된다. 알은 그 속에서 생명을 품는다. 알은 부화하기 위해 기다린다. 오. 래. 오. 래. 오랫. 동안. 숨어서 생각한다. 나는 누구인가. 앞으로 어떻게 살아야 하는가. 질문을 던진다. 꿈을 던진다. 꿈을 꾸는 돌. 꿈을 품은 알. 알은 다시 생각한다. 언제 깨어 나가야 할 것인가. 어느 순간에 깨뜨려야 하는가. 누군가를 기다린다. 알을 깨뜨릴 그대를 기다린다. 줄탁동시. 안에서 열심히 부화를 준비하는 알. 안에서 작동하는 알. 잠시 구르기를 멈추는 알. 알은 깨질 각오를 한다. 제 몸을 부서뜨려, 새롭고 낯선 세상을 맞이할 준비를 한다. 알 속에서 잠들어 있던 나는 예전의 굳어있던 돌이 아니다. 기존의 사고방식에 길든 내가 아니다. 돌 안의 알. 돌 속의 양성자. 돌 속의 여인. 돌 속의 울음. 돌 속의 새끼. 돌은 움직인다. 돌은 돌을 깨고 일어선다.

돌이 깨지자, 그 안에서 역사가 펼쳐진다. 수천 년 지구의 역사가 발견된다. 부름켜처럼 쌓인 그곳에 공룡의 화석이 있고, 육지에서 채취한 돌 입자에서 바다의 향기가 넘쳐 난다. 돌은 다변적이다. 돌은 오랫동안 사유한 결과를 뒤늦게 고백한다. 왜 세상이 이러하냐고. 질문을 던진다. 이 세상을 어떻게 바꾸어야 하냐고 묻는다. 여러분들은 돌 앞에서 어떤 대답을 할 것인가. 배반과 배신이 난무하는 인간 세계의 오합지졸 앞에서 돌은 눈물 흘린다. 묵묵히 숨어 견뎌야 했던 돌은 입을 다문다.

집으로 어떻게 돌아갈 것인가. 돌이 묻는다. 돌은 어느 누군가에게 귀환석이 된다. 때로는 영혼석이 된다. 영혼을 담기 위해서, 영혼이 담길 자리를 비워낸다. 영혼이 담긴 돌은 반짝인다. 영성이 담긴 돌은 은근히 흔들린다. 은근히 소리 낸다. 살아있으라고. 견디라고. 돌은 마법과 신비한 힘을 가진 존재로 등극하기도 한다. 사람들은 돌 앞에서 기도하고, 돌 제단 위에 음식을 올려놓는다. 음식이 썩는다. 생명이 썩는다. 썩어 문드러진다. 곰팡이가 생기고 벌레가 우글거린다. 돌 위의 벌레들. 들판 위의 세균들. 돌은 세균을 껴안는다. 돌은 비를 맞는다. 돌이 씻겨진다. 깨끗한 돌, 물속의 돌. 물속의 보석. 보물로 보이는 돌. 돌은 물 안에서 영롱하게 흔들린다. 흔들리는 돌. 다시 사유하는 돌. 여기 돌의 나라가 있다. 짐바브웨는 '거대한 돌의 집'이라는 뜻을 가졌다.

2. 돌, 생의 범위를 좁혀 가는

침묵에 익숙하지 않은 속기사와 "세상의 모든 아버지는 결함이 있는 법이므로 양해 바랍니다."라고 적힌 사전 편찬 과정을 번역하고 있는 번역가와 사전의 정의를 쇼나어로 '돌의 집'이라는 뜻의 짐바브웨로 명명하는 것은 어떤지 골몰하는 편찬자가 원탁에 가족처럼 둘러 앉아 있습니다.

속기사는 본질을 고민할 필요가 없으므로 사전을 사진이라고 오타 내는 일이 없도록 주의하기만 하면 됩니다. 번역가는 사냥개처럼 편찬자의 의도에 따라 번역하기만 하면 됩니다. 편찬자는 편찬자로서의 주의 사항을 숙지해야 합니다. 약속 시간을 어기지 않는 방식으로 단어를 명명할 것. 진정성보다는 진리에 가깝게 단어를 명명할 것. 선량하지는 않지만 모난 곳이 없도록 단어를 명명할 것. 훈계는 아니지만 설명하듯 단어를 명명할 것.

변성기가 온 단어는 어떻게 처리해야 됩니까? 편찬자는 고민 중입니다. 고민은 진공펌프 같습니다. 그 사이 속기사는 샌드페이퍼를 치듯 속기합니다. 사전 : 짐바브웨. 번역가는 사전 : 짐바브웨와 사전 : 돌의 집 중에서 적합한 것을 고민 중입니다. 짐바브웨는 '성스러운 집'이라는 뜻도 내포하고 있기 때문입니다. 그럴 땐 편향된 것을 경계하라는 편찬자의 조언은 소용없습니다. 36년째 장기 집권 중인 무가베 대통령에 반발하여 '아랍의 봄' 형식의 시위를 벌이고 있는 짐바브웨의 현재 상황을 고려해보는 것 역시 도움이 되지 않습니다. 그 사이 속기사는 설명을 실명으로 오타 낸 것을 정정하고 있습니다.

아직도 사전을 번역하지 못한 번역자는 자신이 15분이나 지연된 긴급
재난문자 같다는 생각이 듭니다. 속기사는 고민 중인 번역가와 편찬
자를 방청객이 된 것처럼 바라보다가 문득 아벨리노중후군으로 인해
실명 직전의 상태로 평생을 살아온 어머니가 생각났습니다. 편찬자는
고민 끝에 고민의 시작으로 돌아가서 검시 보고서에서 잘못된 부분을
발견해야 하는 검시조사관처럼 사전 편찬 과정을 검토합니다.

생은 설탕으로 만든 도마이고 그 위에 칼로 만든 기다림이 놓여 있습
니다. 밤의 범위를 좁혀 나가다보면 아침이 되듯 생의 범위를 좁혀 나
가다보면 그 무엇이 있을 것입니다. 그 무엇에 대해 알아가기 위해서
생의 범위를 좁혀 나간다고 생각해도 될 것 같습니다. 사전을 만드는
작업 역시 이와 같습니다.

　　　　　　　　　　　　　　　　　　　　　—권민자, 「사전의 사전」 전문

　다양한 직업을 가진 사람이 등장한다. 이들은 사전 편찬 작업을 하는 중
이다. 속기사와 번역가와 편찬자가 가족처럼 원탁에 둘러앉아 있다. 그들
은 작업에 충실하기 위해, 타인의 작업에 신경 쓰지 않는다. 속기사는 오타
를 내지 않기 위해 노력한다. 번역가는 원래 의도를 훼손하지 않으려고 애
쓴다. 편찬자는 사전 편찬자로서의 주의 사항에 민감하다. 그러나 그들은
조금씩 실수한다. 속기사는 '설명'을 '실명'으로 적는다. 번역자는 다른 말로
대체할 단어를 고르다가 시간이 자꾸 지연된다. 자신이 '긴급재난문자'를 15
분이나 늦게 받는 처지와 같다고 여긴다. 편찬자는 검시조사관처럼, 다시
처음으로 돌아가는 행위를 하고, 그 어떤 결론을 내리지 못한다.
　이 와중에 단어가 공중에 떠있다. 그 누구의 결정권을 따르지 못하고,
그 누구의 결단을 내리지 못하는 단어는 어떻게 해석되어야 할 것인가. 기
로에 서 있는 세 사람은 오타와 번역과 해석 사이에서 기다린다. 기다림은
세 사람의 실수를 줄이고, 그 뜻이 하나로 모이고, 그 해석의 골이 좁아지

길 원한다. 뜸 들이기. 밥이 잘 되려면, 기다려야 한다. 뜸은 곧 성숙의 과정이다. 시간의 더딤이다. 더딤을 견디는 일. 더딤을 더딤이라 여기지 않고, 당연한 과정으로 여기는 일. 이 작업이 바로 사전을 제작하는 일이리라. 사전 안에는 또 다른 사전들이 담겨 있다. 시니피앙으로 향하기 위해서는, 또 다른 사전의 시니피에와 시니피앙의 해석을 거친 낱말들을 점유하고, 그 해석이 이루어지기까지의 통증을 견뎌내야 한다. 통증을 견뎌낸 단어는 천천히 링크된다. 느리게 연결된다. 단어는 또 다른 단어 위에 정립된다. 단어는 또 다른 해석 위에 서성거린다. 이 모든 과정에 시간이 필요하다. 두드림의 과정이다.

이에 시인은 말한다. "생은 설탕으로 만든 도마이고 그 위에 칼로 만든 기다림이 놓여 있습니다"라고. 결국 산다는 것은 '범위를 좁혀' 나가는 일에 다름 아니다. 이 이치는 짐바브웨의 유명한 미술 양식인 "소냐 조각"의 작업 방식과도 같다. 예술가가 미리 짜놓은 디자인과 설계도에 따라 작품이 완성되는 것을 역전시키는 예술 방식이다. 이것은 계획과 의도에 따라 탄생하는 예술의 영역이 아니다. 그 무엇을 의도하고 악보를 만들어 연주하겠는가. 다만 돌의 형태와 무늬를 오랫동안 바라본다. 오래 바라볼수록, 뜸을 들이며 지켜볼수록, 돌이 살아 움직인다. 형태가 꿈틀거린다. 돌이 원하는 형태가 스스로 일어설 때까지 예술가는 기다린다. 기다림의 결과물에 따라, 돌이 원하는 방식으로 조각이 시작된다. 정을 들이대고, 결을 따라간다. 아프리카의 짐바브웨 사람들은 그 이치를 알고 있다. 그대가 먼저 말을 걸 때까지 기다리고 침묵하고 연마하는 과정을 삶의 지혜로 알고 있다. 그렇기에 짐바브웨의 사람들은 '거대한 돌의 집'에 살 자격을 부여받는다. 돌의 집에서는 돌이 원하는 방식의 생활을 영위해 나간다. 사랑하고 먹고, 배설하고, 투쟁한다. 그리고 고요히 해 지는 노을을 바라본다. 붉은 노을을 바라보며, 돌에 기대어본다. 그 돌의 집에서 잠이 든다. 돌의 영혼과 만나며 꿈을 꾼다. 그렇기에 돌의 사람이 되어, 그들은 매일매일 자연스러운 시를 쓴다. 천천히 돌의 시를 쓴다. 돌의 시는 "생의 범위"를 좁혀 가며, 느긋하게, 사유하며 자신들의 언어를 만들어간다. 짐바브웨의 사전이 만들어지는 방식이다.

권민자 시인은 사전의 사전 속에 산다. 부끄럽고도 치밀하게, 뜸을 들이며, 반성하고 또 반성한다. 반성적 사유 속에 자신을 숨기는 일. 자신의 부끄러운 죄를 고백하는 일. 그 죄를 들여다보며, 인간으로서 부끄럽지 않게 서는 일. 그 과정을 견디며 사전 속으로 기꺼이 걸어 들어간다. 그 과정에 속기사와 번역가와 편찬자는 가족처럼 둘러앉아, 속닥거린다. 자신들의 소임을 마친다.

3. 돌, 반성과 치유의

우연이든 필연이든

길을 가다가 피해갈 수 없는 돌을 만날 때가 있다

돌의 눈빛이

쓰러진 핏방울 같아서

가슴 속으로 파고 들어와

가야 할 모든 길들을 붉게 물들일 때가 있다

이러지도 저러지도 못해서

가슴에 끌어안고

물에 빠져 죽기에 딱 좋은 돌이라는 판단이 서게 되면

목마를 태우거나 들쳐 업기도 하면서

어깨에 묶어 짊어지기도 하다가

마침내 뜨겁게 가슴에 끌어안고

두 길이나 세 길 정도 깊이의 물속으로 뛰어들게 된다

그때 돌은 불현듯 빵처럼 부풀어 올라

아무 일도 없었다는 듯이

동그랗게 눈을 마주친다

물속에서 숨을 멈추고

빵처럼 부푼 돌을 더욱더 뜨겁게 가슴에 끌어안고

가라앉기도 하고 물살을 타기도 하다가

이끼를 잔뜩 뒤집어쓰고 역류에 휩쓸릴 때가 되면

돌은 가슴 속으로 들어와 자리를 잡고

속을 비우며 풍선이 된다

가슴이 된 풍선이 물에서 솟구쳐 오르는 것이다

　　　　　　　　　　　　—김명철, 「하늘로 오르는 돌」 전문

　돌은 누구나의 가슴에 있다. 돌은 바깥에도 있고, 안에도 있다. 몸에 든 돌은 자신이 돌이라는 사실을 숨긴다. 그러나 가끔 체증이 생긴다. 울화가 터진다. 마음 안에 터질 듯한 상념과 번민이 발생했을 때, 바깥의 돌이 반짝, 눈을 뜬다. 시적 주체는 그제야 돌을 느낀다. "돌의 눈빛"을 발견하는 것이다. 사람과 돌의 인연이 시작된다. 바깥에 놓여 있는 돌이 스스로 말을 걸어온다. 돌은 스스로 빛을 내지만, 그것을 알아봐 주는 이가 드물었다. 그러나 상처 입는 주체는 돌의 빛을 알아본다. 그 빛에서 "핏방울"을 본다. 그 붉은 피는 바깥에서 안으로 들어온다. 가슴 속으로 파고 들어와 세상의 모든 사물을 물들인다. 왜 이다지도 시리고 아팠는가. 왜 이다지도 인간은 죄를 짓고 살아야 하는가. 왜 이다지도 이 세상은 평화롭게 굴러가지 않는가. 왜 이 세상은 배신하고 배반을 하는가. 돌은 상처 입은 돌기를 거칠게 드러낸다. 거친 돌멩이는 다시 버려질 가능성에 놓여 있다. 인간은 쉽게 판단을 내린다. 그리고 돌을 버린다. 시야에서 벗어나면, 그 죄의 상황에서 벗어날 수 있다고 체념해 버리니까. "물에 빠져 죽기에 딱 좋은 돌".

그러나 시인은 한 단계 더 나아간다. 상처 난 돌을 던져버렸지만, 마음속에선 버리지 못한 게다.

뒤를 본다. 돌이 버려진 장소에 간다. 물속으로 뛰어든다. 인간이 작동시킨 죄의 현장으로 돌아간다. 파문의 현장에 다시 선다. 부끄러운 일이다. 하지만 용기를 가진 선택이다. 물에 빠진 돌을 찾아, 물속으로 투신한 주체는 돌의 눈을 본다. 돌의 눈은 오히려, 인간을 바라본다. "돌은 불현듯 빵처럼 부풀어 올라 아무 일도 없었다는 듯이" 멈춰 있다. 돌의 침묵에 시적 주체는 도리어 당황한다. 돌의 너그러움에 주체는 정지된다. 왜 그럴까. 돌은 함부로 말하지 않기 때문이다. 돌은 쉽게 네 탓이라고 떠넘기지 않기 때문이다. 돌은 자신의 고통을 온전히 자신의 선택으로 떠안고 책임진다. 돌의 동그란 눈과 마주치면, 여러분들은 어떤 행동을 취할 것 같은가? 시인은 그 돌을 가슴에 품는다. "더욱더 뜨겁게 가슴에 끌어안고" 물살을 탄다. 어디로 떠내려갈지 알지 못하면서, 돌이 흐르는 대로 몸을 맡긴다. 인간이 우위에 서 있던 지난날의 과거를 후회하고 반성하면서, 아마도 시적 주체는 돌의 뜻에 따라, 돌에게 몸을 맡겼을 게다. 자신의 상처, 떼어버리고 싶은 과거와 잘못들이 물속에 녹아든다. 스스로 침몰하며, 인간은 정화된다(과연 그럴 수 있을까, 잘 모르겠다. 하지만 그럴 수 있다고 믿는다. 아니, 믿고 싶다. 반성하는 자, 반성하고 또 생각하고 사유하는 사람들은 기꺼이 돌에게 몸을 의탁하는 지혜를 얻는다).

자신의 가장 어두운 과거에서 어느 순간, 황금 눈물이 흐른다. 짙은 그림자에서 흐르는 눈물은 정화의 기능을 갖는다. 이때 돌은 "밥이 되고 빵"이 된다. 돌과 함께 흐르면서, 돌이 돌을 씻겨 낸다. 동종요법과 같다. 상처는 상처로 어루만져진다. 아픔은 아픔으로 치유된다. 그것은 스스로 몸을 던진 자만이 얻을 수 있는 깨달음의 과정이다. 물속에 뛰어든 인간은 물속의 돌을 꺼낸다. 그 돌은 신기하게도 무게가 느껴지지 않는다. 그 돌은 풍선처럼 가볍다. 돌이 씻겨 낸 돌은 마술처럼 소리를 낸다. 자신의 무게를 덜어내는 소리. 지나간 상처를 덜어내는 소리. 다시 시작해 보라고 용기를 주는 소리. 점점 더 가벼워지는 소리. 급기야 돌은 하늘로 오를 힘을 갖는다. 마법처럼 떠오른다. 가벼워진 풍선은 물에서 솟아난다. 시인의 가슴도 부풀어 오른다. 물속으로 깊고 무겁게 하강했기에, 수직 상승할 수 있는 게다. 김명철 시인은 돌이 저 스스로 돌을 비워내는 소리를 들었던 게다. 그 누구도 들을 수 없었던 소리를 들었던 게다.

4. 돌, 시원으로 회귀하는

목포시 평화광장 끝자락
구부러진 역사가 오버랩 되듯
담수와 해수가 섞이는 영산강 하구
마치 삿갓을 쓴 듯 나란히 서 있는

갓바위 밀물과 썰물의 교차로에서 가늘게 숨 고르고 있다

오랜 슬픔과 시대 아픔이 뭉쳐서 솟아오른 영겁의 침묵, 덩어리
풍화와 해식으로 버무려진 상처, 풍화혈風化穴
하당신도시의 전생은 울음의 바다였고 갈대밭이었다지

바람의 눈물과 눈보라의 쓸쓸함을 한 조각씩 조심스럽게 뱉어내며
별의 고백을 한 모금씩 삼키며 오가는 눈빛을 닦아낸다 갓바위, 견
딜 수 없어

때로는 펄럭이듯 너는 조금씩 변하려 한다

풍랑과 해일의 고독 속에
야위어가며 그로테스크화 되어가고
인륜이 변하는 시대가 필연이라는 듯

팔공산 자락에
큰 돌을 깎아 조각했다는 신라인
아니, 그 허리 아래 봉우리 줄기까지

지극으로 기도하면 원하는 소원 하나 정도는 들어준다는 갓바위
한 발자국 오를 때마다 번뇌 하나 툭,
떨어졌고
영겁의 시간을 지나고서야
봉우리를 바라보는 부처 자리에서 부처를 보았다지

머릿속 생각은 영원에 있고 여기 남은 몸은 삶의 응어리 한 쪽씩 떼
어내고 있다 오늘을 밟고 있는 발은 안으로 닳아가며 시원으로 되돌
아가는 중이다

또 다른 생각 하나 떠올리며 정상에 다가갈수록 기도 소리 점점 가까
워지고
바닥에 길게 구부린 허리처럼 둥글게 둥글게 소원 하나 익어간다
—김진돈, 「갓바위」 전문

옛 선조들은 신앙의 대상인 미륵이나 부처 등을 돌로 조각하였다. 돌은
재료이다. 그러나 단순한 재료로 멈추지 않는다. 부처의 형상이 새겨진 돌

을 향해 사람들은 기도를 드린다. 나무나 꽃이나 풀이 아닌 돌은 인간이 태어나기 이전부터 존재했던 사물(物)이기에, 변함이 없는 지고지순함을 가졌기에, 인간을 지켜줄 거라는 믿음을 주었다. 영원불멸을 향한 신앙의 대상이 되었던 돌. 따라서 돌은 기도와 위로의 대상이 된다. 그 형상은 둘째 치고, 미륵의 얼굴 부분, 특히 코의 돌가루를 떼어 가면 잉태를 할 수 있다는 믿음을 가진 경우도 있다. 돌은 기복신앙의 대상이 되고, 돌은 위로의 대상이 된다. 돌은 영원회귀의 속성을 가졌기에, 인간은 돌 앞에서 엎드린다. 절을 한다.

돌이 말한다. 왜 나에게 절을 하느냐고. 인간들은 참으로 어리석다고. 너희들 주변의 가장 가까운 이웃에게 절을 할 것이지, 왜 대답을 줄 수 없는, 입이 없는 나에게 절을 하느냐고 말한다. 그러나 절을 멈추지 않는다. 부처의 형상을 하고 있지만, 결국 돌 앞이다. 그 돌에 이야기를 입힌다. 전설이 붙고, 신앙이 덧붙여진다. 갓바위가 그 대표적인 대상이리라. 돌은 이제 그냥 돌이 아니다. 역사적인 돌이 되고, 인간적인 돌이 된다. "바람의 눈물"과 "눈보라의 쓸쓸함"을 품은 돌은 "별의 고백"까지 받은 돌덩이가 된다.

이때 시인은 중요한 지점을 포착해 낸다. "너는 조금씩 변하려 한다". 사람들의 기도를 받는 돌은 변화한다. 사람들의 염원을 담은 돌은 달라진다. 시인에게 포착된 돌은 번뇌로 가득하다. 사람들의 소원이 담긴 절 한 번에 "번뇌 하나 툭, 떨어"진다. "풍랑과 해일"을 겪으며 고독에 빠진다. 거대한 존재자가 된다. 존재자는 이 시대의 변화를 온몸으로 감지한다. 존재자는 고민한다. 존재자는 자신의 발밑에 모여든 사람들의 소원을 죄다 받아줄 수 없다. 존재자의 귀는 점점 사람들의 소리를 들어주느라 늘어지고, 몸이 야위어간다. 존재자는 풍파를 맞으며 그로테크하게 변한다. 코가 떨어져 나가고, 어깨가 부식된다. 부처의 형상을 한 갓바위. 두 손을 무릎 위에 올려놓았지만, 한 손은 땅을 향해 말을 하고 있다. 땅 위의 인간들아. 내가 그렇게 악마를 물리쳐 주었는데, 너희들은 다시 악마의 소굴로 들어가는구나. 항마촉지인降魔觸地印의 내리뻗는 손길에 문득, 가슴이 좁아든다. 돌은

스스로 "응어리 한 쪽씩 떼어내고" 돌의 안쪽으로 들어간다. 내면으로 파고
든다. 돌이 맨 처음, 지상에 내려앉을 때의 "시원"으로 돌아가는 것이다.
돌도 힘들다. 돌은 다만 돌일 뿐이다. 인간의 소원은 사실, 인간이 풀어내
야 할 숙제이다. 기도만으로는 이루어지지 못하는 숙제. 인간 역시 돌처럼,
시원으로 몸을 돌려야 할 것이다. 자신의 시선을 내면으로 한 번쯤 돌려 봐
야 할 것이다. 그래야 돌과 함께, 맑아질 게다. 굳이 갓바위에 가지 않고도
내면에 갓바위를 모실 수 있을 게다. 김진돈 시인 역시 이렇게 말한다. "중
요한 것은 바위 앞에 기도드리면 좋지만 일상에서 주위의 동료나 지인들에
게 지극정성으로 대하는 것이 나를 돕는 것이고 내 인생 또한 변할 수 있을
것"이라고. 지당한 말씀이다.

5. 돌, 비밀을 간직한

> 망설이거나 망설이지 않는 것.
> 그것이 너의 폭식.
>
> 나는 주변을 맴돌며 고백하려 합니다.
> 이제는 중요하지 않은 화두로
> 그러나 중요한 이름은 삭제한 채
>
> 너의 고백, 조금씩 말하고 엄청나게 먹어 치우기.
> 이러고 싶지 않은 마음과 이러는 몸 사이에서,
> 너의 폭식.
>
> 그러니까 너의 자랑, 너의 완성, 너의 둘레,

너의 폭식.

잡식보다 단단한 고백의 세계에서
너는 어디까지의 폭식.

커지는 만큼 따뜻해지는 몸 뒤편으로 가려진 사람들
먼저 와서 먹지 않는 사람과 남은 것을 건네준 사람. 최선을 다한 기
준치 이상의 영양으로….

그러니까 너의 식탁, 너의 다짐, 너의 습관
너의 폭식.

가장 간단한 방법으로 고백을 숨기는 방식으로
너의 폭식.

관심 없는 고백을 참는
너의 폭식.

몸으로 만드는
너의 폭식.

사랑스런 너의 폭식.
폭식.

                              —손유미, 「사랑스런 너의 폭식」 전문

그녀가 먹는다. 돌이 먹는다. 그녀가 먹는 것은 다만 물질이 아니다. 식품이 아니다. 탄수화물이 아니다. 몸 안에 "갖가지 모양의 색과 리듬과 크기"와 질량을 쌓는다. 몸을 채우는 방식. 그것도 속도를 내어 폭식. 왜 이렇게 먹는 것에 매달릴까. 시적 주체가 먹는 이유는 단순하다. 고백할 입을 없애기 위해서이다. 돌은 입이 필요 없다. 그 존재 자체로 밀도를 가지며, 존재자가 된다. 그녀는 다 말하지 못한 이야기가 남아있다. 그녀가 먹는 것은 고백이다. 그 누구에게 쉽게 고백하지 못하는 비밀이다. 그렇기에 망설이면서 망설이지 않는다. 고백하고 싶지만, 고백 이후 벌어질 사태를 짐작하기에 망설이고 머뭇거린다. 타자 주위를 맴돈다. 맴돌면서 허방을 짓는다. 그대와 함께한 테이블 앞에서 입술이 움직이지 않는다. 그대이기에 입이 떼어지지 않는다. 아무 말 안 하는 게 낫다. 차라리 속 편하다. 가장 "중요한 이름은 삭제한 채" 서성인다. 헛소리를 한다. 날씨 얘기나 옷차림, 헤어스타일에 대한 이야기로 시간을 허비한다. 주변부를 맴돌다가 본론으로 진입하지 않는다. 그 자리에서 그녀는 다시 먹는다.

돌이 먹는다. 먹는 행위는 입을 다물게 한다. 먹는 행위는 몸의 감각을 다른 곳에 집중시킨다. 먹는다는 행위는 중요한 고백을 잠시, 미루도록 시간을 부여해 준다. 자꾸 먹는다. 또 먹는다. 폭식. 폭식. 몸에 폭력을 가하듯이, 폭식. 그녀가 이렇게 폭식하는 것은 자기방어적 행위이다. 몸에 폭력을 가하는 것이다. 시적 주체가 그것을 모를 리 없지만, 시인은 자신의 몸에 폭력을 가함으로써 스스로 돌이 된다. '몸=돌'이다. "문진으로 쓰이는 돌의 모양"이 된다. 무거워진다. 밀도를 만들어, 입김이 새어 나가지 않게 하기 위함이다. 자신이 하고 싶은 언어가 바깥으로 빠져나가는 것을 방지하기 위함이다. "고백을 숨기는 방식"이다. 그녀는 "돌이 살아가는 방식"으로 살고자 한다. 돌덩이가 살아남는 방식으로 버티고자 한다. 바위가 된다. 슬픔을 간직한 너럭바위이다. 밀도가 높아질수록 고통이 심해진다. 밀도가 높아질수록, 화가 난다. 그 많은 화를 품은 돌은 안전하지 않다. 그 많은 고백을 품은 바위는 뜨겁게 달아오른다. 단단히 고백을 씹어 먹는다.

침착하게 하려고 에돌아가며, 고백을 삼킨다. 고백이 새어 나가지 않도록, 비밀을 유지한다. 자꾸 집어넣는다. 넣을수록, 팽창한다. 넣을수록 비겁해진다. 쌓아둘수록 도화선이 뜨겁게 달아오른다. 용암은 언젠가 터질 가능성을 가진 잠재태이다. 고백을 삼킨 시적 주체는 폭발할 가능성을 가진 활화산이 된다. 활화산은 당연한 예언을 하고 있다. 굳이 예언하지 않더라도 어느 사이에 풀어헤쳐질, 비밀이다.

그렇기에 이 시는 반어적이다. 폭식하는 이유가 사랑스럽지 못한 이유이다. 비밀을 지키기 위해 안간힘을 써보지만, 폭식은 뒤탈이 발생하는 병적 행위이기 때문이다. 밀도 높은 돌은 스스로 자폭하기 때문이다. 돌은 내부에 공기 방울을 가지고 있다. 내면에 졸졸졸, 흐르는 물기를 머금고 있다. 돌은 단순하고 건조한 광물질이 아니다. 그 안에 바람이 흐른다. 그 안에 리듬이 흐른다. 그 안에 색이 흐른다. 그렇기에, 돌이 아름답다. 사실, 돌은 폭식하지 않는다. 사실, 몸은 폭식을 원하지 않는다. 무엇인가를 숨기려는 마음이 거짓 행위를 하고 있을 따름이다. 그러므로 이 시는 역설적이다. 사랑스럽지 못한 폭식. 자기방어에 실패한 입술. 그 입술에 다시 입김이 새어 나가지 못하도록, 성벽을 쌓는 이중적 태도. 가면을 쓰고 싶은 입이다. 수갑을 채우고 싶었던 과거이다. 돌의 밀도는 몸에서 터지고 만다. 돌의 슬픔은 입술에서 흘러넘치고 만다. 흘러넘치는 진실 앞에, 인간은 무력하다. 그 무력함을 역설적으로 표현하는 손유미 시인의 총기가 여기에 있다.

6. 돌, 괴물이 아닌

살아가는 걸음이 무겁더라니
가득 찬 인벤토리 끝에서 돌 하나를 보았다
내가 이 세계에 툭 던져졌을 때부터

무기처럼 손에 쥐고 있던,
들판을 구르던 기억을 담은
마모된 영혼석이었다

작은 돌은 이미 빛을 잃었고
반쯤 출입문이 열려 있어
내부가 텅 비어있었으나
먼 우주의 블랙홀 같이 무거웠다
나는 돌의 문틈에 기대어
가만히 귀를 기울였다

그것은 분명,
빈 그릇에 물이 차오르는 소리였다
오래 전 비웠던 단단한 마음이
돌의 중심부터 서서히 채우며
나이테를 만들고 있었다
무늬 사이에 잠시
떠나던 네 발자국이 보였다

기억났다
산 너머에는 스스로를 속박하는
슬픈 표정의 몬스터가 있었다
마을 노인은 내게 말했다
우리 모두 괴물이라고
불편한 정보를 얻을 때마다

남몰래 돌에 새겨
주머니에 넣어두었다

마음의 공간은 한정되어 있어서
채운 만큼 비워야 한다고
너는 떠나기 전 충고했었다
어느새 삶의 레벨이
내 경험을 추월하고
기억하지 않은 것이
추억하지 않은 것이
사랑하지 않은 것이
인벤토리의 밑바닥에서 굳어갔다

늦었지만 돌의 남은 여백에
그때 담지 못했던 네 충고를
적어두기로 한다

이제 겨우 내가 무겁다

—이상우, 「내 인벤토리의 영혼석」 전문

이제는 가상현실 속의 돌을 떠올려보자. 가상현실의 돌은 우주적이다. 가상현실의 돌은 오히려 현실적이다. 현실적인 속성부터 신화적인 상상력까지 담겨 있다. 게임 속의 돌. 이것은 철학자의 돌이자 사유의 돌이고 놀이의 돌이다. 놀이 가능한 돌은 스토리를 갖는다. 가상의 공간을 갖는다. 모험을 떠나고, 과제를 마친 뒤, 귀환한다. 이 과정에서 돌은 중간자의 역할을 한다. 지렛대 역할을 한다. 마법을 풀 수 있는 열쇠가 된다. 프로그래머가 설정한 돌. 그 돌을 지녀야 다음 단계로 진입 가능하다. 사실, 인간 역시 프로그래밍 된 존재일 뿐이다. 정체성을 찾으려고 애를 써도 내가 누구인지 알 수 없다. 다만 '나' '너'라는 허상을 가지고 있을 뿐이다. 우리는 이 땅에 내려와서 왜 살고 있는가. 누가 살라고 던져놓았는가. 존재는 공간에 따라 달라진다. 대한민국에 살면, 이 체제에 맞게 학습된 결과물로 살아간다. 사회가 지정한 관습과 버릇을 안고 쳇바퀴처럼 살아간다. 그러나 아프리카에 가보라. 그곳에서 그렇게 살아지는가를. 우리가 현실이라고 믿고 있는 이 체제 역시, 가상의 공간일 수 있다.

그곳에 돌이 있다. 현실과 가상 사이에 놓인 돌. 가상현실의 돌은 "인벤토리Inventory"에 있다. 게임 아이템이 수납되는 공간이다. 게이머는 이 공간에서 온갖 아이템을 획득하고, 저장해 둔다. 그곳에 놓여 있는 돌을 들고 시적 주체는 길을 떠난다. 그 돌은 무기이다. 그 돌은 기억을 담은 "영혼석"이다. 돌은 '무엇인가를 담을 수 있는 그릇'이다. 영혼석은 저 스스로 울린다. 제 스스로 빛을 낸다. 그러나 시적 주체가 손에 넣은 돌은 빛을 잃었다. 블랙홀처럼 무거웠다. 그래서 돌에게 귀를 기울인다. 가만히, 가만히 귀를 기울인다. "빈 그릇에 물이 차오르는 소리"가 들려온다. 물은 무늬를 완성하며, 퍼져나간다. 물은 물결치며, 중심부로부터 멀어져 간다. 그 무늬 사이에 시인의 발자국이 찍혀 있다.

이상우 시인은 게임 비평가이기도 하다. 그는 가상공간에 흔적을 남기고, 그 안에서 놀고 사유하던 사람이다. 당연히 다른 차원의 공간에 익숙하다. 시인은 그가 거쳐왔던 공간을 되돌아본다. 그가 사랑했던 게임의 목록과 이제 폐허가 된, 아무도 찾지 않는 가상의 옛 그림자를 클릭해 본다. 클릭. 클릭. 시인의 발자국은 터치와 클릭으로 이루어진다. 재빠른 손놀림과 속도감 있는 눈동자로 구성된다. 발자국은 흔적을 남기지 않는다. 발자국은 무게가 없다. 떠나간 기억 속의 동작으로 남겨진다. 그렇기에 다시 "생각났다"라는 문장으로 발화가 시작된다. 다른 가상공간에 "슬픈 표정의 몬스터"

가 있었던 게다. 그 마을의 노인이 말을 덧붙인다. "우리 모두 괴물이라고"

그렇다. 괴물이 아닌 사람이 없다. 인벤토리 공간에서 쓸모없는 아이템을 저장하고, 밀어두고, 잊고, 다시 뒤지다가, 문득 그 공간을, 멀리서 새삼스레 바라본다. 불편한 것들을 깊숙이 묻어두고 싶었던 무의식을 발견한다. 시인 자신을 불편하게 했던 아이템들, 뾰족한 돌들, 지루했던 기억들, 무엇인가 복잡하게 만들었던 사물들이 결국 마음 안에 있었던 게다. 가상현실이 아니라 마음속에 말이다. 이렇게 보면 마음 역시 가상현실인 셈이다. 시인은 그릇을 비운다. 비워야 떠날 수 있음을. 비워야 출발 가능함을. 여백이 있어야 다시 채울 수 있음을 깨닫는다. 시시비비를 가리지 않고 묵히며 뜸 들이며, 발효시키는 일. 발효시키며 벌레를 키워, 썩게 하는 일. 썩으며 사라지는 일. 냄새가 나더라도, 곪으며 비워내는 일. 이것은 마음의 공간과 인벤토리의 공간에서 동시에 이루어진다. 놀이를 통해서 상호작용한다. 영혼석이 비워지고 투명하게 빛난다. 이 과정을 마치고, 게임오버했을 때, 시인은 비로소 현실로 돌아온다.

"이제 겨우 내가 무겁다". 현실적인 존재로 돌아온 시인은 다시, 멀리서 바라본다. 육체는 물질성을 갖지만 마음은 투명해져서, 명명백백하게 사물을 들여다볼 수 있다. 세상을 들여다볼 수 있다. 이제야 견자見者의 눈을 갖게 된다. 적당한 무게. 지상의 중력에서 소거되지 않는 무게. 두 발을 땅에 딛고 살아갈 힘을 얻게 되는 것이다. 매스컴들은 곧, 4차 산업 혁명의 시대가 올 거라고 예언한다. 상상한 대로 이루어질 거라고 한다. 로봇과 인공지능이 인간을 앞질러 창작을 하는 시대가 올 거라고 한다. 인공지능이 소설을 쓰고 그림을 그리는 시대. 그렇다면 인간은 무엇을 해야 할 것인가. 인간보다 나은 윤리와 도덕성을 가진 인공지능 앞에, 인간은 그간의 죄를 어떻게 씻고, 어떻게 맑아질 수 있을까, 고민해 본다. 요즘 필자의 뒤늦은, 쓸데없는, 고민이다. 광장에 모인 혁명의 함성으로도 척결되지 않을 물질들. 문명사회라 해놓고 이루어 놓은 죄악과 너무 많은 규칙. 그 규범과 법을 마음껏 초월하는 인간들. 우리는 수천 년 지은 죄에 대한, 벌을, 다 어찌 받아야 할 것인가. 이런 쓸모없는 고민을 한다.

돌 앞에, 사람이 더 나을 게 없다.

말미암음의 진화, 그렇게 다시
—박라연의 시, 『헤어진 이름이 태양을 낳았다』

1.

우리는 무엇으로 살아가는가? 어떻게 변화하는가? 변화하는 상태를 진화라고 명명할 수 있을까? 그 무엇이 되고, 또 다른 무엇이 되었을 때, 종국에는 어디에 다다르는가? 미지의 지점에 도달했을 때, 떠오른 단어는 무엇인가?

2.

호수에 흘려서 발을 들여놓았을 땐
사람보다 무덤
집보다 폐가의 목소리가 더 우렁찼다

오랜 궁리 끝에
이 마을을 꽃의 목소리로 흘러넘치게 하려고
그 많은 꽃 이름들과 바람이 난 걸까

꽃이란 테이블이 드디어

사람과 무덤과 폐가 사이에 놓일 무덤

대화란 걸 시도하게 되었던 걸까

폐가가 먼저 입을 열었지 아마

꽃은 무엇이든 살리는 소식이니 좋아!

—「딜레마」 부분

시인은 번뇌로 가득한 세계를 뒤로한다. 잠시 일탈이다. 그러나 번뇌는 사라지지 않는다. 어떻게 번뇌를 지울 수 있을 것인가? 이러한 질문을 품고, 위치 이동을 한다. 폐가로 가는 것이다. 폐가라는 공간은 신비로운 장소이다. 그 공간은 무덤과 같다. 그 공간에는 신비로운 존재들의 목소리가 크게 들린다. 일상에서 중요하다고 여겨지는 생활 규칙과 습관과 사유들을 버릴 수 있는 장소이다, 폐가는 지금까지 지탱해 오던 삶을 재구성할 수 있는 기회를 제공한다. 다시 말해 폐가는 재생의 장소가 될 수 있다.

시인은 "폐가의 목소리"에 빠져든다. 그곳에는 사람이 아닌, 살아있는 존재들이 제일 먼저 눈에 들어온다. 폐가에는 살아있지 않은 것 같은 살아있음, 존재하지 않을 것 같은 존재들이 있다. 유령들이다. 시인은 유령이 사는 미묘한 공간에서 새로운 대화 상대를 찾는다. 말을 건넨다. 책과 사람 대신 풀과 꽃과 다른 사물들과 이야기를 나눈다. 꽃이 먼저 대화의 상대가 되어준다. 죽은 자들의 공간인 무덤 역시 꽃을 반긴다.

3.

이번 시집에서 주목할 부분은 박라연 시인이 추상어를 사용하는 방식이다. 시인은 왜 이 작업을 한 것일까? 언어는 상相을 갖는다. 폐가에 왔지만,

추상 언어는 사라지지 않는다. 그 언어에 얽매이고, 얽매인 단어의 잔상이 남아있다. 그래서 시인은 자기만의 방식으로 재해석한다. 번뇌를 지우기 위해, 도구적 수단이었던 언어에 얽매여 있던 자기 자신을 갱신하기 위해, 시인은 기존 언어를 조금 다른 방식으로 다룬다. 조금 다르게 사용한다. 추상 언어를 시의 구체적인 파도 위에 올려놓는다. 추상 언어는 집단적, 사회적 언어 권력을 가지고 있기 때문이다. 이데올로기이고, 집단 무의식의 잔상이 반영되어 있기 때문이다. 시인은 언어를 인격화한다. 폐허의 장소에서 시인의 무의식을 점령하고 있던 명령어를 하나씩 꺼내 본다.

힘을 빼고 질문한다.

시인은 질문하고 스스로 답하는 자이다. 이것이 자기만의 실험이다. 거창하지 않지만, 소소하게, 꽃과 더불어, 바람과 더불어, 폐가에서 묻는다. 개념들에 대한 질문이다. 자신을 가두었던 언어를 다른 위상 위에 올려놓는다. "다짐"이라는 상태를 인격을 가진 "놈"(「거짓말의 빛깔」)이라 표현하며 사유하고, "고통" 역시 인격체로서 사유한다. "설렘"(「어느날 셋이서」)을 얼러서 보고 싶다고 발화한다.

4.

폐가와 추상어.

이질적 조합 사이의

숨

폐가는 공空의 사유를 제공하는 공간이다. 공空은 무無가 아니다. 없음이 아니다. 하나로 규정할 수 없는 상태이고, 그 무엇으로도 변환할 가능성을 가진 파동이자 입자들의 상태이다. 비非규정적인 어떤 상태이다. 그 무엇이 되어도 좋고, 그 무엇이 아니어도 좋다. 공空은 잠재태이다. 있으면서 없고, 없으면서 있다. 그것은 집이지만 집이 아닌 공간. 그 무엇이 들어와 살 수 있는 공간. 귀신이 살아도 좋고, 사람이 살아도 좋고, 신기루같이 보여도 실재하지 않는 것들을 담아내는 공간이다. 그렇기에 마음껏 언어를 불러온다. 그 언어를 받아 적는다. 있지만 없는 존재들 사이에서 시인은 신비한 것들을 기꺼이 끌어안는다.

박라연 시인은 무념 상태에서 테두리 바깥으로 나아가고 있다. 바깥으로 나가는 방식은 삶의 터전을 옮기는 일과 같다. 밀도 높은 인간관계의 번잡함을 벗어나, 낯선 공간으로 존재를 밀어 넣는다. 나간 뒤에, 바라본다. 바깥에서 안(內)을 들여다본다. 선불교에서 말하는 반조返照이다. 시인은 그동안 습관적으로 자신의 둘레에 맴돌고 있던 물질성을 지운다. 이질적 공간에서 주체는 그 어디에도 자리하지 못한다. 아니, 다른 사물과 한없이 작은 것들에게, 주체의 자리를 내어준다. '나'라고 한정하는 일시적인 '나'가 존재할 뿐. '나'는 나를 넘어서고, '나'는 나를 초월하는 이름일 뿐이다. '나'라는 대명사는 환상적인 이름일 뿐이다. '나'라고 믿었던 허상을 지우는 일. 여기서부터 시인은 시작한다. 시작하기 위해, 그녀는 변화하고자 한다. 탈출하고자 한다. 시인은 이 과정을 진화라 명명한다. 그러나 상식적이고 과학적인 진화 방식은 아니다.

5.

저는 어제까지는 여성이었다가 오늘 이슬로

성전환한 한방울입니다! 한방울이면서 수만방울인
나, 이면서 나의 친구들일까요?

뼈도 없는 이슬이지만 목마른 풀을 만나면
기꺼이 스며드는 이기쁨입니다! 수백 톤의 웃음소리
죄다 풀의 입술이게 할까요?

입술들이 푸른 성을 이룰 때
풀잎 아래 그 아래에서 무수히 일어나고 저무는
저는 작은 풀벌레입니다 한밤의 풀벌레 소리는 누군가의
이슬이면서 기쁨이면서 노래일까요?

먼 훗날 저희끼리 알아서 잘도 진화될
저희는 이, 저, 그 자녀입니다! 아마 이 들판에서는
제법 긴 이름으로 살아갈

여러분 소개받았는데 한 분 같은 이 느낌은 뭐죠?
느낌도 진화하는 걸까요?

—「즐거운 진화」 부분

과학인가? 아닌가? 이것부터 확인해야 한다. 시인의 진화는 조금 색다
른 출발선에 있다. 거기에 "즐거운"이라는 수식어가 따라온다. "즐거운 진
화"라는 것이 있을 수 있을까? 시인이 성별을 가볍게 뛰어넘는다. 여성이
었다가 "이슬 한방울"로 탈바꿈한다. 진화인가? 퇴화인가? 엄밀하게 진화
라는 개념어를 사용할 수 있을까? 사실, 이것은 해체이며 도약이다. 도발
이며 초월이다. 초탈이자 사라짐이다. 아니, 영원불멸의 사라짐 직전이다.

이슬 "한방울"은 하나이면서 "수만방울"이다. 한 인격이면서 동시적으로 수만 타자이다. 이슬은 사라지기 쉬운 개체이다. 이 개체는 곧바로 변주된다. 위치에너지를 보유한 상태로 이동한다. 다른 존재자가 된다. 이러한 변주를 주의 깊게 살펴야 하는 작품이 「즐거운 진화」이다.

6.

물방울이 풀을 만나면, 존재자는 형식을 바꾼다. 다른 이름이 주어진다. '기쁨'이 된다. 그러면 "기쁨"은 주문을 건다. 풀과 풀끼리 사각거리는 소리, 바람에 흩날리는 소리, 수백 톤의 풀잎들이 흔들리는 소리, 그 풀잎들이 춤을 춘다. 소리가 들린다. 상상해 보라. 폐가의 공간에서 나는 소리들을. 상상해 보라. 물방울이 매달린 풀잎들을. 그 소리들은 입술 아닌 입술들을. 시인은 이 소리에게 또 다른 이름을 명명한다.

"풀의 입술"이다. "수백 톤의 웃음소리 죄다 풀의 입술이게 할까요?"라면서 마법을 건다. 풀의 입술이 말한다. 풀의 입술들은 화학작용을 한다. 다른 것으로 변화한다. 푸른 입술이 모여서, 성을 이룬다. 성을 쌓는다. 수백 톤의 웃음소리를 내는 성이다. 이 순간 주체는 형식을 바꾼다. 백지의 악보 위에 연속적 변주를 이어나간다. 가만히 "풀벌레"가 된다.

박라연 시인은 주어의 자리를 고정시키지 않고, 한 행에서 다음 행으로 움직일 때마다 인접한 다른 주체를 등장시킨다. 모든 변이는 동시대의 시공간 안에 펼쳐지는 '관계'에 의해 발생한다.

풀벌레가 질문을 던진다. 이 질문을 던진 주체는 또 다른 위치에 있다. 연속적 변주를 그리고는 여기에 호명되었던, 몸을 바꾸었던 모든 개체들이 누구를 위한 삶이었는지를 묻는다.

> 한밤의 풀벌레 소리는 누군가의 이슬이면서 기쁨이면서 노래일까요?
>
> —「즐거운 진화」부분

7.

시적 주체는 비규정성 안에, 불확정성 안에 자신을 던진다. 그렇기에 추상어가 가지고 있는 문법적 환상과 착각을 기꺼이 마음대로 응용하고 이용한다. 형이상학적 사유는 어렵지 않다. 다만 낮은 자리에서, 녹여 보는 것이다. 극복해 보는 것이다. 이번 시집 제목이 『헤어진 이름이 태양을 낳았다』이다. 버리고 지우고 망각한 세계, 이분법의 양극단과 규정의 세계를 지워나가려는 세계, 기존의 이름을 지우는 세계, 그 지점에서 새로운 발견을 시도하고 있는 것이다. 시인이 이러한 작업을 하는 이유는 무엇일까? 지금까지 살아왔던, 실체라고 믿었던, 물질적이고 확신을 가지고 살아왔던 모든 시공간의 세계를 뒤흔들어 보고 싶었을 게다.

8.

시인의 자세는 지극히 낮고 겸손하다. '우리'를 사용하지 않고 인칭대명사 '저희'로 한 계단 더 내려간다. 이럴 때 주어의 자리에 "이, 저, 그"가 온다. 이것이고 저것인, 그것이고 이것인 지시대명사들이다. 인격을 갖춘 것이라기보다는, 의미를 지워내는 지시어로써, 혹은 인간의 감정을 뺀 관형사로서 담담하게 존재한다. 혹은 식물학의 분류 체계를 만든 린네(Carl von Linn'e)의 명명에 따라 제법 긴 속명과 종명에 따라 명명될 수도 있을 것이다. 그 어떤 언어로 불리더라도, 더 낮은 자리에 내려가 앉더라도 연기緣起의 결과로서 위치를 이동할 뿐이다. 생성과 소멸은 '말미암아' 일어난 현상 세계이다.

말미암아, 이것이 있으므로 저것이 있고, 저것이 있으므로 이것이 있다. '있다(有)'라는 것은 존재하는 그 자체로 '있다'의 세계와 '되다'의 세계를 동시적으로 포함한다. '있다'의 세계는 운동성을 가지고 있기에, 그 관계와 조건에 따라 그 무엇이 '된다'. 그렇기에 그 세계에서 가명假名을 얻는다. 저것이 일어났기에, 이 사건이 발생하고, 이 사건이 어떻게 명명되느냐에 따라 사건의 결과 값이 달라진다. 그 이름의 유혹과 환상에 사건은 또 다른 파장과 진동을 불러온다. 사건은 정리되지 않은 사고를 발생시킨다. 이것은 있기도 하고 없기도 하고, 존재하기도 하고 존재하지 않기도 한다. 긴 이름이 붙어도 되고, 이름마저 필요 없기도 하다. 저희끼리, 생성하고 소멸하는 폐허의 공간. 그곳은 공空의 세계이다. 박라연 시인이 가로질러 가고자 했던 세계, 공空의 세계에서, 시인은 멀리 와 있다.

9.

지구 바깥에 시적 주체의 위치를 놓고, 잠시 발끝 아래 세상을 내려다본다. 이름의 변주와 생성과 소멸을 침묵으로 견뎌본다. 처음처럼 질문을 던진다. 화두話頭이다. 그 파노라마 같은 변주와 변이에도 불구하고, 이 모두가 하나로 융합되는 느낌이 든다.

여러분 소개받았는데 한 분 같은 이 느낌은 뭐죠?
느낌도 진화하는 걸까요?

—「즐거운 진화」 부분

지금까지 시인이 쌓아왔던 시의 형식과 관계의 내용과 시간과 공간을 단한 번에 깨뜨리는 질문을 얻는다. 변주를 하고 변이를 하면서, 여러 개체가 되었다고 생각했는데, 이 모든 것이 하나였던 것이다. 이 세계를 개념적으로 구성하고 편재하고 법으로 묶는다 하더라도, 그것은 오래지 않아, 이슬 한 방울과 같았던 것이다. 신기루와 같다. 곧 사라지고 마는 먼지와 같다. 모든 명명들은 말미암은 존재이고, 말미암아 하나의 시공간 안에서 의지하고, 말미암아 기대고, 말미암아 파생되며, 말미암아 터지는 사이이다. 말미암아 함께 공존하는 존재였던 것이다. 숱한 개체들이 각기 차이를 둔 다른 존재자의 형식으로 살아있지만, 그것은 순간, 하나의 "느낌"으로 모아진다. 격을 깨는, 파격으로, 지금까지 모든 것들을 뒤집으려는, 가로지르기인 셈이다.

말미암은 것들은 영향을 끼치는 관계이다. 우주의 만유萬有하는 것들이, 별개의 것이 아니라, 하나의 인연으로 생성과 소멸을 반복하는 원리 속에서 홀연히, 신비스러운 생의 리듬으로 흘러가는 것이다. 일체(一體)의 리듬 가운데 삼라만상은 주관과 객관의 절대적으로 분리된 주체들로 작동하는 것이 아니라, 무한한 흐름으로 살아 움직인다. 죽음 이후에도 죽음이 없고, 생의 한가운데에 죽음이 있다. 이러한 "연기법緣起法이 곧 공空"이리라, 고 시인은 시를 통해 말한다.

10.

이 과정에서 시인은 사물의 이야기, 낮은 자리에 위치해 있던 생명의 이야기를 들을 줄 아는 마음의 귀를 얻는다.

죽은 듯이 사람의 말을 다 들어주었다

여기까지 이르렀는데

눈만 뜨면 벽 대신 책 대신 출렁이는 꽃들과

마주치는데

감사합니다,를 큰 접시에 담아 밥상에

올릴 때도 많아졌는데

—「딜레마」 부분

　모든 언어들과 변주들과 변화무쌍함을 다 들어주는 일. "여기까지 이르렀"을 때 다가오는 문장이 있다. "감사합니다"라는 서술어이다. 이 서술어를 큰 접시에 담아 밥상에 올려놓는다. "사랑은 있다, 라고 그렇게 다시"(「그렇게 다시」) 이 글을 작성하는 나 역시, 그렇게 다시.